南海の夢伝説

道須通央
MICHISU Michio

文芸社

まえがき

私は台湾の高雄市で十五年余り過ごし、二〇一八年春に帰国した。

正直に白状すると、この長い台湾生活で特に何か目的意識をもって時を過ごしてきたわけではない。日本社会のどこにでもあるような月並みなサラリーマン生活を、たまたま台湾という地で送っただけである。唯一私に特異な点があるとすれば、人々がファッションや家の装飾品などに興味を持ち、収集するように、私はその時々で面白いと感じたことをメモしたり、また記事などを乱雑にファイルに収めたりしていった。その結果、何冊にもなったファイルを、台湾から帰国する前に整理して、「台湾よもやま話」といういい加減なタイトルを付けて一冊にまとめた。

今このファイルをめくりながら執筆していると、当時のことが一つ一つ懐かしい思い出となって私の脳裏に溢れかえった。あれも書きたい、これも書きたいという衝動に襲われながら、それを極力押しとどめてまとめたのが本書である。

私はこの中で、台湾の日系企業に勤める日本人青年と台湾人の女子大学生との愛の軌跡というドラマを通して、台湾の歴史の一面に触れ、そして私たちが生きる現代の社会、風景を描いてみた。

私の知識不足、筆力の不足もあって、このような試みが十分に描き出されたのか心もとないところがあるが、本書を読まれた方々に台湾の一端でも触れていただけたら幸いである。

なお読者の中には台湾の歴史に興味をお持ちの方もおられると思う。そのような方々のために「あとがき」で台湾の歴史の流れを簡単に紹介しているので、本編に入る前に予備知識として一読されてはいかがだろうか。蛇足ながら、本書をよりよく理解するために筆者からのひとつの提案として付け加えておきたい。

南海の夢伝説◇目次

まえがき　3

第一章　田川直樹君、台湾駐在へ……12

新天地・高雄への旅立ち　12／初出勤　21

第二章　いよいよ営業活動スタート……26

客先に挨拶回り　26／熱延用加熱炉の受注をめぐる激闘　41

第三章　直樹のプライベート生活……53

台湾のアパート生活　53／台湾の社会はカギだらけ　56／台湾の食事情　58／台湾の交通、道路事情　68／台湾で使用される言語　73／台湾は生活に便利な社会　76／底抜けフリーでオープンな民主社会　79／いつしか天国となる台湾の暮らし　84

第四章　原住民の村々〜出会い……93
原住民の里・三地門へ　93／パイワン族の恋物語　99／再び原住民の地─阿里山へ　102／運命の出会い　110／原住民の話　117／不思議な古老の誘い　122／ツォウ族のマーヤ伝説　125／タッパン村の出来事　126

第五章　台湾南部の都市巡り……131
台湾第二の都市・高雄　131／台湾の古都・台南　143／素性の告白　151／年末の風景　153

第六章　日台明の英雄「鄭成功」……157
運命の出会い　157／南海の英雄、誕生　169／芝龍、海洋に飛躍　174／台湾におけるオランダの覇権　175／芝龍艦隊は明国を目指す　177／福松の渡明と成長　179／福松、国姓爺となる　184／マツ、明国に渡る　187／父母との別れ　189／「抗清復明」に向けて　194／南京の戦い　199／鄭成功、台湾へ　204／鄭成功の台湾統治　207／果たせぬ夢　209

第七章　鄭成功以後の台湾……211
鄭成功の母・田川マツ　211／鄭成功以後の鄭氏政権　218／清朝による台湾統治　220／直

樹からお返しの本　221／日本の統治　223／「台湾近代化の父」後藤新平　225／台湾で輝く日本の巨星たち　230／日本の敗戦〜中華民国、そして台湾の時代へ　233／日本人が忘れるべきでない台湾の巨人　236／自由・民主の西側諸国と世界の覇権を狙う中国とのはざまで　244

第八章　愛の誓い……246
深まる愛情　246／プロポーズ　248／二人の将来計画　249／台北〜リサの実家を訪ねて　253／台北の街巡り　260／結婚の了解　265

終章　平戸にて……267
遠き故郷への旅　267／鄭成功誕生の地　271／古老の話　272／鄭成功ゆかりの地巡り　277

あとがき　282

主な参考資料　286

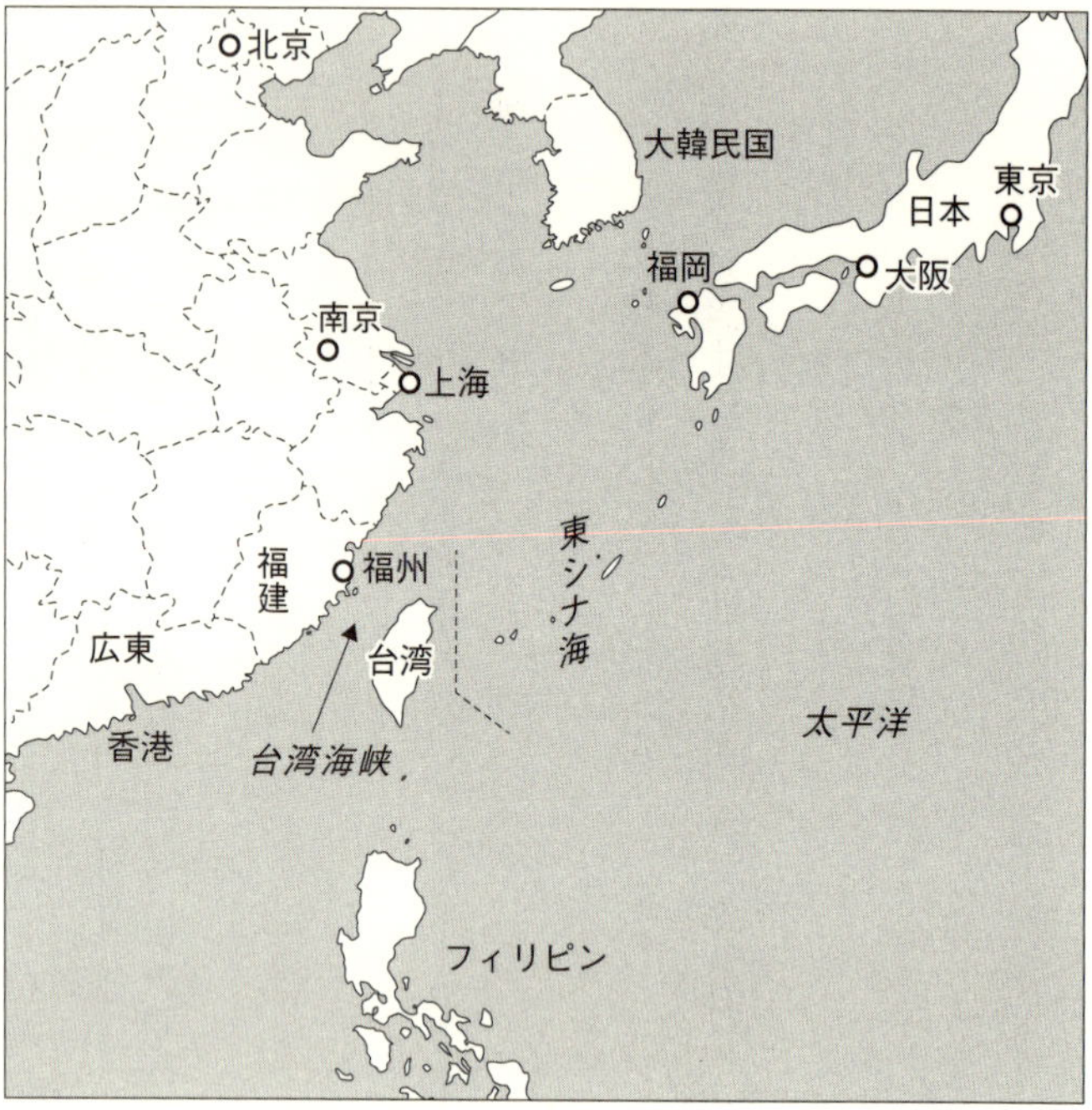

東アジア地図

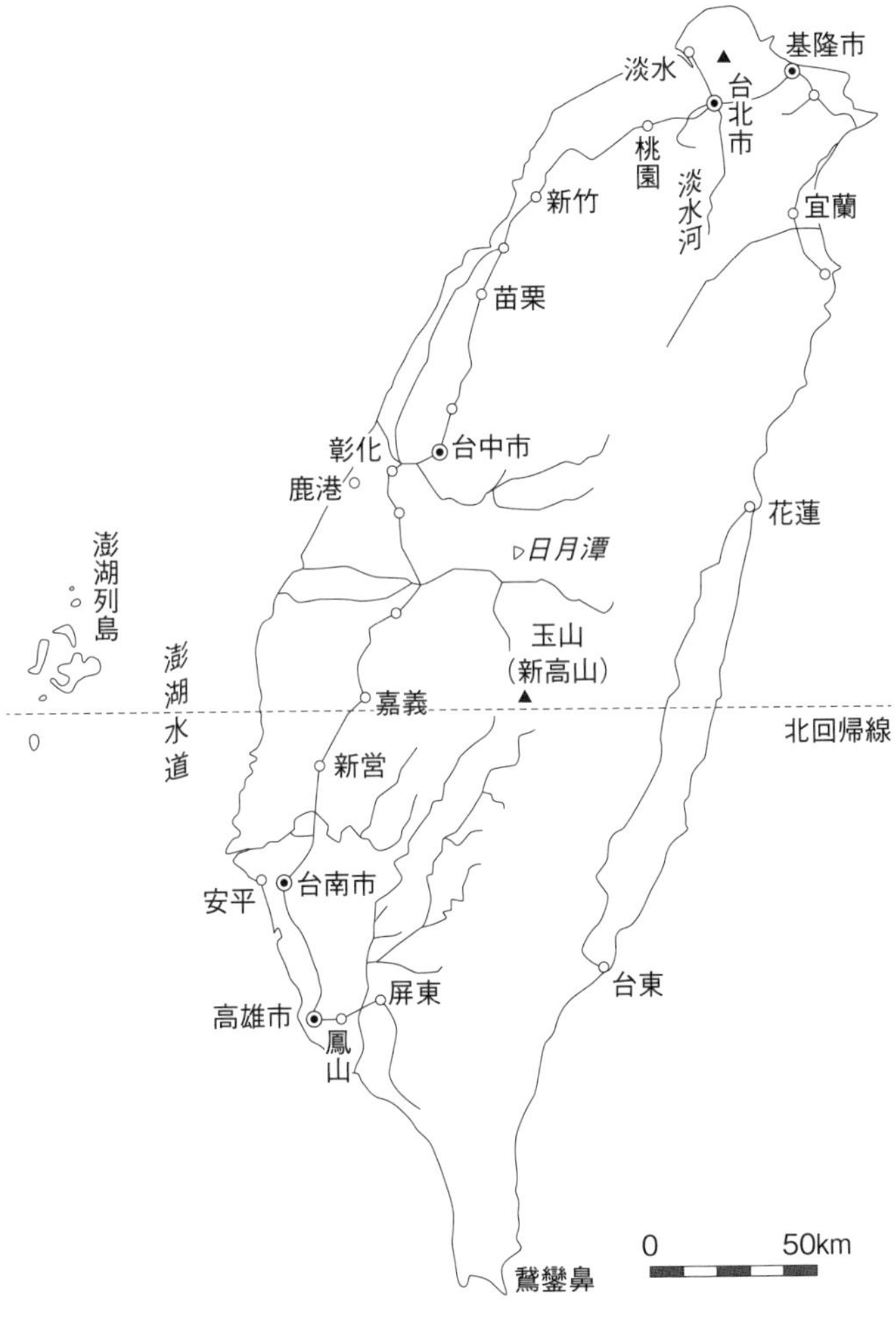
基隆市
淡水
台北市
桃園
淡水河
新竹
宜蘭
苗栗
彰化
台中市
鹿港
花蓮
日月潭
澎湖列島
玉山
（新高山）
澎湖水道
嘉義
北回帰線
新営
安平
台南市
台東
屏東
高雄市
鳳山
0
50km
鵞鑾鼻

台湾地図

南海の夢伝説

第一章　田川直樹君、台湾駐在へ

新天地・高雄への旅立ち

二〇一五年三月三十一日。

関西国際空港の海外出発ロビーは、これから海外に飛び立とうとする人や見送る人で混雑していた。その人ごみを避けながら、背中に黒いリュックを背負い、左手で大きな銀色のトランクを押して、中華航空のチェックインカウンターに急ぐ若い男の姿があった。男は百八十センチはありそうな長身をジーパンと白いシャツでラフに包み、彫りの深い顔立ちと澄んだ目が印象的な、見るからに好青年である。

その青年の名は田川直樹、二十六歳。大阪の大学を卒業後、中央機械株式会社という、大阪に本社がある中堅の産業機械メーカーに就職し、今年五年目の営業マンである。彼は今年の正月明けに台湾中央機械有限公司への転勤を命じられていた。同社は台湾高雄市に所在する中央機械の子会社で、台湾市場で営業活動、各種機器や資材の現地調達、現地工事などの事業展開を図る中央機械をサポートするのが主な業務である。直樹は台湾には三度出張した経験があり、同地には親しみを感じていたので、今回の駐在は不安というよりむしろこれから始まる新天地での仕事、生活にワクワクするような期待、希望を持っていた。

直樹が搭乗した中華航空は、関西空港発、台湾高雄行きの直行便である。同機が関西空港から飛び立ち、安定した水平飛行に移ると、まもなくドリンクに続いて昼食の機内サービスが始まった。直樹は昼食のご飯をパクつきながらビールでのどを潤し、一息つくと窓の外に目を向けた。紀伊水道、淡路島、そして四国の山々や室戸岬、足摺岬が次々に現れては通り過ぎていくのを上空からぼんやりと眺めた。やがて九州が眼下に現れ、モクモクとどす黒い煙を噴出する桜島が見えたかと思うと飛行機はあっという間に通り過ぎ、そして、溢れるような陽光を浴びてキラキラと銀色に輝く大海原が一面に広がっていた。

直樹は前日まで駐在の準備に追われた忙しさから解放され、疲労感が残る体にアルコールがほどよく回り、いつしか深い眠りに落ちていった。

まもなく目的地の高雄に到着するとの機内アナウンスに、直樹は目を覚ました。寝ぼけた目をこすりながら窓の外を眺めると、大小何隻かの船舶が海上を行き交い、また民間の船舶に交じって軍艦も停泊する高雄港や製鉄所、造船所、機械製作所などの工場群、そして湾内の、奥まった向こう岸に、高雄85ビルをはじめ数々の高層ビルが建ち並ぶ高雄の市街地など見慣れた風景が視界に飛び込んできた。まもなく、飛行機は高雄国際空港に着陸した。

直樹は空港の到着ロビーを出て、大きなトランクを押しながらタクシー乗り場に向かった。台湾のタクシーはどの町に行っても全て黄色だから、すぐに目について分かりやすい。

今はまだ三月末というのに肌を刺すような強烈な太陽光線、燃え盛るような南国の熱気で、直樹はくらくらと軽いめまいがした。

ここ台湾は九州ほどの小さな島国だが、中央部を北回帰線が横断しており、その北側は亜熱帯地域、南側は熱帯地域に入る。その南側に位置する高雄は四月に入った頃から急に暑くなり、その猛烈な暑さは十月いっぱい続くので、その頃にはさすがに暑さがボディーブローのように体に効いてくるのである。

入国したのが三月末とはいえ、日本の感覚ではすでに初夏といった感じだった。

タクシーに乗ると、直樹は予め《あらかじ》用意していた行き先表示の紙をポケットから出して、みすぼらしい身なりの高齢の運転手に見せた。運転手は面倒くさそうにチラッと見て、黙って発車した。

直樹は以前台湾出張時に台湾のタクシー運転手のサービスの悪さを経験していたので、これくらいの対応には驚きも憤慨もしなかった。このサービスという点について言うと、ここではお客様第一ではなく、ミー（自分）ファースト、なのである。

ある時タクシーに乗ると、運転手のおじさんが、どこの宗教だか知らないが念仏のＣＤを流し続けているではないか。乗車中ずっと拝聴することになった乗客はブルーな気持ちに陥ることになる。

また、運転手が自分の好きな台湾歌謡のＣＤを流し続けるタクシーに乗ってしまうという不運に遭ってしまったり、乗客が日本人と知ると後部座席に備え付けたカラオケ機器を日本の戦後間もない頃の歌謡曲の画面に切り替えて、「你唱歌（あんた、歌いなさい）」とマイクを突きつけたりするサービス精神旺盛な？運転手に遭遇することもある。

タクシーといえば、こんな不運に見舞われたことがあった。

直樹が路上で手を挙げてタクシーを待っていると、一台が近づいて止まり、なぜだか助手席の前扉が急に開いた。運転手のおじさんがここに座れと手招きするので、思わず助手席に乗り込んでしまった。車が走り出して、直樹が振り返り後部座席を見ると、丸々と太ったおばさんがふんぞり返ったまま直樹に愛想笑いをしているではないか。一瞬相乗りタクシーかと思うと、運転手のおじさん曰く、「ああ、お客さん、没関係！（メイクァンシー、気にするな）。あれはうちのカミさんだ」。

こんなこともあった。直樹が後部座席を開けると、タクシー運転手の家財道具みたいなものがいっぱい乱雑に置かれてあって、おじさんがニコニコしながら指示？した。

「没関係！（気にするな）。後部は少し詰まっているから、前に座れ」

運転手は気にしないかもしれないが、これを利用する乗客としては大いに気にするところである。運転手からすれば、乗せてあげるのだから文句を言うな、ということなのか。

運転手が乗客に対してそのような対応をするのは別に悪意や悪気があってのことではない。ただ「お客様は神様」というほどサービス過剰な日本から来ると、特に彼らの対応が気になるだけで、これが彼らの自然なスタイルと思えばあまり気にはならなくなる。

ところで、この没関係（気にするな）という言葉、台湾では日常生活の中で頻繁に使われているが、直樹は台湾人の国民性を最もよく表す言葉だと感じている。つまり、細かいことは気にしない大らかな南国の気風を表す一方、ともすれば社会の進歩を阻害する精神的要素を醸成しているのではないか。この点は、細かいことが気になって改善を図ろうとする日本人と対照的ではないだろうか。

直樹を乗せたタクシーは、空港を出ると、高雄の街を真っすぐ南北に走る広い通りに出た。高雄の幹線道路の一つ「中山路」である。その通りの両側には、いかにも南国らしい幾種かの樹木が整然と並び、ギラギラと輝く大空に向かって青々と生い茂っていた。台湾中央機械の秘書で、物知りの李小姐によれば、高雄国際空港を起点として中山路の南端から北に向かって、雨豆樹（モンキーポッド）、デイゴの木、ナツメヤシ、ハマボウ、カイノキ、センダン……と、背の高い南洋の樹木が順次整然と植えられているそうである。なじみのない名前の木々ばかりだが、この風景を直樹は気に入っていた。

　タクシーが中山路をしばらく北西方向に真っすぐ進むと、賑やかな高雄の市街地に入ってきた。まもなくタクシーは中心部のホテル「美麗酒店」の前で止まった。

　直樹は下車する段になって焦った。「小銭がない！」仕方なく紙幣を出すと、無造作に釣り銭を渡そうとする運転手の手は赤黒く汚れていた。直樹は下車後もしばらく不愉快な気分が残った。直樹は以前にも同じ経験をしており、それ以来、大きめの小銭入れを別に用意し、その中に膨れ上がるほど多くの小銭を入れて、お釣りが出ないようにしているのだが、この日はドタバタしながら高雄に飛んできたために、このことをすっかり忘れていたのだ。

　そう言えば、直樹がタクシーに乗り込むと吐

丘の上の旧英国領事館から高雄市街地を望む

き気を催すような独特の臭気が車内に漂っていた。運転手の口元に目をやると檳榔《ビンロウ》を噛《か》んでおり、その口は血を吐いたように真っ赤だった。ビンロウというヤシ科の木の実を細かく切り、すり潰したものに少量の石灰を混ぜ、キンマというコショウ科の植物の葉に包み噛んで使用するのだが、軽い興奮や高揚感を覚え、病みつきになるという。台湾だけではなく、東南アジア一帯で愛用されている。

台湾では島の中央部を縦断する山岳地帯や東海岸などに多く住む原住民族の間でこの習慣が広まっていったが、中でも、東部海岸に住み、最大の原住民族であるアミ族にはビンロウにまつわる三角関係の昔話が伝わっている。

「昔、二人の兄弟が同じ村に住む一人の美しい女性に恋をし、その女性も二人の兄弟を同時に愛してしまった。三人は悩みぬいた末、その愛を貫くために一緒に死を選ぶことにした。死後、彼らはビンロウとキンマの葉と石灰に化身した。村人たちはこの悲恋物語に深く感動し、三人の死を悼《いた》んで、各家庭でビンロウとキンマを植えた。食べる時にビンロウの実を割って石灰を少し付け、それをキンマの葉で包んで噛むと、それは人間の血のように真っ赤になり、まるで三人がそれぞれの生命を守り合っているようであった……」

これが、豊年祭の夜にアミ族の若い恋人たちがビンロウを用いて愛を伝え、確かめ合う由来なのだが、ビンロウにまつわる美しい恋物語から離れて現実の世界に戻ってみると……ビンロウを噛み終えて飲み込めば胃を痛めるので吐き出す。その結果、路上の所々に真っ赤な鮮血のような跡が残り、歩行者を不愉快にさせることになる。直樹が乗ったタクシーの運転手は、噛み終えたビンロウを路上に吐き出す代わりに、それを手に取って灰皿に捨てたので、その赤黒く汚れた手から釣り銭を受け取った直樹は気分を悪くしたというわけである。

ビンロウをめぐっては、台湾で一時期社会問題になったこともある。

このビンロウ、元々は街の中の店先に設置された、小さなスタンドでおじさんやおばさんが売っていた。今でもその風景は町の至る所で見ることができる。ところが、いつの頃からか台湾各地の幹線道路で簡易なスタンドが建ち並び、その中で若い女性が露出度の高いビキニ姿でビンロウを売り始めた。それが自家用車やトラック運転手の間で人気となり、わざわざこれらのスタンドに立ち寄って鼻の下を長くしてビンロウを買い求めるようになった。この種のスタンドは大繁盛となり、幹線道路は至る所で渋滞するようになり、ビンロウ売りの小姐《シャウチェ》（おねえさん）に見とれて追突事故すら発生する事態となった。そこで台北、高雄、台中、台南などの都市では風紀上や交通安全上の問題から、このようなビンロウ販売を規制した結果、姿を消してしまった。一部の地方ではまだこのようなビンロウ売りの店はあるが、過激なビキニ姿の小姐は見られなくなったようである。

台湾で長い歴史を持つビンロウ、最近では健康面での問題意識の高まりや嗜好品として好ましくないという意識が台湾の人々の間に定着しつつあり、またビンロウを常用する従業員に対し罰金を科す会社が増えてきているので、特に都市部ではビンロウを愛好する習慣は急速に廃れつつある。

さて、直樹がこれから宿泊する予定のホテル「美麗酒店」。台湾ではホテルのことを酒店とか飯店というが、決してバー、スナックやレストランのことではない。大酒店とか大飯店といったように大がつくと本来規模が大きいホテルあるいは高級ホテルを意味する。とは言え現実にはほとんど区別はない。またホテルの種類では他に商務飯店とか商務旅館というのがあるが、これはビジネスホテルである。ちなみに、汽車旅館とはモーテルのことである。この「汽車」という言葉は日本人なら蒸気機関車、つまりSLをイメージするが、中国語では自動車を意味する。これが分かると、汽車旅館はモーテルそのものではないだろうか。

直樹が宿泊する「美麗酒店」は、ホテルのランクとしては高雄市では中堅クラスのビジネスホテルといったところだろうか。ただ比較的新しく清潔感があり、市の中心街に近く、しかも台湾中央機械からも歩いて行ける距離なので、直樹はじめ本社からの出張者もここを定宿としている。直樹はここで半月程度宿泊し、仕事をしながら適当なアパートを探すつもりである。

「あら、田川さん、いらっしゃい」

フロントの受付嬢は直樹の顔を見ると、可愛らしい顔をくずして笑顔になり、カウンターで直樹を出迎えた。数人いる受付嬢は皆愛想が良く、サービス精神旺盛で泊まり客に人気があったが、特に上背があってハンサムな直樹は彼女たちの人気者だった。

直樹は、チェックインした後、五階の部屋に通された。バス、トイレ付きの、清潔感のあるワンルームで、通りに面して明るい。この部屋を直樹は気に入った。半月ほど生活するには十分な部屋である。

初出勤

翌朝バイキング形式の朝食を済ませ、ホテルを出た。バイキングといってもトーストにベーコンエッグと野菜炒め、または油條（揚げパン）、ネギなどをトッピングした台湾お粥とお漬物、そして飲み物はコーヒーか烏龍茶程度である。直樹は好物の台湾お粥とお漬物を選んだ。ビジネスホテルの朝食はいたって質素である。

台湾中央機械の事務所まで歩いて十分もかからなかった。大変便利である。事務所は古びたオフィスビルの十階にあった。直樹が事務所のドアを開けると、秘書の李小姐はじめスタッフたちが一斉に直樹のほうに顔を向け愛想良く、「你早《ニーツァオ》！（おはよう）」と挨拶した。事務所のスタッフは田中総経理（社長）と王副総経理（副社長）を含めて十七名である。

直樹は秘書の李小姐に案内されて後部の席についた。李小姐から、少し落ち着いたら田中総経理の部屋に挨拶に行くよう伝えられ、直樹はとりあえず自分のバッグを席に置いてすぐに総経理室に向かった。

田中久雄は六十三歳、本社の営業部長を務めた後、五年前に台湾中央機械の総経理として着任した。直樹は本社では面識はなかったが、台湾出張時には必ず高雄市内の日本料理屋や中華料理店に連れて行ってくれたので、お互いに親しくなっていた。

田中は初老ながら経験豊富なベテラン営業マンらしく非常に闊達で大らか、そして自信に満ちた態度だった。彼は多くの顧客から信頼されているが、社内のスタッフからも人気があった。直樹もそんな田中の人柄に尊敬の念を抱いていた。

開けっ放しになった総経理室に直樹が入っていくと、

「おぉ、田川君、よく来てくれた。待っていたぞ。昨夜はよく眠れたかな？」

と、ねぎらいの言葉があり、しばらく談笑後、田中に促されて事務所のスタッフ全員の前で紹介された。直樹は過去三回の高雄出張時に必ずお土産を持って事務所に立ち寄っていたので、ほとんど皆顔なじみだった。

事務所のスタッフは田中総経理を除いて全員台湾人で、そのトップが技術担当の副総経理（副社長）・王建忠、五十三歳、である。彼は東京の技術系大学を卒業し、二年間の兵役義務を果たした後まもなく、台湾中央機械に入社しているので同社では超ベテランである。日本語も流暢《りゅうちょう》に話し、人柄も穏やかなので、スタッフは皆彼のことを「副総（フーツォン）」と呼んで敬意を表していた。田中も王副総経理には技術面だけではなく、社内の統率、管理面でも全幅の信頼を寄せていた。

王副総を補佐する技術担当の経理《チンリー》（部長クラス）が劉宗憲、四十歳。工事現場での、汗と泥にまみれた厳しい仕事も厭わない真面目一徹の中堅社員である。現場に強いエンジニアとして田中、王の両トップから高い信頼を受けている。

社内で三番目に古い社員が秘書の李淑芬、三十五歳である。彼女の肩書きは総経理秘書兼総務課長で、入社十五年のベテラン。二児の母親だが、仕事はテキパキと要領よくこなし、台湾っ子らしいしたたかさと底抜けの朗らかさで社内のムードメーカーである。田中は彼女を信頼し庶務的な仕事全般を任せていた。

李小姐に負けず劣らず明るくて、しっかり者の女性スタッフが営業部の黄美恵、三十二歳である。彼女は台湾の名門・国立成功大学卒の秀才で、入社十年の優秀な営業スタッフである。営業部課長として各客先への訪問、ＰＲ、さらに見積もり作業などの社内実務で忙しい。一児の母親でもある。

本社からの出張者の中には、台湾中央機械は両小姐で持っていると評する者がいるほど、彼女たちの存在感は絶大である。

ところで、この「小姐《シャウチェ》」という言葉、台湾と中国では意味、ニュアンスでかなり差異があるので使い方には注意が必要である。

「小姐」は元々両国ともに〝お嬢さん〟とか〝ミス〟といった若い未婚女性に対して使われていたようだが、台湾ではもっと広い意味で日常的に使われている。つまり、若い女性だけではなく、おばさんや時にはおばあちゃんに対しても親しみを込めて「小姐」と呼びかけるのである。台湾ではこの言葉はもはや老若問わず女性全般に対する敬称なのである。

一方、中国では、福建省など南部地方を除き、「夜の酒場の女」といったニュアンスがあり、一般的には使用されないようである。昼間働く一般女性に向かって「小姐」と呼びかけ、思い切りビンタを食らったという、笑えない話もあるくらいである。中国では女性に対しては美醜を問わず「美女《メイニュー》」あるいは、働く女性に対して「服務員《フーウーユエン》」という言葉が一般的なのだろう。

同じ単語であっても国が違えば意味もニュアンスも異なるので要注意である。それにしても、台湾の小姐に対して服務員はどうも親しみが湧かないなぁ。

田中総経理と王副総経理、劉経理、李小姐、黄小姐の中軸となるスタッフ以外に、十二名のローカルスタッフが在籍している。

そのうち直樹と同年齢二十六歳の営業部員である王志豪以外は、全て技術系のスタッフである。皆入社五年前後で、二十代の若者である。ここに直樹が加わり、総勢十八名となった。

彼らは皆直樹にとって顔なじみであり、満面の笑みを浮かべて拍手で温かく迎えてくれた。

第二章　いよいよ営業活動スタート

客先に挨拶回り

直樹は出社初日から二日間にわたって台湾市場での台湾中央機械の事業の他、全般的な台湾事情について田中総経理と王副総経理からそれぞれ説明を受けた。直樹は本社勤務の時に台湾市場も担当範囲に入っており、また過去に台湾出張を三回経験しているので、同市場についてある程度の知識はあった。台湾中央機械は大阪本社の出先として営業活動をサポートする他、部品、資材の現地調達、また現地の据付工事、試運転を指導する本社技術者のサポートなどを行っていた。

中央機械グループの重要な顧客には、地元高雄の台湾製鉄、台北の台湾機械、台南の台南製鋼の他、各地に有力な日系企業があった。こういった企業に対して営業活動を行うには、まず各社の幹部やプロジェクトのキーパーソンに顔を売ることである。直樹は駐在に際して李小姐に頼んでいた真新しい自分の名刺を受け取ると、田中総経理あるいは王副総経理にお供して各顧客への挨拶回りを始めた。

最初の訪問先は、台湾の鉄鋼業界を代表する巨大企業の一つで、中央機械にとっては最重要顧客の台湾製鉄である。田中は同社の正門で黒塗りのハイヤーを停車させ、自ら入門手続きのため車から降りて守衛室に向かった。同社の入門には通常かなりの時間をかけて煩わしい手続きが必要だが、客先のほうで予めフリーパスの身分証を用意してくれていたので簡単に入門することができた。田中と直樹を乗せたハイヤーは複雑な製鉄所内の道路をゆっくりと走り、しばらくして熱延工場の事務所の前に止まった。事務所まで来る途中、製品置き場に整然と並べられている、おびただしい数の鋼板コイルの製品が車窓から見えた。

事務所から少し離れた場所に工場があり、時々ガシャーンと耳をつんざくような轟音が鳴り響く。熱延用加熱炉で真っ赤に焼かれた鋼片（スラブという）が炉外に出された後、そのスラブの表面に付着したスケール（酸化鉄）をデスケーラ設備の高圧水で吹き飛ばす時に発生する騒音である。

この熱延用加熱炉という設備は、製鉄所で高炉、転炉、連続鋳造機の製造プロセスを通過する間に六〇〇℃近辺（時には二〇〇～三〇〇℃）まで温度降下したスラブを一一〇〇～一二五〇℃間の所定温度まで均一に加熱する装置で、その赤熱したスラブは次工程の熱間圧延機に送り出されていく。この赤熱スラブは熱間圧延の工程で複数の上下ロールによって押しつぶされ、一・二～十四ミリメートル程度に薄く長く引き伸ばされてコイル状に巻き取られる（ホットコイルと呼ばれる）。この赤熱スラブが加熱炉から出された後、圧延機によって引き伸ばされながら高速で送られていく、製鉄所の印象的なシーンは、時折テレビニュースなどで映し出されている。

このホットコイルは建材や産業機械用部材として使用されたり、あるいは冷間圧延機《れいかんあつえんき》に送られて〇・五～一・四ミリメートル程度まで薄く圧延された後、焼きなまし（焼鈍）や調質圧延といった工程を経て、冷延鋼板として自動車のボディに使用されたりしている。

「你好《ニーハオ》！」

田中は、女性秘書に案内されて熱延工場のトップである陳聰賢工場長の部屋に入ると、中国語で挨拶した。陳工場長は田中の顔を見ると相好を崩して挨拶を返し、二人をソファに案内した。

「今日はわが社に加わった新人を紹介しようと思って挨拶に参りました」

田中はそう言って、直樹の経歴などを陳工場長に紹介した。

「なかなか素晴らしい人材を補強したね。これで台湾中央機械も万全だ」

とお世辞を言いつつ、工場長の関心は一カ月後に控えた熱延用加熱炉二基の入札に向けられていた。

台湾製鉄ではこの熱延用加熱炉の入札のために大方一年かけて入札参加予定の三社に対し技術評価が行われてきた。この技術評価は、参加企業による技術プレゼンテーション（自社製品の商品説明）と客先との技術面の質疑応答を通して実施され、その結果を踏まえて客先が参加企業の技術レベル、製品の能力、機能、品質、操作性、またメンテナンス（保守）の容易性、さらには数多くの予備品の点数、数量に至るまで様々な観点から細かくチェック、評価し、優劣をつけるのである。本来なら熱延工場で現在稼働中の加熱炉二基を納入したフランスのデュール社がこの入札に招かれるはずで、その場合にはこの既設加熱炉との操業上の関連性や部品の互換性などの観点から圧倒的に有利な立場に立ったはずである。だが、同社は数年前に加熱炉のビジネスから撤退していた。そこで客先は世界からデュール社以外の加熱炉メーカー五社を招いていたが、客先の最終選考に残ったのは、日本から中央機械と日系のライバル企業・三和エンジニアリング社、そしてドイツからブラウン社の計三社であった。

台湾製鉄が、各メーカーとの一連の技術打ち合わせの中で合意しておかねばならない、というよりも自分たちの要求を絶対にメーカーに飲ませなければならない項目がある。その重要項目の一つが加熱炉の「性能保証」である。その主な項目として、例えば、炉の加熱能力、スラブ内の温度差（スキッドマーク）、燃費、騒音、NOx排出値などがあり、これらの性能保証項目にはそれぞれ保証値が設けられている。加熱炉の建設を完了した後に六カ月程度の試運転が実施され、その期間中の決められた時期にこれらの保証項目を全て計測する。保証値を全てクリアすれば「検収合格」となる。「検収合格」と判定された時点で、メーカー側は納入した設備（つまり加熱炉）の所有権を完全に客先に移転する一方、客先から代金の残金を回収するのである。他方、客先は残金支払いとともに設備を受け取り、メーカーから設備の性能、品質の保証を取りつけることになる。この保証期間は「検収合格」時点より通常一年間である。

話が回りくどくなったが、台湾製鉄と中央機械との最終打ち合わせ段階で、加熱炉の性能保証値をめぐって紛糾することになった。特に大もめとなったのが「ＮＯｘ排出値」、つまり大気汚染の発生原因となる窒素酸化物の排出規制値である。

「台湾製鉄殿の要求は無茶です！　ＮＯｘ排出値自体、日本の規制値が一〇〇ＰＰＭに対して貴社の要求が七五ＰＰＭと非常に低いのに、計算のベースとなる燃焼時の酸素濃度O_2パーセントの貴社条件なども考えると、貴社の要求は実質四〇ＰＰＭとなります。これは日本の規制値の四十パーセントです。こんな低い数値は世の中にあり得ません！　これを保証せよという貴社の要求には絶対応じられません！」

中央機械本社から出張して台湾製鉄との打ち合わせに参加していた技術責任者の武田部長は普段は温厚だったが、この日は珍しく怒りを露わにして台湾製鉄の要求を拒否した。

武田の主張を無表情で聞いていた台湾製鉄側の技術責任者である熱延技術主任・郭勝豊は、淡々と反論した。

「武田さん、世の中にあり得ない数値と仰いますが、それは認識不足でしょう。現実に我々の工場では七五ＰＰＭはむしろ高すぎるくらいです」

　郭主任から反論された武田部長は感情的になり、怒りの矛先を直樹にぶつけた。

「おいっ、田川君！　君は私の言ってることをきちんと英語に通訳してるのか？　なぜお客さんは私の言ってる真っ当なことを理解しないのだ！」

　若い直樹も少しムキになって言い返した。

「私も部長の考え方は百パーセント理解しています！　だから部長が主張されている内容を伝え間違えたりすることはありません。ただお客さんがどうしても納得してくれないのです」

　中央機械サイドで内輪もめしている様子を嘲笑いながら、郭主任は冷ややかに言い放った。

「武田さん、私の話していることに間違いはありません。実際我々が操業中に計測した値は四〇～五〇ＰＰＭくらいですよ。貴社の最新鋭の設備なら、我々の要求はむしろ甘いくらいです。それとも、武田さん、なんですか、貴社は二流の設備を我々に売り込もうとでも思っているのですか？」

「そんなバカな！　我々だって多くの客先工場でＮＯｘ値を計測したデータをたくさん持っています。瞬間的にその数値が出ることはありますが、貴社が要求するように一日操業した時の平均数値で四〇ＰＰＭなんて信じられません！」

　客先から嘲笑された武田は、我を忘れて怒鳴った。

NOx排出値をめぐる両者の主張は隔たりが大きく、結局決裂してしまった。

しかし、台湾製鉄から中央機械が性能保証値を受け入れないなら失格にせざるを得ない、との脅迫、さらに競合二社も性能保証値については相当もめたが、最終的にはNOx排出値も含め全て受け入れたようだ、との中央機械が提携している商社東京物産からの情報もあり、中央機械として最終的に受け入れざるを得なかった。武田部長とすれば、あとは野となれ山となれ、技術責任者として切腹覚悟の心境であった。

一年間に及ぶ三社の技術競争の結果、客先の評価は一位中央機械、二位ドイツのブラウン社、三位三和エンジニアリング社、であった。これは中央機械の技術力もさることながら、台湾製鉄における中央機械の過去の豊富な納入実績、納入後の誠実なアフターサービス、そしてこれら諸々の結果として客先から寄せられた高い信頼、期待が大きく寄与していたことは間違いない。特に機械を日々扱い、苦労している現場スタッフの人気が高いのである。しかしながら、実際のところ技術力としては三社ほぼ横一線で、優劣つけがたいというのが、客先の評価であった。

客先の技術評価はすでに終了し、あとは半月後の競争入札でどの企業が客先予算をくぐり、価格、技術の総合評価で一位になるかである。競合している三社にはそれぞれ独自の商社が支援しており、客先の技術評価の結果や客先の予算額、さらに競合他社の見積価格や動向など詳細な情報がそれぞれ味方の企業に提供されていた。競合各社は、独自に直接入手した情報以外に、商社から入手した貴重な情報を参考にしながらコスト分析し、入札価格を設定するのである。

中央機械が提携している商社・東京物産は台湾製鉄をはじめ台湾の主要な製鉄各社と太いパイプを持ち、業界の動きを熟知しており、的確な情報が中央機械に適時提供されていた。同社の営業部長・中西武史は凄腕の営業マンで、台湾鉄鋼業界では有名な存在であった。一方、ライバル会社の三和エンジニアリング社も、日本を代表する商社で、東京物産とは激しいライバル関係にあった四葉商事と手を組んでいた。またドイツのブラウン社は高雄に事務所を持つ小さな地元商社・東和商事と提携していた。同社の董事長（会長）兼総経理である邱勝文は非常に優秀な中年の営業マンで、鉄鋼業界には表も裏も知り尽くすほどに精通していた。同社には彼の下で美人の秘書、実は邱董事長の妻・蔡淑華と三人の若い営業スタッフが働いていた。

中央機械は、この一年間を通じてすでに五回に及ぶ技術プレゼンテーションを終了し、設備の詳細なコスト計算も終えていた。あとは商社情報を含むプロジェクト全体の状況を踏まえて、入札価格をいくらに設定するかが大きなポイントになる。同社ではこのプロジェクトを担当する営業課長の北村真司が、頻繁に東京物産の中西部長と情報交換を行いながら社内の取りまとめを進めてきた。

今日は台湾製鉄で五月十日に予定されている熱延用加熱炉の入札について、中央機械として入札価格をいくらに設定するか大阪の本社で社内会議が予定されていた。営業部門から村上智彦取締役、森下和也部長、北村真司課長、見積もり試算担当者、技術部門から木村正忠取締役、武田哲郎部長、太田誠課長そして調達部門から樽井昌弘取締役、他関係者が招集されていた。北村は、出席者に配布した資料を使って本プロジェクトの概要、競合各社の動向、さらに客先の各社評価、推定予算などを説明した。

「北村君、客先の、この推定予算は間違いないのかね?」

調達部門の樽井取締役がため息をつき、首を横に振りながら尋ねた。調達部門や技術部門の出席者も一様に首をひねって苦悶の表情を浮かべた。

「ええ、まず間違いありません」

北村は念を押すように答えた。

客先が設定した加熱炉二基の米ドル建て予算は日本円換算で推定二十億円。いつものことながら、客先予算は非常に低く、中央機械が積算したコストとほぼ同一である。このコストは設備原価だけでなく、人件費の他に交通費、通信費、交際費など経費全てを含んだ最終コストである。このままでは客先予算をくぐって競争入札に勝ち抜くことはおぼつかず、仮に受注したとしても利益を確保することは絶望的である。

「こりゃあ無理だ。残念ながら、このプロジェクトを諦めるというのも一つの選択肢ではないのか?」

樽井取締役が営業部門の村上取締役、森下部長の顔色を見ながら意見を述べた。調達、技術両部門から、無理して受注すべきではないとの反対意見が出された。

「本プロジェクトはわが社の命運をかけて取りに行くべきです。社長も台湾製鉄のプロジェクトはなんとしても取れ、と指示されています。考えますと、現在わが社で試算したコストは少し甘いと思います。少なくとも試算額の十五パーセント程度は絞ることができるはずです」

営業部門から森下部長が口を開き、意識的に「社長の指示」という点に力を込めて発言した。

「君、無茶なことを言ってはいかんよ。現状のコストはかなり絞っているはずで、十五パーセントカットなんてとんでもない話だ」

調達の樽井取締役は少し言葉を荒らげて反対意見を述べた。

調達、技術の両部門から強い反対意見が出され、結局結論が出ず、社長決裁にゆだねることになったが、樽井取締役は渋い顔であった。西川良一社長は営業出身で、注文を取るのに熱心であり、「市場が価格を決定する」、つまり市場で決定された価格に合理性があるという考え方に近かったからである。そして、この場合の市場価格とは往々にして客先の予算を意味した。案の定、西川社長は、コストを十五パーセントカットした上で客先予算を下回るという営業部門の考え方で社内決裁したのである。

台湾製鉄の陳工場長は、中央機械が過去の実績で重大なトラブルを起こしたことがなく、また生産現場の人気も高かったので、中央機械の受注に大いに期待をかけた。陳工場長は田中に向かってぜひ頑張って受注してほしいと激励した。しかし、客先予算が例によって非常に厳しく、そのために本社が非常に頭を悩ましている状況を知っている田中は、渋い顔をして訴えた。

「大きな期待をかけてくれるのはうれしいし、期待通り注文を取りたいとは思っていますが、ここ最近の貴社の予算実績を見るとあまりに低すぎます。今回もそのようなレベルになるのではないかと恐れています。予算だけはなんとかならないものでしょうか」

「いや、貴社なら大丈夫。技術的には何の問題もないから、あとは価格面だけ。なんとか頑張って注文を取ってほしい」

陳工場長は苦笑しながら、そのように応じた。

台湾製鉄からの帰りの車中で、田中はため息をつきながら直樹に語りかけた。

「彼らの予算は年々厳しくなって、本当に嫌になるよ。こんな調子じゃ注文とっても、トラブルや思わぬコストの追加が出ると、途端に赤字になってしまうからね。これはわが社だけでなく、日本のメーカーは全て同じ状況だ。しかも、日本のメーカー同士で足の引っ張り合いをするから困ったものだ」

田中の苦言は、大学を卒業してから勤続四年余り、台湾出張の経験もある直樹には実感できる話だった。しばらく田中の愚痴が続いている間に、車は高雄の市街地に入り、台湾中央機械の事務所が入った高層ビルの前に止まった。

その後も直樹は客先への挨拶回りの他に、新規商談や納入した設備のトラブル対応など様々な仕事をこなしながら忙しい日々を送っていた。台湾中央機械が商用で使用する車は、台湾製鉄のように出入りの管理が厳しい大企業を除いては、経費節約の点から通常市中を走る黄色いタクシーを使っていた。同社スタッフの間では、阿蘭《アーラン》おばさんが運転するタクシーが多用されていた。阿蘭おばさんはおしゃべり好きで、時々うるさく感じる時もあるが、台湾っ子らしく気さくで朗らかな人だから、スタッフの間で人気があった。

ちなみに阿蘭というのはニックネームで、本名は李竹蘭である。本名の最後の字、つまり蘭に阿を付けると「阿蘭ちゃん」といった愛称になる。有名人では台湾の第五代総統・陳水扁が「阿扁《アーピエン》」の愛称で親しまれた。また彼とは政敵となる中国の国家主席・習近平は「阿平《アーピン》」である。

今日は王副総経理と直樹が、本社から出張している営業の北村課長にアテンドして阿蘭おばさんのタクシーで台南市郊外に出かけた。訪問先は台湾では中堅クラスの鉄鋼メーカー・台南製鋼である。同社は中央機械の大阪本社にとっても直樹たちの台湾子会社にとっても長年取引のある重要な顧客である。

今回の訪問目的は、中央機械が約一年半前に納めた鋼板塗装設備の検収をあげてもらうよう客先にお願いすることである。「検収をあげる」というのは「検収合格」のことである。先述したように、その時点でメーカー側は納入した機械の所有権を完全に客先に移転する一方で代金の残金を回収する。他方、客先は残金支払いとともに機械を受け取り、メーカーから機械の性能、品質について通常一年間の保証を取り付けることになる。

三人が台南製鋼に到着し、こぢんまりとした会議室でしばらく待っていると、会議室のドアノブがガチャと開いて、少し長身で細身の、中年の男性が不愛想な表情で入ってきた。

「今日は何の用事ですか？」

工場長の劉大立は、三人の訪問目的を知っていながら挨拶もそこそこにあえてぶっきらぼうに尋ねた。納入した機械を検収合格とするためには劉工場長の承認が不可欠だったが、彼は頑として首を縦に振らなかった。中央機械が納めた設備で生産した鋼板製品の一部が縦方向に波打っており、また所々鋼板の表面がまだら模様に着色されているので市場で売れない、というのが彼の主張である。これに対して、中央機械側は、生産に使用される原板の形状や品質などの条件、また操業状態が契約時に合意した条件に合致していないと主張したが、客先はこの主張を真っ向から否定していた。一方で、客先は、中国から輸入した二級品の原板を使って生産した鋼板製品をもう半年以上前から市場に売り出していたのである。中央機械も直樹たちの現地事務所も、長期間にわたって未解決のままこのような状態にあることにフラストレーションがたまっていた。

劉工場長とは、結局解決の糸口も見出せないまま再び物別れに終わった。

この後、三人は台南製鋼で唯一の日本人である技術顧問の松田毅を訪ねた。直樹が王副総経理から予め聞かされていたこの技術顧問の人物像によれば、昼間の技術指導の仕事は適当に、夜になると元気になって日本式クラブやカラオケ・スナック通いに精を出し、また休日には必ずといってよいほどゴルフ場に通い詰めている、という社内の評判である。彼は、今回のトラブルについて中央機械に同情的ではあるが、まずは生産部門ときちんと話し合い解決してほしいという姿勢であり、自らこのトラブルに関わることは一切なかった。それでも彼は台南製鋼の中で技術者を指導する立場にあり、中央機械にとっては設備の検収に際して否定的な意見を述べられるなど嫌がらせをされては困るので、客先訪問の際には松田顧問に手土産を持って挨拶することを欠かさなかった。

くだんの顧問は、気だるい雰囲気の漂う顧問室に三人を迎え入れた。

「工場長との話し合いはどうでしたか？」

「今回もダメでした。機械を納めて一年半にもなりますし、すでに市場にも製品を販売されているのですから、検収をあげてくれないというのは理不尽だと思うのですが……」

「そうですか……それは困ったもんですね」

松田はそう答えながらも、自分がこのトラブルをどうにか解決しようという気は毛頭なく、また北村課長も松田のサポートをとっくに諦めていた。

王副総経理に紹介されて、直樹は新しい名刺を差し出しながら神妙に挨拶した。

「新戦力だね。なかなか立派な青年じゃないか。台湾にはいつ来たの?」

「一カ月前です。今後時々おじゃましたいと思っていますので、よろしくお願いします」

「ええ、こちらこそ。田川さんは台湾でどれくらい駐在される予定ですか?」

「はぁ、会社からは具体的な期間は言われておりません」

「そうですか、そりゃ大変だ。こんな所で長くいたら大変だよ。田川さんはゴルフをやるのかな?」

直樹がゴルフをしないと答えると、松田顧問は、そりゃいかん、こちらで駐在している間は休みの日など退屈で仕方がないよ、とゴルフを勧められた。

直樹は、「はい」と率直に返事はしたが、結局その後もゴルフに手を出すことはなかった。直樹は休日出勤したり、中国語の学校で個人レッスンを受けたり、また自宅で料理、洗濯、掃除、片付け、時には東京物産の木村課長や台湾中央機械と取引がある泰平銀行高雄支店の越後課長とたまに会食したり、スナックでカラオケをしたりと、結構忙しい日々を過ごしていた。少なくとも、台南製鋼の松田顧問が言うように「ゴルフをしないと退屈」というようなことは、幸いに直樹の身の上には起きなかった。

熱延用加熱炉の受注をめぐる激闘

二〇一五年五月十日、中央機械にとって重要な日がやってきた。熱延用加熱炉二基に関する台湾製鉄の入札日である。

その二日前に本社から営業部門の村上取締役、森下部長、北村課長、技術部門の武田部長、太田課長が現地入りしていた。入札前日の五月九日午前中に直樹の案内で台湾製鉄熱延工場の陳工場長やその他の熱延部門関係者に挨拶回りをした。客先の多くは中央機械のファンで、明日の入札ではぜひ注文を取ってほしいと励まされた。客先現場のスタッフは非常に好意的だが、問題は落札価格である。

午後に村上取締役他、本社からの出張者と田中総経理、直樹が事務所の会議室に入って明日の入札について中央機械の方針を確認した。

本社が独自情報と商社から入手した情報を合わせると、客先予算は日本円換算で二十億円だが、彼らが実際に発注を考えている目標価格は通常予算額より低く設定されている。今回の商談では恐らく予算額よりも十パーセント低い十八億円程度と推定される。さらに重要なポイントは、中央機械のライバル、つまり日系の三和エンジニアリング社とドイツのブラウン社の動向と見積価格である。この両社も受注に向け意欲的であり、中央機械の協力商社である東京物産の情報によれば、競合二社ともに客先予算の二十億円を確実に下回る入札価格を出してくるだろう、ということである。

五月十日入札当日、競合三社の代表メンバーはそれぞれ客先の案内で各自の控え室に入り、午前九時に入札会場に案内された。中央機械は、本社から出張の村上取締役、森下部長、北村課長、技術部門の武田部長、太田課長、そして直樹が書記・記録係として出席した。中央機械は奥の窓側を背にして長椅子に着席した。客先はすでに白板を背にして着席していた。五名の中央に座っている人は客先の購買部長・鄭文嘉で、本日の入札の司会を務めることになっている。

中央機械に続いてドイツ・メーカーのブラウン社が客先スタッフに案内されて入室し、客先の席と向かい合った席、つまり中央機械の左隣に着席した。同社はスピューゲル社長が自ら出席していた。彼は鉄鋼業界では有名なセールスマンでもあり、その強力なトップ外交でライバル企業から恐れられていた。彼に付き添っているのは若手のセールスエンジニアのみである。スピューゲル社長は、いつものようにやる気があるのかないのか分からない、ひょうひょうとした表情で座っていた。

最後に入室してきたのは三和エンジニアリング社で、中央機械と向かい合った席に五名が陣取った。国内外で激しく競争している中央機械にとっては営業部門のトップで取締役・北川正一はじめなじみの面々である。皆少々緊張した面持ちながら、このプロジェクトは何が何でも取る、といった意気込みが感じられた。

関係者が一堂に会したところで、客先購買部門の鄭部長がゆっくりと立ち上がり、いつものように無表情でぼそぼそと小声で話し始めた。要するに、本日の入札のルールと手順を英語で説明しているのだが、会場内の出席者は皆この儀式を幾度も経験しており、聞き慣れた内容だった。しかし、このような場に臨むのは初体験だった直樹は緊張のあまり体が硬直しそうだったが、それでも記録係の責任から鄭部長の聞き取りにくい英語を一字一句聞き漏らすまいと全神経を集中させた。

鄭部長は、本日入札に参加した三社は全て規定通り昨日午後四時の期限までに入札書類を密封した状態で客先に提出していること、また客先では各メーカーの入札書類を客先所定の金庫に厳重に保管していたこと、などを強調した。また各自の入札書類がいったんそれぞれのメーカーに戻され、昨日提出された時と同じ状態で密封されていることを証明するといった念の入れようであった。

中央機械の入札書類は昨日午後一番に高雄事務所の会議室で最終確認された後、本社営業の北村課長と直樹がハイヤーで台湾製鉄を訪れ、購買部門に午後四時ぎりぎりに提出していた。

その後、各メーカーを担当する客先スタッフがメーカーから入札書類を受け取ると、議長を務める鄭部長のもとに集められた。そして、三社の封書がハサミで開封され、鄭部長のそばに控えていたスタッフが計算機で計算し始めた。会場内はピーンと張った緊張に包まれる。

やがて三社の応札価格が鄭部長のもとに集められ、慎重に比較されたあと、鄭部長はやおら立ち上がって、再びぼそぼそと生気のない小声でしゃべり始めた。

「ただ今三社の価格を慎重に検討しました結果、三社とも全て当社の予算をオーバーしておりますので、再度各自の控え室に戻って出し直しをしてください」

中央機械の控え室に戻った後、村上取締役は深いため息をつき、おもむろに携帯電話をポケットから取り出して話し始めた。話し相手は東京物産の中西部長のようである。

中西部長によれば、三社ともに客先予算の二十億円をクリアした模様だが、客先が目標とする買い付け価格（推定十八億円）には届かなかった、ということである。そして、衝撃的なのは、中央機械の価格が最下位であり、ここで一発思い切った数字を出さないと受注は難しい、ということだった。中央機械は客先予算を少し切った十九・八億円で入札したが、競合二社は十九億円に近い数字を出しており、次は十九億円を切ってくる可能性が高い、と言う。控え室に入っている他のメンバーはそれを聞いて絶句した。

村上取締役はしばらく呻吟した後、次の入札で当初想定していた十九・二億円を取り止め、思い切って十八・八億円で勝負することを決めた。

三社は再び入札会場に招集され、第二回の入札作業が同じように進められた。そして、議長を務める鄭部長が立ち上がって重い口を開いた。

「今回もなお当社の予算に入ったメーカーがいないので、入札価格を見直し再提出願います」

メーカー各社は一様に渋い顔をして再び入札会場を退出し、各自の控え室に戻っていった。

村上取締役は再度東京物産の中西部長と携帯電話でやり取りを始めた。東京物産の情報によれば、中央機械の価格十八・八億円は三和エンジニアリング社に並んだ模様で、ドイツのブラウン社は十九億円で高止まりしている、恐らく三和エンジニアリング社との一騎打ちだろう、と言う。

村上取締役は大いに悩んだ。悩んだ末、控え室のメンバーに対して重い口を開いた。

「我々としてはほとんど限界に近い数字を出したつもりだが、十八・八億円でやっと三和エンジニアリング社に並んだ模様だ。三和エンジニアリング社はまだ余裕があるかもしれん。この商談を取るためには相当な覚悟が必要だ。いつまでも泥仕合を続けるわけにはいかないので、次は思い切った数字を出して決着をつけたい。十八・五億円で勝負したい。これで負けたら仕方がない。勝負は時の運だ」

村上取締役の話を神妙に聞いていたメンバーは、皆一も二もなく提案に賛成した。彼らの間にはこの仕事をどうしても取りたいという雰囲気が自然とみなぎっていたのである。この思いは直樹も同じで、村上から意見を求められ、受注さえすれば、この仕事が成功するよう台湾サイドでも全力を尽くしたい、とキッパリ決意を述べた。

メーカー三社が再び入札会場に招集され、三回目の入札が始まった。作業は第一回、第二回と同様の手続きで進められ、客先の鄭部長が両隣の二人と小声で何事か確認し合った。その時間は村上たちには気が遠くなるほど長く感じられた。ようやく鄭部長がゆっくりと立ち上がり、相変わらずぼそぼそと低い声で話し始めた。

「三社の入札価格を慎重に比較検討の結果、“the lowest price bidder”（最低価格を提示した入札者）は日本の中央機械と決まりました」

鄭部長のアナウンスに会場内は一瞬どよめきが広がり、三者三様の奇妙な雰囲気が広がった。受注した中央機械の面々はうれしさで笑みがこぼれたが、一方でこれから始まるコストとの戦いに手放しでは喜べない雰囲気だった。しかも無条件で客先から発注される“the successful bidder”（受注成功の入札者）と異なり、“the lowest price bidder”というのは、三社の中で単に入札額が最安値というだけで、正式受注までにさらに客先との価格交渉が待っているのである。万一この交渉が失敗すれば第二交渉権を持つ応札者（この時点では不明だが、恐らく三和エンジニアリング社だろう）に交渉権が回ってしまうので、中央機械としては素直に喜ぶことができなかった。

ドイツのブラウン社はさばさばした表情で中央機械に「おめでとう」と述べて会場を去っていった。三和エンジニアリング社のメンバーはさすがに悔しい表情を浮かべながら、中央機械のメンバーに握手を求め、「おめでとう」と祝意を述べて去っていった。

中央機械のメンバーは居残って客先から明日の単独交渉とそれ以降のスケジュールなどについて説明を受けた後、会場をあとにした。中央機械のメンバーは明日の交渉に厳しい表情は残すものの、ひとまずこの大型商談を獲得したという安堵感、満足感にひたっていた。

翌朝、客先と中央機械の価格交渉は熾烈だった。しかし、台湾製鉄としても本命の中央機械との交渉を不調に終わらせるわけにはいかないとの思いから、買付目標価格の十八億円での決着はすでに諦めており、最終価格の十八・五億円から二、三千万円程度の値引きでの決着を目指していた。ただ台湾製鉄は単なる価格の値引き交渉では中央機械の譲歩をこれ以上引き出すのは難しいと判断し、加熱炉の仕様、つまり設備の設計上の問題点や予備品の点数、単価などの不明点を指摘して仕様変更や予備品の追加を要求し、実質値引きに持ち込む作戦を立てた。本来設備仕様や予備品については入札以前に双方が合意しているのだが、客先はメーカーに値下げを飲ませるために無理矢理このような作戦を取ってきたのである。午前中、中央機械は設備仕様や予備品の内容については技術打ち合わせの段階で決着済みであるとして客先の要求に一切応じず、交渉を終えた。

午後になっても交渉は膠着《こうちゃく》したままであったが、午後四時半を過ぎて双方がようやく歩み寄りを見せた。中央機械は、仕様変更については設計のみ自社で行い、資材、工事は客先範囲とするという提案をし、また一部予備品の追加要求に応じることによって、ぎりぎりの交渉に決着を見たのである。結果的に、中央機械の受注金額は十八・五億円のままだが、設備仕様の変更に伴う設計業務の追加及び予備品の追加でトータル一千五百万円のコスト・アップとなった。

中央機械にとっては厳しい結果となったが、なにはともあれ双方は激闘が終わったという安堵感で満面の笑みを浮かべ、お互いに駆け寄り固く握手を交わして喜び合った。

その夜、中央機械の本社メンバー五人と田中総経理、直樹は高雄市内の一流ホテルにある高級日本料理店で舌鼓を打った後、行きつけのスナック「祇園」を借り切って祝杯をあげた。お店は長いカウンター席に十人の客が座れる程度のこぢんまりしたスペースだが、今夜の客には十分な広さだった。

「ママ、今日はめでたい日だから大いに飲ませてもらうよ。よろしく頼むよ」

「おめでとうございます。何だかわからないけど、今日は特別の日なのね。私もうれしいわ。今夜ゆっくり楽しんでくださいね」

明るい表情で楽しそうに話す田中に向かって、カウンター越しに中年の色っぽいママが次々にビールを注ぎながら、流暢な日本語でにこやかに応じた。その傍らで二十代半ばの、可愛い女性がつまみなどを出しながら、愛嬌をふりまいていた。

今後予想される仕事の厳しさはとりあえず忘れ、今宵は皆喜びに酔いしれた。お互いに乾杯し、この一年間喜びも苦しみも詰まった台湾製鉄との商談でのお互いの苦闘を讃《たた》え合い、またこれから始まる長い契約の遂行に万全を尽くすことを誓い合った。本社の森下営業部長がママに勧められてカラオケ・マイクを握ると、得意の吉幾三の演歌『雪国』を渋い声で熱唱し、やんやの喝采を浴びた。そして、すでに酔っ払って完全にできあがっている太田技術課長にマイクが回ると、調子はずれの北島三郎の演歌『北の漁場』に爆笑が巻き起こり、その場の雰囲気は大いに盛り上がった。

そんな中、村上取締役は田中総経理と熱っぽく話し合っていた。村上は、この商談で台湾中央機械が受注に向けて客先情報の提供など尽力してくれたことにお礼を述べながら、これから始まる長い契約の遂行中に様々な困難が予想されるので台湾中央機械には最大限の協力をお願いしたい、と力を込めて語った。

中央機械は最終的に一億円強の利益を確保してこの商談を手中にしたが、元々コストが二十億円であったものを受注確保のために社内の猛反対を押し切って強引に十七億円とした経緯を村上は強く意識していた。また村上は、過去の多くの経験から、設計期間中の設計変更、また建設工事や試運転期間中に発生する様々なトラブルにより契約時点で確保していた利益が大幅に減ってしまい、最悪の場合には赤字になることも重々承知していたのである。このようなトラブルは多くの場合メーカー側の責任に起因しているが、客先の理不尽なまでの要求あるいは脅しによるところも決して少なくなかった。例えば、設備仕様で契約上はっきりしない部分の高級化要求であるとか、あるいは契約上客先の責任範囲である工事実施や試運転の期間中に明らかに客先のミスでトラブルが発生しても、理不尽にもメーカー側の設計ミスが原因であると強硬に主張し激しく対立するといった事態などである。

村上が台湾中央機械に期待しているのは、現地の利を生かして客先とのコミュニケーションを円滑にし、客先の意向などをいち早く本社の関係者にフィードバックしてもらうという役目であるが、それ以外にも、工事や試運転時にメーカー側の責任で発生したトラブルで資材や部品が緊急に必要となった際に現地で調達してもらう、といった役目もあった。

田中は、そうした本社側の期待を十分に認識していたが、それと同時に、この商談で取り決められた現地調達部分の契約に神経を尖らせていた。

この加熱炉全体の契約には本社が請け負う範囲以外に、割合としては多くないが、台湾中央機械が請け負う現地調達範囲があった。設備全体の品質や性能については全て本社が保証するという前提条件のもとに、台湾中央機械がその現地調達範囲について直接客先と現地通貨の台湾ドルで契約を交わすことになる。

　田中は、こういった台湾中央機械の役割について全責任を負う決意をしているが、現地調達の実務や客先とのコミュニケーションなどの実務は直樹に任せるつもりであり、その旨はすでに直樹に伝えていた。この二十六歳の若者は短期間ながらこのような海外業務の経験もあり、前向きにやる気満々だった。この事情をよく知っている村上取締役は直樹をそばに呼んで声をかけた。

「田川君、今回は本当によく頑張ってくれた。この仕事は完成まで二年くらいの長丁場になるので、その間にいろいろと苦労も多いと思うが、よろしく頼むよ。もちろん本社の営業部がしっかりバックアップするが、君がこの仕事の営業窓口という気持ちでしっかり取り組んでほしい」

「取締役、私が台湾に来たのもこの加熱炉の仕事が大きな使命と心得ております。もちろん他の仕事も大小様々ありますが、仕事がスムーズに行くよう精いっぱい頑張ります」

　村上は直樹の前向きな姿勢に目を細めながら、この若者を台湾に駐在させたのは間違いではなかったと確信した。

「おいっ、田川、何をさぼっているのか！　お前も歌わんか！」

　技術の武田部長がろれつが回らない調子で怒鳴り、マイクを直樹に押し付けた。

「はっ、はい、歌います、歌います」

直樹は自分の好きな最新のＪポップは封印して、その場の雰囲気に合わせて台湾で非常に人気のある内山田洋とクールファイブの『長崎は今日も雨だった』を歌い始めた。ところが、彼も珍しく酔っ払ったせいか、どこか調子はずれの歌いっぷりに爆笑とともに拍手喝采を浴びたのである。

先ほどまで仕事の話に熱中していた村上と田中もいつの間にかカラオケの輪に加わり、「祇園」での宴会は大いに盛り上がり、解散となったのは深夜一時過ぎであった。

本社のメンバーと田中総経理をそれぞれタクシーに乗せて見送った後、直樹も一人タクシーに乗ってアパートに帰った。酔いと興奮がさめない中で、いつの間にかベッドの中で心地よい眠りに落ちていった……。

第三章　直樹のプライベート生活

台湾のアパート生活

直樹が台湾に駐在して半月後にはアパートの一室を見つけ、ホテルから引っ越しした。このアパートは秘書兼総務課長の李小姐経由で不動産仲介業の郭小姐から紹介された賃貸物件で、直樹が予め出していた月額二万元（当時約七万六千円）以内、周囲が静かな環境で、南向きの清潔な部屋、という条件にピッタリだった。台湾では家の向きは重要視しないが、南向きにこだわる日本人には必須の条件である。また、そのアパートは高雄の中心地にある緑豊かな中央公園のすぐ近くで、静かな環境の上に、デパートや市場なども歩いて行ける距離にあり、アパートの建物そのものも新しく清潔感があって、直樹は一目見て気に入った。

高雄市の中心地へのこだわりは田中総経理から選定ポイントの一つとしてアドバイスされたものである。田中は着任した時、高雄市街地の北部のほぼ外れにある十全路のアパートに入居した。初めての単身赴任で、また海外ということもあり、事情が分からず困ったらしい。例えば、朝の通勤時には通りでタクシーを捕まえるのだが、雨の日などは空車を見つけるのに苦労したという。特に南国高雄の大雨ときたら、傘など何の役にも立たず、空車を探す間にずぶぬれ状態となる。そんな日は一日中不愉快な日を送る羽目になる。また週末の休みなどに買い物や食事をするにも近くで気の利いたお店がほとんど見つからないので、フラストレーションがたまる一方だったという。こういった問題は、駐在が長くなり、住み慣れてくると、それなりに解決されるのだが、着任してまもなく現地事情が十分に把握できていない段階では、やはり市街の中心部で住居を求めるべきだろう、というのが田中のアドバイスだった。

また、台湾でアパートを探す時に気をつけなければならないのは室内の装備品である。台湾の新築分譲マンションやアパートは、日本と異なり部屋の内部は間仕切り壁があるだけで、コンクリートを打ちっぱなしの状態である。要するに、部屋の中はがらんどう状態なのである。従って、部屋の購入者は内装、フロアリング、家具、調度品など全て自前で揃えなければならない。部屋の装備品の有無や品質などは部屋の購入者、つまり所有者たる大家が経済的に裕福か否かによって大きく変わってくる。もし経済的に苦しい大家であれば、室内の装備品の品質レベルが劣るし、あるべきものがない、ということもある。だから部屋を借りる時は、契約前に室内をくまなく点検し、大家と大いに条件交渉することが必須である。

しかし、このように契約前に厳重にチェックしていても気づかなかった欠陥が生活するうちに現れ、トラブルになることがたびたび発生する。

直樹が毎日使う洗面台。所々に褐色の水たまりができるので、よくよく見ると洗面台に穴ぼこがあって、顔や手を洗うたびに必ず水が溜まるといった、考えられないような欠陥に驚かされる。こんなトラブルは直しようがなく、あまり気にせずに使い続けるのみである。

またトイレの便座に座り、ぼんやりとして小用を足している時、おしっこが便座から勢いよく前方に飛び出してしまうという不幸に見舞われることはたびたび経験した。もちろん男性の場合だが、あまり考えられないような便座の設計ミスなのだろう。このようなトラブルを防ぐには、日本の政治家が好んで使う「高い緊張感を持って」便器を使用する他ないだろう。

日常のトラブルを話し始めると際限がないが、次に紹介するのは直樹がある夜スナックで酒を飲みながら台湾駐在の仲間から聞いたエピソードである。深夜くだんの友人が就寝していると下腹部に違和感を覚え、飛び起きた。パンツがびしょ濡れではないか。年甲斐もなく寝小便をしてしまった！　と大慌て。ようやく目が覚めると、なんと天井から水滴がぽたりぽたりと滴り落ちているではないか……。こんな他愛無いが、抱腹絶倒のエピソードは異国の地に住む駐在員にとって日頃のうっぷんを晴らす、ささやかなストレス解消法でもある。

アパートにしばらく住んでいると、さらに悲劇は続く。

それは、毎日使用するキッチンの流し台で突然に起きた。ある日、直樹が流し台で炊事をしていると、流し台の下にある収納扉が急に開いて排水が床上に勢いよく流れ出したのである。慌てて水道の蛇口を閉め、雑巾で床上の水を拭き取った後、収納スペースを調べてみると、なんと排水管はステンレスなどの鋼管ではなく、ビニール管だった。長年の使用でビニール管が朽ちて穴が開いてしまったのである。

このようなトラブルが発生すると、応急処置をした後、直ちに大家と連絡を取って善処してもらうことになるが、この時トラブルの解決がスムーズに行くか、あるいは気持ちよく片付くかは「大家次第」である。人柄の良い、サービス精神旺盛な大家なら、ニコニコ顔で「対不起《トイブチー》（すみません）」と言いながら部屋に飛んできてくれるのである。そして、壊れた排水管を早速交換してくれるのだが、その代替品も鋼管ではなく、やはりビニール管であった。

このようなことを考えると、台湾で賃貸マンションなりアパートを借りる時には、部屋内部の装備品の有無、品質の他に、大家の性格、サービス精神を見ることも重要なポイントといえる。

台湾の社会はカギだらけ

台湾で生活していて気がつくのは、やたらカギが多いことである。自宅アパートに入るにはビル入り口のカギ、郵便受けのカギ、エレベーターのカード、そして自宅に辿り着くと当然ながら玄関のカギ、しかも台湾の家では二重扉になっている場合が多いので当然二つのカギ、とこんな調子である。さらに、自家用車のカギ、会社入り口扉のカギ、各従業員の机引き出しのカギ、もし社長（総経理あるいは老板《ラオパン》）なら社長室のカギ、金庫のカギ、重要書類の書庫のカギ……と際限がない。これだけの数のカギを所持しようと思えば、これらのカギを束ねて腰ベルトにジャラジャラとぶら下げる以外にはないのである。こんな姿を見れば台湾人に相違ない。たまにはこんな台湾人らしい日本人も見かけるが……。

台湾の社会になぜこんなにカギが氾濫しているのか？

やはり中華圏の人々は性悪説に立っているからだと思う。家中にカギをかけておかないと泥棒や強盗がいつ押し入ってくるか不安だからではないだろうか。

そう言えば、民家の窓という窓はほとんど鉄格子でガードされている。もし火事が起これば逃げ場がなく危険ではないかと気になるが、彼らにとっては盗難防止のほうが優先されるのだろう。もっとも泥棒が見向きもしないような長屋の家々でも頑丈な鉄格子を張り巡らせているのを見ると、単に盗難防止だけではないのかと首をかしげたくなることもあるが……。

台湾の食事情

台湾女性のたくましさは歴史が長く、定評がある。

田中総経理によれば、一九七〇年～一九九〇年代に台湾出張時、建設工事現場を訪れるたびに何人かの女性労働者が男性と同じように作業着にヘルメットを着用し、高い足場の上で溶接作業する光景を幾度も目撃した。彼女らによれば、台湾社会ではそれは日常的なことであり、何も驚くようなことではないとこともなげに言っていたそうである。

翻って同じ頃の日本企業の実情はといえば、女性社員は一般的にお茶くみかコピー作業、せいぜい資料の整理などの補助作業が主な作業内容だった。通常は二十四歳までには〝寿退社〟という名の社内圧力を受けて退社し、二十五歳を過ぎてまだ同じ会社で働いていると「売れ残りのクリスマスケーキ」などと揶揄《やゆ》され、いたたまれなくなって退社するという風潮であった。

このような日本の社内環境で育った田中にとっては、女性がヘルメットをかぶって高所で溶接作業をするといった光景はまさに衝撃的であったという。

日本も二〇〇〇年代に入ってようやく女性の地位が向上し、社会的進出が目覚ましいが、それでも本来進歩的であるべき政界ですら政治は男性が行うものという風潮が強く、女性議員がお茶くみ、あるいは宴席でお酌をする役目程度にしか認識されていないと嘆くほど、台湾との比較のみならず世界レベルで見ても相当遅れているのが実情である。

その点、台湾女性の社会的地位の高さは歴史があり、確固たるものがある。蔡英文氏が台湾の第七代総統として登場したのも、こういった台湾社会の素地があったからに他ならない。一朝一夕で女性宰相の登場などあり得ないのだ。

直樹は、社会で輝き躍進する台湾女性を支える大きな柱の一つとして台湾の食文化があると考えている。台湾には実にバラエティーに富み、安価で手軽な「小吃店《シャオツーテン》」（手軽な料理または一品料理を提供する店）が驚くほど多く存在し共働き夫婦の生活を支えている。彼らは退社時間を合わせて待ち合わせし、連れ立ってそのようなお店で夕食を済ませるのである。もちろん彼らの選択肢の中には夜市がある。台北の士林夜市や饒河街夜市、高雄の六合夜市などは台湾観光を代表するスポットの一つでもある。

鶏が先か卵が先かの議論ではないが、町中にたくさんの小吃店があって共働き社会が成り立つのか、共働き夫婦が多いから小吃店が成り立つのか、ということである。

実際のところ、台湾の女性は一般的に料理があまり得意ではなく、外食だけで済ませてしまうというケースが少なくない。

こういった社会的事情から町の中には高級なレストランからごく簡単な小吃店まで実に多種多

様な食べ物屋さんで溢れている。もちろん前述の夜市も選択肢の一つである。

また料理の種類も驚くほどバラエティーに富んでいる。例えば、一口に中華料理といっても代表的なものだけで北京、上海、四川、広東、浙江などがあり、また台湾伝統の地元料理である台湾料理、客家《はっか》料理、さらに最近では海鮮料理や鍋料理が人気である。特に数人で食卓を囲む中華料理が主流の台湾で、田中や直樹のように単身赴任の駐在員にとって一人で食べられるお一人様用鍋料理はありがたい。こういった様々な料理に加えて、日本料理、タイ料理、ベトナム料理、西欧料理などのお店も町中の至る所にあるから、台湾がグルメ天国と評されるのは当然のことかもしれない。

中華料理は一般的に言って肉類でも魚類でも野菜類でも大きな鉄鍋に入れて油で炒めるので脂っこい料理が多い。さらにニンニクの他、香菜《シャンツァイ》（パクチー）、八角《パーチャオ》など独特の強い香りを放つ香辛料を加える場合が多い。特に強烈な香りを放つ犯人は八角で、直樹は初めて高雄を訪れた時、街中、特に夜市や便利店（コンビニ）の強烈な臭いは忘れられない。

強烈な臭みといえば、その王様は文字通り「臭豆腐《チョートーフー》」。台湾では広く愛され、夜市や専門店などで定番メニューとなっている。臭豆腐の香りの正体は発酵臭である。野菜などを発酵させて作った液体に豆腐を一日中漬け込めば、あの独特の臭いがつくそうだ。田中の表現を借りれば、「あれはトイレの臭いだ」と露骨に悪口を言うが、直樹はそれほど抵抗がない。臭豆腐の煮込み料理はさすがにハードルが高いが、揚げた臭豆腐は意外に臭みがなく、サクサクした食感で食べやすい。

台湾に駐在する日本人の中でこの種の香りの強い、あるいは脂っこい中華料理にハマる人、特に好きというわけではないが抵抗のない人もいる一方、あっさり系の日本料理になじんでいる駐在員の中にはそのような中華料理が苦手という人が多いのも事実である。直樹は出張時代から脂ぎった中華料理を苦にしなかったが、田中総経理は駐在して半年くらいは悩まされたそうである。田中の表現によれば、特に強烈な臭気を放つ夜市は鬼門であったという。これも田中から聞いた話だが、人はしばらくこのような状態に置かれると軽いホームシックに陥るか、あるいは健康に悪影響を及ぼすものらしい。田中は高雄に着任して半年くらいは風邪をひきやすくなり、会社近くの町医者にかかっていたそうだ。台湾の町中にはレストラン、散髪／美容院と並んで医院が多いが、風邪であれば日本のように内科ではなく、耳鼻咽喉科の医院である。田中はしばしば李小姐か黄小姐に付き添われて会社近くの耳鼻咽喉医院に行き、そこで先端に消毒液を沁み込ませた長い綿棒を両鼻孔の奥深くまでしばらく突っ込まれ、そして帰りには毒々しいほどにカラフルな大粒の飲み薬を数種類処方されたという。

幸いにして直樹には田中のような経験がなく、むしろ中華料理や台湾料理、客家料理など何でも口に合った。台湾の食事といっても各地方、各家庭でマチマチであり、一概には言えないが、ここでは台湾の庶民に多い共働き夫婦について一例として一日の食事風景をのぞいてみよう。

まず台湾の庶民の一日は「チャパペ！」という挨拶から始まる。これは台湾語で、中国語なら「吃飽了嗎？」あるいは「吃飯了嗎？」、つまり、「ご飯を食べましたか？」という意味である。

日本人なら「いい天気ですね」と天気の話題で挨拶するように、台湾では食事の話題で会話を始める。もっともこの挨拶は食事が十分に足りていなかった時代の名残であり、飽食の時代といわれる現代社会ではこのような挨拶はだんだん使われなくなってきているようである。ただ日本人の直樹が台湾の同僚や友達などに「你早《ニーツァオ》！」とか「你好《ニーハオ》！」の代わりに「チャパペ！」と挨拶すると、彼らは、「おっ、この日本人、台湾のことをよく知っている！」と相好を崩して喜んでくれるので、この台湾語の挨拶を好んで使っている。

挨拶の話はともかくとして、台湾の庶民の朝食に「台湾お粥」は欠かせない。台湾お粥といっても台北など北部と高雄など南部では異なるようだし、また作り方もお店や家庭によっていろいろとあるようだが、一般的には日本の白粥に近い、あっさり味である。その白粥に鶏がらスープあるいは豆乳などを加えて温めるが、これにお好みでネギや油條（揚げパン）などをトッピングして食べる。このような台湾お粥を提供するお店は至る所にあり、人気店では常連客が毎朝行列を作って買い求める。

また、玉子焼き入りのクレープのような焼餅《シャオピン》とか蛋餅《ダンピン》、さらに玉子焼きとハムを入れた三明治

（サンドイッチ）なども朝食に人気である。

昼食時間になると会社の近くの小吃店で食べる人、弁当を買い求める人でいっぱいである。直樹は会社の同僚たちと近くのお店に食べに行く場合が多いが、お気に入りの店は、魯肉飯《ルーロウファン》（煮込んだ豚肉かけ丼）、鶏肉飯《チーロウファン》（鶏のささ身かけ丼）、鴨肉飯《ヤーロウファン》など中華丼を提供する店、牛肉麺や汁なし担々麺の店、水餃子や鍋貼《ゴーティエ》（焼き餃子）の店、それに中華粥の店。いずれも大方は狭い店内、あるいは道端にいくつかの質素なテーブル、椅子を並べただけの小さなお店である。また日本食が好きな田中と一緒の時には、三十代後半の日本人女性がシェフを務める日本家庭料理店「春夏冬（あきない）」に行く場合が多い。本場の日本料理を食べたことがない台湾人シェフの日本料理もどき（日式料理という）と違って、本格的な日本の家庭料理を食べさせてくれるのがうれしい。

また雨の日など事務所から外出したくない時には、李小姐か黄小姐が各スタッフ希望の弁当を手配してくれるのがありがたい。だいたい百元（当時約三百八十円）程度だが、最近は台湾も池上米など米の品質が上がり、日本のコメ業者が脅威に感じるほど日本米とほとんど遜色がなくなっている。

先に述べたように台湾では共働き夫婦が多いので、夜は二人で小吃店などで簡単に夕食を済ませるか、あるいは、お店で総菜とご飯を買って家に持ち帰ることになる。おかずは肉類、魚介類、野菜類、いずれも油で炒めたもの、さらにカレーやスパゲッティなど種類も豊富であり、それらを自分の好みでプラスチック容器に入れ、量り売りで買う。

ちなみに田中も単身赴任だが、奥さんが年に二、三回高雄に見えると夕食は和食中心のご馳走になるようだ。奥さんの話では、食材の多くは街中の至る所にある市場で揃えるそうである。魚類などは、日本のスーパーなどで切り売りされている商品に比べて、ピチピチと新鮮な魚一匹丸ごと、安価に手に入り、しかも種類も豊富なので買い物が楽しいそうである。そんな新鮮な魚をこちらでは無造作に油炒めしてしまうのでもったいないとも漏らしていた。また日系の百貨店もあり、メーカーや商品の銘柄などで特にこだわりがなければ日本の一般的な食材や商品も容易に手に入れることができる。

先に述べた料理は皆直樹の好物だが、それ以外にも美味しい料理はいろいろとある。

中華圏の伝統の食べ物といえば中華粥と中華ちまき。両方とも直樹の大好物で、手軽に食べられるのがうれしい。

台湾お粥が日本の白粥に近く、あっさり味なのに対して、中華粥は中に具材として鶏肉や豚肉などの肉類、エビ、イカ、魚などの魚介類、などがお好みで入っていて、濃い味になっている。直樹はアヒルの卵から作る黒っぽいピータン入りの中華粥が好物である。中華粥を出すお店は街の所々にあり、身近に食べられる庶民の味方である。

中華ちまきは、もち米やうるち米などを三角形に握り、それをササなどで包んでイグサなどのひもで縛った中華おむすびで、日本でも所々で販売されており、おなじみの食べ物である。中身の具として豚肉、鶏肉、シイタケ、アヒルの卵、落花生、栗などをお好みで用いる。町の市場などで日常的に売っているが、特に旧暦五月五日の端午節には贈り物として町中に溢れ、直樹にとってはうれしい季節である。この時期には直樹の自宅の冷蔵庫は中華ちまきで満杯になる。食事時やお腹の空いた時に電子レンジでチンして手軽に食べられるのが独身者にはうれしい。

他に中華圏のふるさと料理の中で直樹のお好みの料理といえば、客家料理では板條《パンティアオ》。もち米やうるち米で作った、もちもち食感の麺をスープに入れたり、タレで和えたりして食べる。客家料理では他に、イカ、干し豆腐、ネギ、唐辛子などを炒めた客家小炒、豚足の煮込み（紅焼猪脚）、冬瓜やキャベツなどを秘伝の醤油で煮込んだ料理なども客家料理の名物である。高雄市郊外には客家の人々が多く住む美濃《メイノン》という町があり、ここから多くの客家人が高雄市内に移り住んでいるので、客家料理のお店も所々で目につく。

四川料理では、その代表料理である麻婆豆腐は日本でも中華料理の定番メニューである。台湾では揚げパンと一緒に食べる場合が多いが、美味しさがより一層引き立つように思う。四川料理では麻辣《マーラー》火鍋も人気。唐辛子がたっぷり入った赤色の辛いスープと乳白色のあっさり味のスープを仕切り板で半分に分けて別々の味を楽しむのが一般的。家族や友達などとワイワイガヤガヤおしゃべりしながら食べるのも楽しい。

直樹はまだほとんど縁がないが、お客さんの接待や、ちょっと奮発して恋人や家族などと高級料理店に行く場合もある。高雄で高級料理店といえば、海天下、蟳之屋、台南担仔麺など海鮮料理の名店が多い。そして高級料理の王様といえばやはりフカヒレ、アワビ、ロブスターの料理。懐が少し心配だが、味は絶品である。比較的安価なフカヒレなどを提供する店もあるが、その味にはがっかりする場合が多い。やはり料理は金次第か。

スープではハマグリスープ、魚丸湯（白身魚のすり身団子が入ったスープ）、酸辛湯《スアンラータン》などが一般的だが、スープの王様といえば「佛跳牆《フーチャオジャン》」。宴会などに行くと時々出されるが、アワビ、ナマコ、干し貝柱など高級食材が満載の、福建料理伝統の高級スープ。その美味しさに仏もぶっ飛んだというのが名前の由来とか。

台湾の食べ物で絶対外せないのがフルーツである。台湾のフルーツは種類が豊富で、安価で美味しいのがうれしい。

台湾の伝統的なフルーツの代表はなんといってもバナナである。台湾バナナは粘り気があって甘味の強いのが特徴で、かつて日本ではフルーツといえば台湾バナナというほど圧倒的な人気があった。しかし最近は安価なフィリピンバナナとの競争に敗れ、市場でもめったにお目にかからなくなったのは残念である。かつて日本へのバナナ積出港として大いに賑わった高雄港のバナナ専用スペースも、今はガランとしてうら寂しい。

バナナに代わって現在台湾のフルーツの王様として君臨しているのはなんといってもマンゴー、特にアップルマンゴーである。豊満な果肉と滴り落ちる果汁、そして濃厚な甘みが特徴の台湾マンゴーは、台湾でも日本でも圧倒的な人気を誇っている。

このマンゴー、田舎だけではなく町中のあちらこちらで大きく成長した樹木にたわわに実をつけている。実際、直樹の住むアパートの近くの大病院や民家の庭先などにたくさんのマンゴーの実を見かけた。このようにマンゴーは溢れかえっているので、非常に安価である。高級なアップルマンゴーでもせいぜい二百元（当時七百六十円）程度である。ある時、直樹の引率で高雄からの客先が二十名ほど来日し、そのうちの数人がスマホを持ってホテルに近い百貨店に出かけていった。彼らがカメラを向けて熱心に撮影している先に目を移すと、その被写体はなんと化粧箱の中に丁寧に納められた二個のアップルマンゴーだった。そして、その化粧箱を見ると二万円の値札がつけられていた！

台湾でマンゴーと人気を二分するのが、絶世の美女・楊貴妃が愛したという茘枝（ライチ）である。両者の違いを一言で言えば、マンゴーが濃厚な甘さに対し、ライチはあっさりして、みずみずしい甘さである。直樹はマンゴーを支持するが、あっさり系が好きな田中はライチが絶対一番と譲らない。

台湾ではフルーツの種類が豊富な上に、安価なのがうれしいが、日本の市場では残念ながらお目にかからないフルーツがたくさんある。酸っぱさが特徴の、ビタミン豊富な百香果（パッションフルーツ）は直樹の好物の一つである。ハチミツをかければ酸っぱさは気にならなくなる。次に、文旦《ブンタン》は中華圏の三大節句の一つである中秋節になると、親族、友人、企業間でそれぞれ贈り物として町中に溢れることになる。それ以外に、皮が火の玉のような火龍果（ドラゴンフルーツ）、お釈迦様のデコボコ頭によく似た釈迦頭《しゃかとう》（バンレイシ）、シャキシャキした、あっさり味の蓮霧《レンウー》（ワックスアップル）、カットすると星形の楊桃《ヤンタオ》（スターフルーツ）、などなど数多くの果物が専門店や市場で安価に売られている。

台湾の交通、道路事情

直樹が台湾中央機械に初出勤した日に田中から真っ先に注意されたのが、「台湾では歩いている時、特に交差点を渡る時には車に気をつけろ」ということだった。台湾の日系企業では日本人スタッフに対し、車やバイクでの出勤は控えるよう指導しているところが多い。台湾のドライバーは一般的に荒っぽくて、危険だからである。従って、日本人の駐在員は通常徒歩あるいはタクシーで通勤することになる。

一方、台湾人スタッフの場合には、重役でない限り、交通手段は圧倒的にバイクである。交通手段としてバスや地下鉄もあるが、台湾では通勤時間がせいぜい三十分以内だから、安価で便利という点でバイクが最も優れた交通手段といえる。大雨の時には雨がっぱと長ぐつを使用して少し不快感を我慢すればよい。その結果、出勤時や帰宅時間になると道路はまるでウンカの如く群れをなして疾走するバイクで溢れることになる。しかもバイクの運転手一人一人がわれ先に猛烈なスピードで走り、交差点で人が渡っていてもわれ先に突っ込んでくるので危険極まりない。

基本的に台湾人は自分ファーストの精神である。だから交差点でも自分が先に進入すれば勝ちである。従って、歩行者は自分の身を守るために信号が青に変わってもいきなり飛び出してはいけない。まず二呼吸くらいしてから左右に厳重注意して交差点を渡らなければならない。直樹も田中も常にこのような自前の交通ルール（?）を守って日常生活を送っているので、これまでのところ幸いに一度も交通事故にあったことはないが、両人ともそれぞれ知り合いが交差点でバイクにはねられ大けがをしたという事例を知っている。

歴史小説界の巨匠と称される司馬遼太郎は、『街道をゆく』シリーズ40の「台湾紀行」（朝日新聞出版）の中で、「歩行者にとって、信号は一つの目安にすぎない、信号を信頼するな、危険には自分で責任を持て」と述べている。

まさにその通りである。田中によれば、この著書に記された一九九〇年代の頃に比べると、直樹が駐在する現代はずっと大人しくなっているという。

これは歩行者の交通事故ではないが、田中自身は交差点で自分が乗ったタクシーとバイクが衝突するという事故に二度も遭遇したという。

台湾は日本と違って右側通行だが、タクシーが右折しようとした時、後方から直進してきたバイクがタクシーの右側面にぶつかってきたそうである。幸い誰も怪我はしなかったようであるが、タクシー運転手は乗客の田中をそっちのけにして車から飛び出し、バイク運転手と激しい口論となったため、田中はやむなく別のタクシーに乗り換えたそうである。

その日、田中は仕事上の悩ましいトラブルを抱えていた。高雄の客先に納めた機械が不調で二年以上にわたって検収（納入した機械がテストに合格し、客先に受け取ってもらうこと）をあげてもらえず悩みの種となっていたが、中央機械の本社と台湾事務所のエンジニアによる血のにじむような努力と多額の修理費負担の末に、この朝、客先からようやく検収合格書を受け取るという、めでたい日のはずであった。ところが、皮肉なことに、その日の早朝にその機械が再びトラブルを起こしたという知らせが田中のもとに届いたのである。田中は劉経理とともに慌てて客先のもとに駆けつけ、客先の総経理と工場長から検収合格書を受けるどころか、激しい叱責、罵声を浴びて、すごすごとタクシーで帰社する途中で不幸な交通事故に遭った、という悲劇である。田中はじめ台湾中央機械にとって、その日はあまりにも不幸な日であったので、田中は李小姐の案内で事務所近くのお寺に参拝し、厄除けしてもらったという。

直樹は、このような交通事故の原因として、自分ファーストによる交通ルールの無視が大きいと考えている。この「自分ファースト」という点について司馬遼太郎が前出の書の中で興味深い話をしている。この話は台北の商店街のデコボコな歩道がテーマになっている。

『夜、商店街の歩道を歩いた。

ここでいう歩道とは、商店のならびの軒先の道のことである。ここばかりは、車が襲って来ない。

が、歩道も、歩行に安らかとはいえない。

「ここは、一段高くなっていますから」

産経新聞台北支局長の吉田信行氏が、先導しつつ声をかけてくれる。

「ああ、こんどは一段低くなりました」

山を歩いているようである。（中略）

いうまでもなく、歩道は、公共のものである。

が、台北では商店ごとの私が優っている。自店の都合で店頭の歩道を盛りあげたり、そのままであったりする。

「戦前の台北では、ありえないことでした」

と、ある老台北《ラオタイペイ》が、日本時代のことをほめて（?）くれた。

「蔣介石氏がきてから大陸の万人身勝手《ばんにんみがって》という風をもちこんだんです」』

まさにその通りである。さすが大作家の司馬遼太郎は短期の台北滞在中に台湾人の本質の一端を見抜いている、と直樹は思う。

同氏は、「歩道とは、商店のならびの軒先の道のことである」と述べている。つまり、建物の一階部分が奥に引っ込んでいて店先に一定のスペースを作り、こういった構造の建物が何軒も連なることによって、ずっと軒下を歩くことができるような歩道が形成される。このような歩道を「騎楼《きろう》」と言い、台北に限らず、台湾の町々で見ることができる。このような構造は、日差しが強く、また雨の多い台湾の気候に適しているといえる。

また、同氏が指摘する歩道のデコボコ状態は台北に限らず、高雄でも台南でも台湾の津々浦々同じ状況である。

問題は、デコボコ歩道だけではない。お店の前の歩道（騎楼）いっぱいに粗末なテーブルと椅子を並べて軽食を提供する食堂や、衣服などを歩道いっぱいに並べて売る服屋、雑貨店、道路いっぱいに自動車、バイク、自転車などを並べて作業する修理屋、あるいは歩道を占拠して自動車やバイクの駐車場として使用するお店あるいは民家などもある。その結果、歩行者はデコボコ道を上下するだけではなく、車道まで出て行って回り道して通らざるを得ない。

そもそもこの歩道は法律上一体どうなっているのか？　実はこの歩道（騎楼）はお店なり民家の私有地なのである。ただし、その所有者は歩行者の通行権を尊重する必要があり、その通行権を妨げるような行為をしてはならない。つまり、この歩道（騎楼）は制限つきの私有地なのである。だから先に述べたような様々な行為は当然法律違反となる。しかし、この歩道を所有する店舗も民家もそんなことはお構いなしである。また警察も大目に見ているのか、何も文句をつける様子はない。

「自分ファースト」のことを、司馬遼太郎は「私」と表現した。ここはまさに「公」よりも「私」が優先される世界なのである。

台湾で使用される言語

直樹は台湾に初めて出張して以来、中国語の勉強を続け、駐在後は水曜夜と土曜午前に地元の中国語会話学校に通っている。仕事上では通常日本企業の客先とは日本語で、地元企業の客先とは英語で会話をするが、日常生活の

高雄市内の騎楼の風景

中ではできる限り中国語で話をするようにした。

実際のところ、社内や日系企業の客先、また日本料理店や日本式スナックなどでは日本語は基本的に問題ないが、町中で日本語の会話は難しい。やはり中国語か台湾語が必須である。

高雄の人たちに中国語で話をすると、「台湾語はできないか？」と尋ねられることがある。直樹はもちろん、日本人の駐在員で中国語はある程度話すことができても、台湾語を話せる人は皆無である。日本人の中には中国語と台湾語は異なるのかと疑問を持つ人もいるが、両者は別の言語と言ってもよいくらいに異なる。


まず台湾で話される中国語は台湾華語とか国語と称されるが、これは戦後蔣介石の国民党軍が毛沢東の共産党軍に敗れて大陸から台湾に逃げ込んだ時に持ち込まれたもので、基本的には大陸の中国語と同じである。一方、台湾語は、特に十七世紀頃から流入してきた中国南部の福建地方の人々が使用していた閩南《びんなん》語が長い時間を経て変化したもので、その言葉の中には、例えば弁当とか運ちゃんとかあっさり、といった日本統治時代の名残もある。蔣介石政権が政府機関や学校など公的機関での台湾華語の使用の強制、そして台湾語の使用を禁止した経緯もあり、台湾華語が公用語として使用されている。現在では台湾華語が台北など台湾北部で広く使用されているのに対し、台湾語は高雄や台南などの台湾南部で幅を利かせている。田中によれば、一九〇〇年代には高雄や台南でも大企業で使用される言葉は台湾華語で、社内会議など公式の場で台湾語を使うことは憚られるような雰囲気があったそうである。しかし、直樹の知る限り、現在では公式の場でも台湾語が大っぴらに使われている。

台湾華語と大陸の中国語は、イギリス英語とアメリカ英語の場合に似て、基本的に同じだが、相違点もいくつかある。

第一に、文字が異なる。台湾華語は、昔から使用されている繁体字に対し、大陸の中国語は著しく簡略化された簡体字である。

第二に、発音も若干《じゃっかん》異なる。大陸の中国語は反り舌音と言って、舌を巻いて発音する子音ｃｈ、ｓｈ、ｚｈ、ｒに特徴がある。これらの音になじみのない日本人にとっては耳障りだが、台湾華語はこれらの音がないために日本人には聞き取りやすいのではないだろうか。

第三に、用語のいくつかに意味やニュアンスが違うものがある。例えば、意味の違う単語のいくつかを日本語／台湾華語／大陸の中国語の順で例示すると、自転車／脚踏車／自行車、タクシー／計程車／出租車、トイレ／洗手間／衛生間、ジャガイモ／馬鈴薯／土豆、トマト／番茄／西紅柿、などなど枚挙にいとまがない。

また前出の「小姐」という言葉は台湾では若い女性だけでなく、おばさんや時にはおばあさんにも女性という意味で広く使われているが、大陸では「夜の酒場の女」といったニュアンスがあり一般的には使われないそうである。また、台湾で頻繁に使われる「太太（奥さん）」とか「老板（社長）」という言葉も大陸では死語になっているようだ。

言語能力という点で言えば、台湾人はつくづくバイリンガルだと思う。例えば、日本の各企業、各組織に行って英語をしゃべれるスタッフを見つけるのは難しい。英語担当の日本人先生ですらどれだけ英語が話せるのか疑わしい。以前、アメリカ人が日本の某外国語大学の学生に英語で話しかけると、その学生は狼狽《ろうばい》して、「私は英語が苦手だから……」と及び腰だったのには唖然《あぜん》とした、ということだ。ところが、台湾ではどの企業でも大学でも、あるいはスポーツジムのインストラクターでも、英語がかなり通じるのには驚かされる。直樹の友人の中に中国南部の広東省にルーツを持つ客家人がいるが、その人は台湾華語、台湾語、客家語は当然ながら流暢にしゃべる上に、日本語、英語も上手、とくるから、世界でも言語能力で最低水準と定評のある日本人の直樹にとっては、まさに驚異という他ない。

台湾は生活に便利な社会

「あなた方はそれほど長く使っていない制御システムが故障したからと言って、システム全体を取り換えよ、とはどういうことだ！　部品を取り換えれば数十万円で済むものをシステム全体の交換で一千万円はかかるだと！　馬鹿なことを言うな！」

　これは台湾の客先が日本有数の電機メーカーから購入した制御システムの故障対応について同メーカーに激しく怒りをぶつけて抗議している場面である。客先の言い分は、同じような製品を取り扱う欧州のメーカーなら部品交換だけで故障を直してしまうのに、日本のメーカーはなぜシステム全体を売りつけようとするのか、不誠実ではないか、と言うのである。

　このような事例は日本では企業、工場だけではなく、家庭でも日常茶飯事なのである。修理してもらおうとすると、結局新品を買うのと同じくらいの費用がかかってしまう。だからお客さんは結局修理を諦めて、新品同然の商品を泣く泣く廃棄し、新品を買う羽目になる。これは常識だと思い込んでいる日本人が多いが、実は日本の常識は世界の非常識なのである。こういった実情を見聞きするにつけ、日本人が最近したり顔で使う「ＳＤＧｓ」なる言葉のいかに空虚、軽薄なことか。

　台湾では故障した家電品の修理を頼むと、修理屋は修理箇所を確認してからバイクで町の中に消え、どこからともなく部品を手に入れていとも簡単に直してしまうのである。その修理費用はせいぜい五百元（約千九百円）程度である。

　電化製品や機械品だけではない。例えば、衣服の場合、日本の手直し店に持ち込むと、難しくてできない、と断られるか、もしくは新品に近い法外な手直し費用を請求されるのである。ところが、台湾の手直し店に持っていけば、ほとんど全ての衣服の手直しを引き受けてくれるし、高級服で少々難しい手直しでもせいぜい千元（三千八百円）程度である。それでも手直しの質が違うと思い込んでいる日本人がいたら、それはとんでもない勘違いである。台湾の手直し屋さんは日本より数多くの仕事をこなしている上に、どんなに難しい仕事でも、日本のように難しいからできないなどとは決して弱音をはかないから、技術レベルは格段に台湾のほうが上なのだ。田中総経理によれば、奥さんは高雄に来るたびにトランクの中に何着かの、お気に入りの衣服を詰めて持参し、手直し屋に持ち込むのだという。

直樹自身が驚いたのは、骨が折れた雨傘は日本では諦めて捨ててしまうところだが、それが台湾で修理を頼むと、骨一カ所につき、たった十元（三十八円）だった。

また、ある時、アパートの自宅で数匹のゴキブリが出てきたので、ゴキブリ退治のおじさんに頼むと、自宅全体をくまなく駆除消毒してくれた。その代金は六百元（約二千三百円）だったが、なんと一年間保証つきだというので驚いた。もし一年以内にゴキブリが部屋に出てきたら、再び無償で駆除作業を行うと、くだんのおじさんは胸を張った。この点について、このおじさんを紹介してくれた田中によれば、二年経ってもゴキブリは現れなかったそうである。

底抜けフリーでオープンな民主社会

日本と台湾は非常に近しくて仲良しな関係だが、それぞれの国民性の違いには時々驚かされることがある。一般的に言って、日本の人々は良く言えばきちんとした身なりで、礼儀正しい、悪く言えば堅苦しくて一定の型あるいは規則、ルールに従わないと居心地が悪く、常に世間の目を気にする。他方、台湾の人々は自由奔放で身なりは構わない、型にはめられるのを嫌う。世間の目はあまり気にしない。悪く言えば、「馬馬虎虎《マーマーフーフー》」、つまり、まあまあ、あるいは、いい加減、ともいえる。

卑近な例でいえば、結婚式など宴会の場でその差がはっきりと現れる。

日本でも最近の結婚式の風景は以前と随分変わってきているようだが、一般的には参列者はフォーマルな服装を着て、宴会場の予め決められたテーブルに着席する。そして、予め決められた順序に従って式が進み、最後に新郎新婦とその両親が式場の出口に立って参列者を丁重に見送る、というパターンである。一方、台湾の結婚式をのぞくと、参列者は大きな宴会場のテーブルに好き勝手に着席する。その服装はジーパンやらジャンパーやら普段着そのものである。いつの間にか式が始まり、地域のえらいさんたちが自慢げに長々と演説するのを全く気にも留めず、テーブルに運ばれてくる料理やアルコールを楽しみながら仲間内のおしゃべりに熱中する。そのそばでは子供たちがゲーム機やおもちゃに夢中なので退屈はしない。そんな調子で式が進むにつれて、参列者たちはいつの間にか三々五々に消えていく、といった調子である。

台湾の葬儀は、司会者が一応手順に従って進めるが、参列者の格好は例によって普段着である。驚いたのは、しめやかで神妙な式場の雰囲気の中で流れる音楽。どこかで聞いたような音楽だなと思って耳を澄ますと、それは日本の曲、『長崎は今日も雨だった』が流れていた……。

さらに驚いたのは、田中総経理の経験談。ある日、田中が台湾の友人と一緒に大通りを歩いていると、遠くのほうからラッパやらドラムやら賑やかな音が聞こえてきた。何だろう？　と訝しげに見ると、それは派手に飾りつけされた乗用車やトラックなども参加したパレードではないか。田中が友人に、これは何事か？　と、近づいてくるパレードを指さして尋ねると、これは葬儀だ、と笑って答える。よく見ると、オープンになったトラックの荷台の上には全裸に近い若い女性が三人、音楽に合わせて舞っているではないか！「葬儀というのは冗談だろう？」と友人に尋ねると、彼は真顔で答えたそうである。

「いや、本当だ。亡くなった人の生前の好み、趣味に合わせているのだ……。最近はこういう風景は都市部ではさすがに珍しくなったが、田舎に行くと、葬儀だけでなく、宴会などで全裸の女性がコンパニオンとして参加するといった例もあるよ」

それと、庶民の結婚式や葬儀といえば、普通は自宅前の路地を半分占拠して、そこに大きな簡易テントを設営し一日中式を行う。このテントには黒松という文字が印刷されていたので、人々は「黒松大飯店（黒松ホテル）」と揶揄しているそうである。道路が半分占拠されているのだから迷惑な話だが、近所の人も歩行者も気にしている様子はない。というより、将来自分たちも同じことをするのだから、お互い様、と割り切っている。本来は警察署に事前申請する必要があるらしいが、申請書が出ていなくても文句をつけるわけではない。とにかくここは南国、大らかなのである。

台湾は、社会全体が肩ひじ張らず、全てあけすけでオープンである。

この点について過去によく使われた日台の相違を示すネタとして、サラリーマンがボーナス袋をもらった時の反応がよく取り上げられた。日本のサラリーマンは会社のトイレの中でそっと袋を開けて金額を確かめるのに対し、台湾のサラリーマンは袋を受け取るとその場で開け、同僚たちと見せっこすると言う。こんな調子だから個人情報などあったものではない。直樹がいつも使っているタクシーの運転手の阿蘭おばさんや林おじさんなどと道中で世間話をしていると、矢継ぎ早に質問が飛んでくる。

「あなたのアパートは立派ねえ。どれくらいの広さ？　家賃は高いでしょう？　毎月いくらくらい？　あなたは立派な会社に勤めているから、あんな立派なアパートに住めるのよ。あなた、会社でいくら給料もらってるの？」

と、こんな調子だから、こちらが気を許していると、目的地に着く頃には個人情報を全部抜かれることになりかねない。

機密情報の保持という点では、直樹が台湾中央機械に出勤して間もない頃、驚いたことがある。

隣の会社に勤めている、邱雪恵という三十歳くらいの謎の小姐がいる。中国語の発音は「チョウ」なのだが、日本語の発音からの連想で「Qちゃん」と呼ばれている。この謎の小姐と最も親しいのは李小姐と黄小姐なのだが、彼女らだけでなく台湾中央機械の現地スタッフみんなの友達でもあるらしい。

彼女は時々直樹たちの事務所にぶらりと入ってきては李小姐や黄小姐いずれかの、たまたま空いている席に座り、しかも彼女らのパソコンをいつの間にか無断で使っているではないか！　直樹が心配になって、ある時李小姐に、社内情報の機密保持という点から大丈夫なのか？　と尋ねたことがある。すると李小姐はこともなげに、そんな心配はいらない、と答え、涼しい顔をしている。彼女によれば、自分や黄小姐が出産時などで会社を休まざるを得ない時には、その謎の小姐「Qちゃん」に頼んで事務を手伝ってもらうのだ、と。日本企業で働いてきた直樹には理解の限度を超えているような話である。こんな底抜けにフリーな社会は何も直樹の会社に限らず、台湾全体がそんな感じらしい。どちらが良いか悪いかはともかく、日本とは大違いである。

このように情報がオープンな社会という点では政治の世界でも変わらない。

北京から台北に転勤してきた日本の報道特派員が自身の体験を語るという講演会が以前高雄で開かれ、直樹がこれに参加する機会があった。その中で、同特派員は次のような主旨の、興味のある話をしていた。

『北京から台北に転勤なら天国だが、その逆なら地獄である。その理由はこうである。

中国では権力中枢の場となる中南海は、いわばアンタッチャブルな地区であり、通常要人と直接会うことはできないので、生の情報を直に手に入れるのは不可能である。そのため中国の専門家と称する人たちやマスコミ関係者は信頼できる情報を手に入れようといろいろと手を尽くすが、結局入手できる情報は「また聞き」あるいは「また聞きのまた聞き」でしかないので、情報の信頼度は怪しいと言わざるを得ない。

一方、台湾では政府要人と直接接触することは比較的容易であり、また総統府のラインに入ることもできるので、豊富な情報を入手することができ、また情報の信頼度も高い。この点は中国どころか日本と比べても進んでいる。ある時、総統府の秘書長（日本では官房長官）と面会時に名刺交換したら、そこに携帯電話番号まで記されていた。そこで後日その番号に電話すると本人が出てきたので、これには大いに驚いた』
そして、彼は長年中国で勤務していたので、公私にわたり台湾の居心地の良さは身に染みる、とも感想を述べていた。
この特派員の話を聞き、ここ南国台湾は、善良で平和な社会の存立を脅かす隣国の脅威を除いて、何の屈託もない、オープンな自由民主国家なのだというのが直樹の率直な感想である。

いつしか天国となる台湾の暮らし

直樹がこんな調子でしばらく暮らしていると高雄の生活にすっかりなじみ、居心地よく感じるようになった。台湾の食事の脂っこさと臭気は当初ほど気にならなくなったし、ギラギラと脂ぎった豚肉や鶏肉、さらにこってりと油炒めした空心菜などの野菜がご飯の上に無造作にドカッと載った、台湾名物の「弁当《ベンタン》」が美味しいとさえ思うようになった。

直樹が中央機械の大阪本社で務めている頃には、きちんとネクタイをつけダークスーツで身を包み、満員電車で一時間ほどかけて通勤し、会社内では無駄話もせずに気の遠くなるような膨大な量の仕事を、時には深夜まで一心不乱にこなし、クタクタになって再び最終に近い電車に一時間近く乗って帰宅するという、体と神経をすり減らすような生活の繰り返しであった。

直樹が高雄に駐在して何よりも居心地が良いと感じるのは、このように息の詰まるような生活から解放されたことである。第一に、ここ南国ではネクタイやダークスーツといった堅苦しい格好は、偉いお客さんと面談する時以外、要らない。また台湾でも時には客先の過酷な要求などもあって仕事は厳しいが、通常夜六時から七時頃には退社し、プライベートの時間をゆっくりと楽しむことができるのである。通勤時間は長くてもせいぜい半時間程度である。台湾の夜は長く、ゆっくりと流れる。また日本人にとってうれしいのは、台湾の人々が日本人に非常にフレンドリーで、街中で少し困っていると、地元の人が近づいてきて、「あなたは日本人ですか？　なにか困ったことがありますか？」と日本語で助け舟を出してくれることである。

日本人に対して最もフレンドリーなのはやはり戦前生まれの人たちで、彼らは幼い頃に学校で日本語を学び日本の教育を受けてきた、いわゆる「もと日本人」である。同じ日本の教育を受けてきた韓国、北朝鮮の人々が日本に対して敵対的なのとは対照的である。この違いの理由について、台湾と朝鮮それぞれに対する当時の日本の姿勢、扱いに差があったとする意見があるが、これは誤りである。対日姿勢の差は国民性の違い、そして何よりも戦後日本に対して反日教育をしているか否かだろう。台湾でも戦前日本の悪かった点についてははっきりと指摘しているが、一方で日本が戦前行った、インフラ整備、産業振興、学校教育などの善政については正当に評価しているのである。

台湾人の対日姿勢は世代別で異なる。前述のように戦前日本教育を受けた人々は、自分もかつては日本人だったという同胞意識なのか、日本人に対して総じて関心があり、かつ好意的である。そのような台湾人は一九八〇年代には台湾経済を支える現役世代だったが、田中はこの頃の面白いエピソードを紹介してくれた。彼が台湾に出張してタクシーに乗った時のこと、五十代らしき運転手から尊敬する人は誰かと尋ねられた。田中が面食らって答えに窮していると、運転手は彼の返事を待たずに、私は明治天皇を尊敬している、あの方は立派だった、と意見を述べ、さらに明治天皇がいかに立派だったかを滔々《とうとう》と語った。その間、田中は恐縮して運転手の意見を拝聴するのみだったという。

終戦前後の生まれで、日本教育を受けていない世代は日本及び日本人には無関心である。彼らはむしろアメリカに強い関心があり、英語をしゃべり、カラオケでは英語の歌を歌う。戦前日本教育を受けた人たちが日本語を流暢に話し、戦前、終戦直後の日本演歌を懐かしそうに熱唱するのと対照的である。

日本の黄金期である一九八〇年～一九九〇年代生まれの人々の間に、「哈日族（ハーリー族）」という、いわゆる日本オタクが出現し、日本回帰というか、日本への関心が再び高まった。彼らは日本語を一生懸命に勉強し、日本アニメや日本ポップに夢中になる。田中は、彼らから「ピンチー・プーやションティエン・シェンツーを好きか？」と聞かれ、「それは誰？」と尋ねると、

「えっ、あなたは日本人なのに知らないのか？」と非難のまなざしで見られたそうである。筆記するよう頼むと、それは、「浜崎あゆみ（ピンチー・プー）と松田聖子（ションティエン・シェンツー）」だった……両名の歌手は哈日族にとっては女神のような存在なのである。

台湾の人々はこのように非常に親日的なので、日本人にとっては居心地が良い。直樹も駐在半年が過ぎて、すっかり高雄の暮らしになじみ、生活にも一定のリズムが生まれ安定してきた。最近は悪戦苦闘する仕事が続く場合を除き、体調も良く快調である。平日は午後六時、遅くても七時には仕事を終え、事務所から一歩外に出ると全く自由時間である。日本と違って事務所から直樹のアパートまで歩いてもせいぜい十五分程度だから、開放的な南国の夜は長い。

直樹はたまに直行で帰宅することもあるが、たびたび会社の同僚か東京物産の営業課長・木村正人と地元の中華料理店や台湾料理店、また時には日本料理店や日本風居酒屋で夕食をともにした。会社の同僚は王志豪という、直樹と同年齢の営業スタッフである。彼らの事務所には王副総経理もいるので、社内ではそれぞれ小王、大王と呼んで区別していた。台湾では王以外にも陳、林、黄、張、李、といった苗字が溢れるほど多いので、社内や友達間では、このように大か小を頭につけて区別する場合が多い。また市役所、病院などの公共機関やスポーツジムなどの公共施設などでは、同姓同名によるトラブルを避けるために、氏名と生年月日をセットにして個人を特定する場合が多い。この習慣になじみのない日本人は、当初は年齢まで尋ねられて気を悪くする人もいるそうである。

小王は猪突猛進型の性格で、ひとたび物事を決めると前後を深く考えずにいきなり行動を起こして失敗し、田中総経理や王副総経理からしばしばお叱りを受けていた。日本企業では常識となっている「ホウレンソウ（報連相）」の習慣は本来台湾にはないので、小王のミスは時にはとんでもないトラブルを引き起こすことになる。そのたびに小王は反省して落ち込むのだが、しばらくすると何事もなかったかのようにケロッとして仕事に打ち込むという若者である。そんな小王であるが、どこか愛嬌があって憎めないところがあるので、同年齢の直樹とも妙に気が合った。

居酒屋などでお酒が入ると二人ともよくしゃべったが、特に小王は台湾の若者らしく饒舌で、他愛のない話をとめどなくしゃべり、時に直樹をうんざりさせることもあった。

「なぁ直樹、あんたは好きな子がいるんだろう？　その子は日本の娘か台湾の娘か？　どんなタイプの女性が好きなんだ？」

「好きな子なんかいないよ」

直樹は苦笑しながら答えた。

「嘘だろ。うちの前の事務所の子にも隣の事務所の子にも、直樹はすごい人気だよ。直樹は背が高いし、格好が良いから羨ましいよ」

「そんなことないよ。それより小王はどうなんだ？　好きな子がいるのだろう？」

小王は待ってましたとばかりに、勢いよくしゃべり始めた。

「僕の憧れの女性は、実はね、直樹が前にいた本社営業部の白鳥圭子さん。色白の美人で、気が優しくて、素敵な人だけど、僕には少し無理だなぁ」

「ああ、彼女ね、素敵な人だけど付き合っている人がいるみたいだよ。ちょっと難しいかな……。それより、こちらで好きな子はいないの？」

「うん、いてるよ。隣の事務所の蔡小姐、可愛くて、優しい子だから、今付き合ってるよ」

「へぇー、いいじゃない。あの子、可愛いし。付き合って長いの？　結婚するつもり？」

「彼女はそのつもりのようだけど、僕はどうしようか迷ってる……」

その後も若者二人は居酒屋でビールや日本酒などを飲みながら流行歌、アニメ、映画、ファッション、日本のこと、台湾のこと、などをとりとめなく語り合い、南国・高雄の夜が更けていく……。

勤務を終えた後、夕食を時々ともにする日本人の友人は東京物産の木村課長である。

直樹の本社が東京物産と仕事上で提携するケースが多いので、自然に木村と飲食する機会が多かった。

木村とは居酒屋に行く場合が多いが、時には地元の中華料理店や鍋物店に行くこともあった。

小王とはほとんど話をすることのない仕事の話が多いが、台湾の政治や経済も話題に上ることもあった。

そして食事の後に木村とたびたび通うのが、カラオケ・スナックやクラブである。

南国の夜、特に金曜日の夜、若い独身の駐在員にとってリラックスした時間が遅くまで続く。

「いらっしゃいませ、お二人とも今日もご機嫌さんね！」

なじみのカラオケ・スナック「渋谷」の若いママと女の子二人が気持ちよく迎えてくれた。週に一、二回は通うお店だから、女性スタッフも客同士もほとんど顔なじみだった。細長く伸びたカウンターテーブルに十席ほどの客席が並んでいるが、夜九時過ぎに入店した時には三組の客が飲んでいた。二人客が二組と一人客である。そのうち一組は日系電機メーカーに勤める中年の日本駐在員二人、あと一組は直樹にとって客筋に当たる日系企業の台湾人スタッフ二人、あと一人客は福岡からたびたび高雄に出張してきている中年の日本人客である。直樹と木村は彼らに軽く会釈をして空いている席に腰かけた。

木村はこれらの客の素性から最近の動向までほとんど把握している。仕事上で得る情報の他に、ママか女性スタッフからいろんな情報を得ているからである。ここ台湾には個人情報保持の風土は皆無なのである。逆に言えば、木村や直樹の個人情報も全て開放状態ということになる。

「ウイスキー水割り？」

三十歳前後の若い台湾人ママがカウンター越しに二人の席に寄ってきて声をかける。

「うん、いつものを頼むよ」

木村はキープしている山崎十二年のボトルをいつものように頼んだ。

直樹と木村、そしてママがウイスキーを飲みながらたわいない会話を続けている間、切れ目なく歌い続けていた台湾人客の二人と日本人客一人が、歌い疲れたのか帰ってしまい、代わりに酔っ払った日本人客二人が入ってきた。直樹たちが入店して一時間以上経っていた。

「そろそろカラオケ、どう？」

ママが二人を促した。

少し酔った木村はマイクを握ると勢いよく歌い始めた。得意の曲を三曲ほど次々と歌ったところで、横でニコニコしながら聞いていた直樹にママが、田川さんもどう？　と声をかけた。

直樹は日本にいた時にはカラオケに行くことはめったになく、むしろ苦手だった。だから歌もほとんど知らない。ただ他人が歌うのを横でニコニコしながら聞いているほうだった。

ところが、台湾に駐在するようになって事情が一変した。

こちらに住んでいる人は、地元台湾の人も日本の駐在員もカラオケが大好きである。台湾はカラオケ天国なのである。各企業の宴会、忘年会では大宴会場でカラオケ大会が始まるし、公園では朝早くから近所のおじいちゃん、おばあちゃんが集まって太極拳かカラオケに興じ、また庶民的なカラオケ・ショップでは昼も夜も関係なく地元の人たちが台湾の歌だけでなく日本の昭和の流行歌を熱唱するのである。驚くことにカラオケ・スナックやクラブだけでなく、地元の人々が通う庶民的なカラオケ喫茶などでも日本の最新鋭のカラオケ機器が完備されていて、時には日本人すら聞いたことがないような日本の最新の流行歌が熱唱されていたりする。

台湾では比較的数少ない娯楽の一つとして、カラオケが民衆から強い支持を受けているのだろう。

マイクを回された直樹は、数少ない持ち歌から井上陽水の『少年時代』、大瀧詠一の『幸せの結末』、サザンオールスターズの『いとしのエリー』など数曲を歌ったところでほとんど尽きてしまった。その間にカラオケ好きの木村はすでに数えきれないくらい熱唱していた。

「田川さん、もう終わり?」

カラオケ自慢のママは直樹にそう言いながら浜崎あゆみ、今井美樹などの流行歌をきれいな日本語で自信たっぷりに歌った。いつの間にかお店の若いスタッフも加わり、安室奈美恵や一青窈などの人気曲を身振り手振り交えて熱唱する。

高雄の夜は熱気いっぱいに更けていく……。

「ママ、帰るよ、勘定。それと、タクシー二台呼んで」

深夜一時過ぎ、ようやく木村はママに伝えた、
直樹は木村に揺り起こされ、すっかり暗くなった街の中をタクシーに乗って自宅に向かった。

第四章　原住民の村々〜出会い

原住民の里・三地門《サンチモン》へ

　直樹が四月一日付で台湾中央機械に着任して以来、仕事やプライベートで多忙な日々が続き、あっという間に二カ月近く過ぎた五月末の土曜日、会社は、直樹の歓迎会も兼ねてようやく春季リクレーションを行った。行き先は原住民の里・三地門にある「台湾原住民族文化園区」。ここは高雄から約七十キロメートル、車で一時間余り東に走った所にある山あいの地区である。会社は観光バス一台を貸し切りで社員十八人とその家族、友人合わせて総勢三十七名。和気あいあいとして、賑やかな旅である。社員の家族や友人は直樹にはほとんど面識のない人たちだが、田中総経理にとっては皆顔なじみのようで、「好久不見《ハオチョウ・プチエン》（久し振り）！」とニコニコ顔で握手し、親しげに挨拶して回った。日本の社員旅行と違って随分フリーな雰囲気である。

　直樹たちを乗せた観光バスは、市街地の外れにある入り口から高速道路に入り軽快に走る。車内はおしゃべりに花が咲いて大賑わいである。半時間近く過ぎただろうか、バスは、高雄県との県境を流れる高屏《コウヘイ》渓《ケイ》の大橋を渡って屏東県《ヘイトウケン》に入っている。この川は台湾の最高峰・玉山（日本統治期の新高山。標高三九五二メートル）の付近で源を発し、二本の川となって南下し、県境で合流して高屏渓となり、さらに県境沿いを下って台湾海峡に滔々と注いでいる。その流域面積三二五七平方キロメートルは台湾最大らしい。

いつの間にか家はまばらになり、見渡す限り田園風景が広がる。車窓からは所々に群生するビ

台湾原住民族分布図

ンロウの樹木の林が見えた。やがて質素なレストランや土産物店が並ぶひなびた村に入り、ここで昼食を取った。食後、バスは隘寮渓《アイリョウケイ》と呼ばれる河が流れる山あいの道路を山奥に向かって走る。その河は、水量は多くないが、川幅がとてつもなく広く、周囲の豊かな山緑とマッチして雄大な景色を生み出している。この河は先に紹介した高屏渓の上流にあたり、高雄や屏東の町々に飲料水として供給するのだという。

まもなく一行が目指す三地門の「台湾原住民族文化園区」が見えてきた。この施設の入り口の正面には広い駐車場があり、観光バスや個人の乗用車がたくさん並んでいる。土曜日だけに多くの観光客が訪れているようだ。入り口の近くには欧米人らしき観光客もちらほら見える。

三地門の村にはパイワン族とルカイ族が多く住んでいるが、この文化園区では彼ら以外にも、アミ族はじめ多くの部族が集まって歌舞ショーなどの活動をしている。この施設は約八十二ヘクタール、東京ドーム十八個分にもなる広大な敷地だが、直樹たちは施設内を頻繁に走る無料の周遊バスを利用して自由に移動することができた。バスは遊園地などでよく見かける、屋根と長椅子がついただけの簡易な移動手段である。

一行はまず原住民たちによる歌舞ショーが催されている歌舞館「ナルワン劇場」まで周遊バスで向かった。「ナルワン劇場」の館内は、円形になった舞台と、それを囲むように扇形に広がった階段状の客席から成っていた。客席には多くの欧米人らしき観客が目につく。先ほど入り口で見かけたグループのようだ。

　この舞台では様々な原住民たちのショーを見学できるが、今日は地元パイワン族の歌舞ショーである。館内が急に暗くなったかと思うと、暗闇の中でパイワン族の若者たちが打ち鳴らすドラムの音、それに鳴り響くような男女のコーラスが相和して、観客の全身を揺さぶるような迫力である。そして、急にステージ照明が舞台上を照らし、パイワン族の若い十数名の男女を浮かび上がらせる。蛇模様の刺繍やビーズをあしらった鮮やかな色彩の民族衣装が舞台に映える。

　男たちが力強いリズムで大小のドラムを叩き、女たちはそのリズムに合わせタンバリンを打ち鳴らしながら力強く舞い踊る。時に女たちは手をつないで大きな輪になり、小さな輪になり、また腕を組んで舞台上で軽やかに舞う。

　その歌や踊りは、パイワン族が神霊の加護や恵みに感謝したり、今後の豊作を祈ったりする儀式でもある。

　直樹たちは、パイワン族の華麗にして迫力のある歌舞ショーに感動して会場を出た。外に出る

原住民族の歌舞ショー

と、このショーを演じていたパイワン族の男女が握手して出迎えてくれるという演出もあった。

一行は、その後、原住民たちが実際に暮らした伝統的な住居を一カ所に集めて展示したエリアに周遊バスで向かった。そこには様々な部族の住居があちらこちらに建っていた。直樹たちはパイワン族の頭目（首長）の住居跡を見学した。これは頭目がかつて暮らしていた住居をここに移築したものらしい。

まず目につくのは側面の外壁である。その外壁は、おびただしい数の扁平板を積み重ねて築かれていた。また屋根部分は、樹皮などで覆った上に、これまたおびただしい数の扁平板が敷き詰められていた。この異様なまでに無数の扁平板構造の家屋は不気味ですらある。室内は意外に広々としているが、所々に木材の梁が使われ、家屋の骨格を成していた。室内の床は石材が敷かれていた。これらの扁平板や床石は全て地元で採取されたものだそうである。

直樹が特に目をつけたのは、その頭目宅の玄関先に立てられた二本のトーテムポールである。そのポールには蛇模様の彫刻が施されていた。この蛇模様の絵柄は、その頭目宅のひさしに当たる細長い板の上にも複数彫られていた。そういえば、この蛇模様は、文化園区の入り口でも見かけたし、先ほどのパイワン族の若者たちが歌舞ショーで身にまとっていた舞台衣装も蛇模様だった。また、土産物を売る店でも飾り物として売られていた。

直樹は不思議に思い、営業部の黄小姐に蛇模様の意味を尋ねると、彼女は、パイワン族に伝わる伝説について語り始めた。

「パイワン族の人たちはこれらの蛇を百歩蛇《ひゃっぽだ》と呼び、自分たちの祖先として崇めているのです。百歩蛇の名前の由来は、この猛毒の蛇に噛まれたら百歩も歩かないうちに死んでしまうという、現代人の私たちから見れば怖い存在なのですが、彼らの理解はどうも違うようね。彼らの伝説によれば、その百歩蛇のタマゴから人が生まれ、その人がパイワン族の先祖になったというお話です。また大昔、パイワン族の頭目の娘が百歩蛇と結婚したという話など、いろいろと今日に伝わる伝説があるのですよ。だから百歩蛇は、頭目家の権威の象徴とされていて、このように家の外壁やトーテムポール、また民族衣装などに百歩蛇の絵柄が施されているのです。だから、昔は頭目だけが使用できる権威の象徴だったのです」

「パイワン族の社会って厳しい階級制度があったのですか?」

「そうね。私も詳しいことは分からないけど、パイワン族は階級制度という観点から見れば伝統的に厳格だったそうよ。かつて頭目、貴族、勇士と平民という四階級から成っていたのです。

頭目は世襲制で、最初に生まれた子が男女を問わず頭目の座を継承するのです。村での頭目の主な役目は、村祭りの指揮、戦争が起きた時の指揮、それと村の治安を維持するため裁判長のような役目、といったところかな。村祭りでは、精霊に感謝し五穀豊穣を祝う五年祭りが有名ね。

現在ではのど自慢とか弓射試合など、観光用にショー化してるみたいだけど……。

　平民は普段農耕や狩猟に従事していて、主な農作物は粟とかタロイモ、それに豆類、瓜類、白菜やネギなども植えていますね。狩猟は山猪とか鹿などね。土地は全て村の公有で、村人たちは頭目の許可を得て土地を開き、田畑を耕していたのです。ただ村人たちは頭目に対して税とか貢納といった負担、搾取があるわけではなく、経済的な格差はそれほどなかったようです。この点では村人たちの関係は頭目も含めて比較的緩やかで、フラットだったと見ていいと思います。ただ昔ははっきりした階級間の格差があって、頭目と平民の間では結婚することは決して許されませんでした。だから、パイワン族の有名な恋物語など一般にはありえないことね」

「パイワン族の恋物語？　どんな話ですか？」

　黄小姐が語った内容をかいつまんで説明すると、次のような内容だった。

パイワン族の恋物語

　昔、パイワン族の頭目の娘が平民の青年と恋に落ちました。しかし、家柄が違いすぎるので、頭目は二人の結婚を認めるはずがありません。そこで頭目は、娘との結婚を懇願する青年にこう言いました。

「鷹の羽根、雲豹《ウンピョウ》の歯、百歩蛇の子、そして神々の世で最高の瑠璃珠（トンボ玉）。この四品を手に入れて、高貴な服を着て、私のもとに戻ってきなさい。そうしたら、娘との結婚を認めよう」

頭目の要求を聞いて若者は驚きました。とんでもない、そんなことはできるわけがない。若者は、頭目が出した条件が単に結婚を阻止しようとする試みにすぎないと理解しました。しかし、愛する恋人との結婚を頭目に認めてもらうためには、頭目の提案を受け入れるしかありませんでした。

それから若者は地の果てまで四品を探し求めましたが、数年経っても何も見つけることができませんでした。青年は絶望的な気持ちでトボトボと歩いて村に戻っていきました。すると、急に太陽を遮って大空を旋回する大きな一羽の鷹が現れ、まもなく大空から数枚の羽根が落ちてきました。若者は、その羽根を手に入れ、大喜びして希望が湧いてきました。彼は山を越え歩き続けていると、雲豹の毛皮を被った老人に出会いました。

「雲豹はどこで見つかりますか？」

すると、老人は口から雲豹の歯を取り出して、若者に手渡し、またたく間に雲豹に変身してしまいました。若者は、あまりの恐怖で気を失いました。

しばらくして目覚めた若者は再び帰途につきましたが、途中で百歩蛇に噛まれる不運に遭いました。若者は薄れていく意識の中で百歩蛇の言葉を聞きました。

「私たちの子供をお前に渡すわけにはいかない。その代わり私が刃物に化けるから、それを村に持ち帰りなさい」

若者が目を覚ますと、手に蛇の形をした刃物を握っていました。

これら一連の動きを天上から眺めていた神は若者のひたむきな努力と情熱に感動し、陶壺に美しい瑠璃玉をたくさん詰めて彼の帰路に置きました。若者がそれを見つけた時、飛び上がって喜び、恋人の待つ村に急ぎました。

一方、村では若者は何年も行方不明だったので、頭目は、娘を高貴な家柄の男と結婚させようと無理強いしていました。娘は胸が張り裂けそうなほど悲しみの中で結婚式は進みます。その最中、娘は、愛する人に自分の姿を見つけてもらおうと、ブランコに乗って必死に高く、遠く漕ぎました。村の近くまで戻ってきていた恋人は彼女の姿を見つけると、全力で走って村に戻りました。抱き合って喜ぶ二人、それを呆然と眺める娘の結婚相手、そして結婚式に招かれた村の人々……約束の品々を持ち帰った若者に、頭目は自分の娘を嫁がす他ありませんでした。その後、若い二人は幸せな結婚生活を送りました。

この出来事のあと、これらの品々はパイワン族にとって愛の証となり、男性が結婚する時に女性の家族に贈らなければならない大事な宝物となったのです。

再び原住民の地―阿里山へ

直樹たちの会社の秋季旅行が十月中旬の土曜日に催行された。直樹は、台湾製鉄から受注した加熱炉設備の打ち合わせ、台南製鋼に納めた設備の検収会議、さらに新規商談など様々な業務に追われていた。現地に駐在したら死ぬほど暇だからゴルフでも始めたほうがいい、と勧めてくれた日本人の客先、台南製鋼の松田顧問の言葉を思い出して苦笑いした……。

今回の社員旅行も社員十八人、その家族と友人二十一人、総勢三十九名の賑やかな旅である。向かう先は、台湾でも有数の観光名所・阿里山。今回は少し遠出となるため同地で一泊することになっている。

直樹たちを乗せた観光バスの中は、道中大変な賑やかさだった。台湾の人々は男も女もおしゃべり好きで、また必ずと言っていいほど、マイクが回され、バスの中はカラオケ大会の会場と化すのである。社員もその家族も田中総経理がカラオケ好きと知っているので、敬意を表してまず一番に彼のところにマイクが回される。彼は、鄧麗君（テレサ・テン）の代表作『我只在乎你』（時の流れに身をまかせ）や『償還』（つぐない）、鄧麗君と並ぶ台湾の国民的歌手・鳳飛飛（フォン・フェイフェイ）の歌曲など中国語の歌曲を次々と披露して、喝采を浴びた。カラオケが得意でない直樹のところにもマイクが回されたが、例によってモジモジしていると、あっという間にマイクは他の社員や家族に回されるという具合である。とにかく歌いたくてうずうずしている連中が、ハゲタカが獲物を狙うようにマイクを奪って自分の歌唱に陶酔するのである。

直樹が気づいたのは、とにかく台湾人はじめ中華圏の人々は日本人と違って声が地響きするほど大きい。大陸はじめ中華圏に住む人々は、古来、生存競争が激しかったので大声を出して自分の生存権を主張しなければならなかった、というような話を聞いたことがあるが、確かにそうかもしれない。だから、音感のない人が歌うと爆音となって、聞く人はその場から逃げ出したくなるが、これが音感のある人だと、マイクに頼らざるを得ない声量の日本人歌手に比べてはるかに声量のある歌手と化すのである。

このようにして観光バスはカラオケとおしゃべりで賑やかな宴会場となったが、その中心にはいつものように秘書の李小姐と営業の黄小姐がいた。とにかくこのコンビは賑やかで、底抜けに明るい典型的な台湾っ子なのである。

和気あいあいとして賑やかな雰囲気の中で彼らを乗せたバスは高速道路を北に向かって快調に走り、いつの間にか古い歴史を持つ地方都市の嘉義《カギ》を通り過ぎた。バスはここで方向を変え、台湾の中央部を縦断する山岳地帯にある阿里山の山頂を目指して公路十八号線を走る。

阿里山というのは単独の山ではなく、標高二六六三メートルの最高峰・大塔山をはじめ二千メートル級の山々がそびえる高山地帯なのである。直樹たちを乗せたバスの車窓からは、高さを増すに従って辺りの景色が徐々に変化していくのが分かる。低地では南国のヤシの木やバナナの木があちらこちらに見える。また春には日本統治期に植えられたソメイヨシノや八重桜などが咲き誇る。しばらく山道を走り、海抜千二百メートル辺りに来ると阿里山特産の高山茶が一面に広がっている。青い空と緑の茶畑のコントラストは目にしみるほどに鮮やかである。李小姐によれば、この辺りは海から吹き上げられた潮風が高地に達すると急冷されて霧や雲となり、それが恵みの雨となって大地を潤すことになる。この大地で育まれた烏龍茶は香りが良く、人々から愛されている。また、ここの金萱茶《きんせんちゃ》はほのかにミルクの甘い香りがする珍しいお茶で、お勧めだとか。阿里山の頂上近くまで来ると、樹齢千年を超える台湾ヒノキが群生し、神秘的な雰囲気に包まれる。この阿里山の良質な台湾ヒノキは日本統治期に発見され、伐採された木材を運搬するために森林鉄道が敷設されたという。これが、現在観光用として活躍する「阿里山森林鉄路」の前身である。

台湾の木材といえば、直樹は幼き頃の懐かしい母の香りとともに母のふるさと和歌山県新宮市を思い起こした。紀伊半島のほぼ南端に位置する新宮には母親に連れられてたびたび遊びに行っていたので、彼にとって同地は思い出がいっぱい詰まった第二の故郷といえる。

世界遺産「熊野古道」で結ばれ、熊野本宮大社、熊野那智大社とともに「熊野三山」を形成する新宮の熊野速玉大社には古来鳥羽上皇、後白河法皇、後鳥羽上皇など歴史上の人物や多くの民衆が各地から参拝に訪れた。その境内には樹齢千年の天然記念物「ナギの木」を中心として緑豊かな神々の森の雰囲気が漂っている。

その摂社とも枝宮とも称される神倉神社は断崖絶壁のように切り立った標高百数十メートルの神倉山の山上に鎮座しており、熊野三山に祀られる熊野権現が初めて地上に舞い降りた地と伝えられている。この神社で毎年二月六日に勇壮な「御燈祭《おとうまつり》」の神事が行われるが、直樹が小学三年の時に祖父とともに参加した時の思い出は今も鮮烈に残っている。

真冬の、凍りつくような厳寒の日、「上《あ》がり子《こ》」と呼ばれる男たちは頭から全身白装束で、胴に荒縄を幾重にも巻き付け、藁草履を履いた荒々しい出で立ちである。直樹はこの白装束を祖父に着せてもらい、身の丈に合った松明《たいまつ》を小さな肩に担ぐと武者震いした。祖父も母も目を細めて小さな雄姿を眺めながら、「直樹、格好いい！」とほめてくれた。この日、口にするものは白飯、蒲鉾、豆腐など白い物に限られる。

神倉山の五百数十段もある急な石段を登って山上にある神倉神社の狭い境内に入った上がり子たちは、夜七時過ぎ、先を争って御神火から自分の松明に火を移すと、その松明の火と煙が暗闇の狭い境内を覆いつくす。山門で境内に閉じ込められた男たちはいきり立って山門に殺到し、「早く開けろ!」と怒号が飛び交う。直樹は恐怖で顔が引きつった。

「直樹、大丈夫だよ」

祖父が直樹を抱きしめ、優しく声をかけてくれた。

午後八時過ぎ、神職たちの手で山門が少し開けられると、興奮した若い男たちは待ちきれずに山門を押し開け、まるで雪崩を打ったように暗闇の、急な石段を我先に駆け下りていった。

後年大学生の時にこの光景を遠方の街中から眺めていた直樹は、暗闇の神倉山の山上から下り降りる長く伸びた松明の火を見て、突然母に向かって叫んだ。

「お母さん、見て! これこそ稀代の英雄・鄭成功が誕生する間際に母・田川マツの体に乗り移った『下り龍』だ!」

「おや、私も今ふと同じことを思って眺めていたのだよ。それに、鄭成功が七歳で平戸から明の国に旅立つときに母・田川マツと一緒に自宅の喜相院の庭に『ナギの木』を手植えしたことを覚えているだろう? 私ね、熊野速玉大社のナギの木を見るたびにその事を思い出すのよ。下り龍、ナギの木……不思議ねえ」

神々が住むといわれる熊野の奥深い山々から大量の木材が切り出され、筏《いかだ》に組んで熊野川を下り、河口近くの新宮の貯木場まで運ばれてきていた。母の中高生時代に使われた地理の教科書には新宮を「木材の町」とか「木材の集散地」と紹介されていたとか。明治以降、新宮市は杉、ヒノキの集散地として栄え、最盛期には東京市場に入荷される木材の約二割はこれら熊野材だったという。

その後、安価な東北の木材が東京市場に流入し、新宮の木材業は立ち行かなくなる。その打開策として新宮が目をつけたのが、一八九五年（明治二八年）、日清戦争の結果、日本に割譲された台湾である。新宮は、当時台湾総督府が進める方針に沿って熊野の木材を建築材として台湾市場に売り込み、さらに阿里山のヒノキが発見されると、同材を日本に輸入するようになる。このため台北、基隆の他、打狗（現在の高雄）に出張所を、また淡水に製材所を設立した。台湾での新宮の木材事業は終戦まで続けられ、その結果、日本国内で阿里山ヒノキが多用されることになる。熊野速玉大社の大鳥居は阿里山のヒノキ材だったが、残念ながら一九五九年九月伊勢湾台風で倒壊してしまった。その他、阿里山のヒノキは、靖国神社の神門、東大寺大仏殿の垂木、薬師寺の金堂や西塔など神社仏閣の他、大阪の太閤園のもとになる藤田男爵邸など民間の邸宅や施設などにも多く利用された。

また阿里山は原住民ツォウ族の里としても有名である。太古の昔、彼らは玉山（日本統治期に新高山と呼ばれた）に住んでいたが、その後、阿里山を経由して嘉義周辺の平地まで下り、平和に暮らしていたという。しかし、そこに漢人がやって来て、土地をめぐる争いが頻発するようになる。ツォウ族の人々は、鉄砲を持った漢人との戦いに敗れ、平地から追われて再び阿里山の村々に帰ってきたのである。このような歴史的背景から彼らは漢人に対する反感を強め、漢人を見ると殺害し、首狩りした。

かつてツォウ族の村では頭目の下に戦や首狩りなどを指揮する征帥や、戦功をあげた勇士が存在した。また毎年二月十五日にはツォウ族の重要な儀式である戦祭が開催されている。ツォウ族の男性は勇猛果敢な部族として知られていたが、それは彼らの長く過酷な戦の歴史の中で生み出されたものである。

首狩りのことを漢人たちは「出草《しゅっそう》」と呼んで恐れたそうである。これは、原住民が草むらに身を潜め弓矢や鉄砲で敵対者を仕留め、草むらから飛び出してその首を狩る行為で、いかにもイメージ通りの言葉である。

原住民と漢人の関係は、一六二四年オランダ東インド会社が台湾を占領した時にさかのぼる。この当時、台湾は原住民たちが暮らす平和な島で、漢人はほとんどいなかった。ところが、オランダは台湾で農地開拓を進めるに当たって福建省や広東省の沿岸部から大量の労働者を雇い入れたために、後になって原住民たちとの間で土地の所有をめぐる争いが頻発するようになる。この争いに敗れた原住民たちは、その恨みから「出草」という行為に及んだのである。

しかし、この「出草」という行為は、漢人や他の種族の原住民、あるいは日本人など敵対者に対する反感、憎しみだけが動機ではない。例えば、外敵から集落を守るという勇気の象徴として、あるいは一人前の大人になった証として行われる、いわば成人の儀式でもある。この出草に成功すると、一人前の大人として認められ、顔に入れ墨を入れることができる。また悪疫払いや不吉なものを払うといった宗教的な動機もある。このようにして狩られた首の前で、村人たちは飲めや歌えのどんちゃん騒ぎをして、お祝いするという。狩られた首は、頭目の家の首棚に何十個も並べられ、魔除けとして祀られることになる。

もう一つ、首狩りにまつわる興味深い話がある。大正時代、高雄の南側に広がる屏東平野はかつて石や砂利だらけの、不毛の地であった。この土地に、悪戦苦闘の末、伏流水を利用した地下ダムを建設し、豊かな農業地帯に変えた日本人がいる。鳥居信平である。この計画を実施するに当たって、彼はパイワン族やルカイ族の村々を訪ね、頭目たちにこの計画への理解と協力をお願いして回った。頭目たちは、誠実で、真摯な態度の鳥居を大層気に入り、彼の計画に全員協力を誓った。ある時、鳥居は一人の頭目からこんなお願いをされたそうである。

「お前はなかなか立派な顔をしている。俺にその首をくれないか。ぜひ家の棚に飾りたい」

鳥居は驚きつつも、「今はやらねばならない仕事をたくさん抱えているから勘弁してほしい。仕事が終わってからにしてほしい」と応じたそうである。

首狩りは何も敵対者だけではなく、心を許し合った友人も対象となり、さらに、狩ってきた敵の首に対して永遠の友、味方として誓う、といったこともあるようだ。ここまでくると、現代人の理解が及ぶところではなさそうだ……。

運命の出会い

直樹は前回の春季社員旅行で社員の家族や友人などほとんど顔見知りになっていたが、営業部の黄小姐が七歳の娘とともに連れてきた妙齢の女性とは初対面だった。直樹が一瞬ハッとするほどすらっと背の高い美人である。艶やかな長い黒髪、色白の肌、そして切れ長の涼しげな目を持つ美貌に、直樹だけでなく、男性たちは一瞬目を奪われた。

彼女の名前は鄭美玲《チェン・メイリン》、黄小姐の出身校である国立成功大学の後輩である。今年三年生で、二十一歳。学部も同じ文学部歴史学科で、日本史を専攻する才媛である。彼女の実家は台北にあり、台南で一人で下宿しているという。彼女はこの旅行のために、黄小姐のアレンジで前日に直樹たちの定宿である「美麗酒店」に投宿したのだった。

黄小姐は、観光バスに乗車する前に鄭小姐をわざわざ直樹のところに連れてきて紹介した。

「直樹、彼女、すごい美人でしょ？　私の大学の後輩よ。私と同じ日本の歴史を勉強しているのだけど、日本語をもっと勉強したいと言ってるの。直樹、彼女に教えてあげて」

「私が日本語を教える？　私でいいのですか？」

「直樹、何を言ってるのよ。あなたも大阪の大学を出てるのでしょう？」

「そうですけど……私は大阪育ちだから標準語ではないし……私で良いのかな？」

「彼女とお話しするの、嫌なの？」

「とんでもない、喜んで」

「じゃ、よろしくね。頼んだわよ」

「はっ、はい」

黄小姐が紹介したように彼女が美人であることは間違いないが、この時、直樹は単にそれだけではない、不思議な感覚に囚われていた。

「この鄭美玲という女性、どこかで会ったような気がする……しかも、なぜか遠い昔のふるさとの香りもする、懐かしい感じ……この感覚は一体何なんだろう……？」

「どうかされました？」

鄭小姐が不思議そうに直樹に尋ねると、直樹は慌てたように手を振った。

「いえ、いえ、何でもありません……ただちょっと……あなたをずいぶん前にどこかで見かけたような気がしたものですから……」

鄭小姐が訝しげな顔をしていると、黄小姐が横合いから口をはさんだ。

「直樹、馬鹿ね、鄭小姐を旅行に連れてきたのは初めてよ。直樹が以前会ったはずがないでしょ」

「そりゃ、そうですね。鄭小姐と以前会うわけがないですよね……」

直樹は曖昧に笑ってうなずいた。

黄小姐が鄭小姐に直樹を紹介した時、今度は彼女が「あっ!」と叫んで、少し顔色を変えた。

「タガワさん? ですか……」

直樹が驚いて、「何か?」と彼女に問うと、彼女は慌てたように、「いいえ、なんでもありません。ただ同じ名前の人を知っていたものですから……」と曖昧に答えた。直樹は彼女の反応に少し引っかかるものを感じたが、それっきり忘れてしまった。

黄小姐がお互いを紹介した際に、提案を忘れなかった。

「ああ、それと一つ、鄭小姐の通称はリサというのよ。お互いに田川さん、鄭さん、では堅苦しいでしょう? だから直樹、リサと呼び合えばいいのよ」

「それはいいですね。でも私は最初からリサと呼び捨てにするのは少し抵抗があるから、リサさんと呼ばせてもらうよ」

「それじゃ、私は直樹さんと呼ばせてもらうわ」

「まあまあ、お互いに好きにしてちょうだい」

これでお互いの呼び名は一件落着したが、直樹は台湾人の名前について以前から疑問に思っていることがある。台湾の人たちはベン、ステファン、メアリー、キャシーなどといった英語の名前を持った人がなぜ多いのか？　この点について以前、直樹が黄小姐や小王などから得た回答はこうである。

第一には、キリスト教の洗礼時にクリスチャン・ネームを授かるという宗教的な理由。確かにその通りなのだが、よく考えると、台湾人が信仰する宗教の比率を見ると、道教、仏教が約六十五パーセントで、キリスト教は約七パーセントにすぎない。しかし、四十代以下の多くの台湾人が英語の通称名を持っているという現実を考えると、この説はあまり説得力がない。

直樹が半信半疑ながら納得した答えは、中学校で初めて英語の授業を受ける時に、先生または親が英語の名前をつけてくれるという説。このような習慣のない日本人にとっては信じがたい話だが、どうやらこれが現実のようである。しかし、この説でさらに疑問なのは、なぜ英語の名前が必要なのか？　ということである。この点について黄小姐によれば、各人が英語名を持つことで英語そのものを身近に感じるという話である。

ただ理由はこれだけではなく、他にもいくつかあるようだ。例えば、欧米人には中国語の名前は難しいので、英語名をつけて外国人にも通じやすくするという話。それなら日本人だって同じ条件だが、クリスチャン、あるいは仕事などで欧米人と深く関わる人を除いて、英語名を持つ日本人はよほど酔狂でもない限り皆無である。この相違点について直樹は、台湾人のほうが日本人よりもはるかに海外に目が向いている、つまり海外志向が強いためではないか、と考えたりしている。

さらに言えば、台湾では同じ名前の人が多いから、という理由があげられる。実際のところ、台湾人の名前で多い順に挙げると次のようになる。

一位　陳（台湾人口比十一・一パーセント）、二位　林（同八・三パーセント）、三位　黄（同六・〇パーセント）、四位　張（同五・三パーセント）、五位　李（同五・一パーセント）、六位　王（同四・一パーセント）、七位　呉（同四・〇パーセント）、八位　劉（同三・二パーセント）、九位　蔡（同二・九パーセント）、十位　楊（同二・七パーセント）。

以上の名前だけで台湾の総人口の半数を超えている。こういった事情から、先に述べたように名前と生年月日をワンセットにするのと同様の方法で、英語名の使用によって他人との混同を避けているようである。確かにこの点も、英語名を使用する理由の一つなのだろう。

実際のところ、英語の名前は友人間のみならず職場など公的な場所でも使われていて、台湾の社会ではしっかりと定着しているようだ。このことを端的に表しているのが、台湾のパスポートには英語名の記入欄が入っているという点である。

ちなみに、どのような英語の名前をつけるのかという選択理由もいろいろとあるようだ。例えば、自分の気に入った名前、林（リン→リンダ）のように本名に近い名前、キャサリンのように好きな有名人の名前、また直樹の知人でアップルという好きな果物の名前をつけた女性も……。

そう言えば、中華系の芸能人の多くは英語の通称を使っているではないか。ジャッキー・チェン（中国名・成龍）、テレサ・テン（鄧麗君）、ジュデイ・オング（翁倩玉）……。

直樹たちが様々なおしゃべりやカラオケで和気あいあいとしている間に、バスはいつの間にか阿里山の頂上付近に広がる阿里山森林遊楽区に入ってきた。この地区は海抜二千メートルを超える高山地帯だが、ホテルやレストランなどが多く建ち並び、阿里山観光の中心地となっている。土産物店では特産の烏龍茶やヒノキ製品が数多く並んでいる。一行が宿泊するホテルはその地区内にあり、大自然の中に静寂な環境は日頃下界で神経をすり減らすほど忙しい人々にとっては最高の癒やしとなる。ホテルの従業員は付近に住むツォウ族の人たちが多いそうである。

直樹たちはホテルで簡単な昼食を済ませると、早速この遊楽区内の散策に出かけた。

直樹たちが散策を楽しんでいる間、若い台湾人スタッフたちは美しいリサに興味津々で、直樹とリサの会話を遮るように強引に割り込んできた。

まずは営業担当の小王がリサに声をかけ、なんとか自分のほうに気を向かせようと試みた。次に、技術部の洪信昌、さらに陳宥安が割り込んできた。しかし、リサは彼らに軽く相槌をうったり視線を向けたりはしても、すぐに直樹の方に向き直って、阿里山観光の見どころの説明など彼との会話に夢中になっていたので、彼らはすごすごとその場を立ち去るしかなかった。

しばらく散策を楽しんだ一行はホテルの大温泉場でゆったりと身も心も癒やした後、ホテル内の広々としたレストランで夕食に舌鼓を打った。夕食のメニューはツォウ族の地元料理を主としたもので、ツォウ風焼肉、エビの唐揚げ、山菜炒め、キマメスープなどが次々にテーブル上に所狭しと並べられた。

一行は地元料理を堪能しながら、目前で派手に踊り歌うツォウ族のショーに日頃の苦労も忘れて楽しんだ。

食後、直樹やリサたちはホテル二階のロビーに向かった。地元の郷土史家による原住民の講話があるという。直樹は今春の社員旅行で行ったパイワン族の里・三地門での思い出から、原住民に興味を覚えていた。

「それにしても、リサさん、本当に日本語が上手ですね。どこで日本語を覚えたのですか？」

直樹はリサと並んでロビーに向かいながら尋ねた。

「母が日本語上手で、幼いときから聞いていたので自然と身についたみたい。でもまだまだ駄目ですよ。だから、直樹さんからしっかり日本語を教えて欲しいの」

「でも、さっきも言ったけど、僕から日本語を学ぶと大阪弁になってしまうよ」

「いいわね、リサの大阪弁、いいんじゃない？」

リサの冗談に直樹は大笑いした。二人は食事中に台湾の名酒─埔里《プーリー》の紹興酒も幾杯か飲んですっかり打ち解け、会話が明るく弾んだ。

ロビー内には田中総経理はじめほとんどの社員、その家族とその他の宿泊客が大勢集まっていた。講師は五十歳くらいの男性で、彼の話は約一時間に及んだ。彼の講話はおおよそ次のようであった……。

原住民の話

「イラ・フォルモサ！（麗しき島！）」

一五四四年、ポルトガル船が東アジアの海洋を航行中、一人の乗組員が偶然水平線上に緑豊かな島を見つけ、思わず発した言葉である。台湾がベールを脱いで世界の舞台に姿を現す瞬間であり、今日我々が台湾のことを「フォルモサ」と呼称する由来となっている。しかし、この地は当時、世界の大国・明王朝の東端にあって、約二百キロメートルの台湾海峡で隔てられ、海賊や倭寇、さらに首狩り族などが跋扈《ばっこ》し、さらに悪病が蔓延《まんえん》するとして誰もが近づくのを恐れる「化外《けがい》の地」であった。

台湾が世界の歴史にその名を刻むのは、十七世紀の「大航海時代」と呼ばれる世界の激動期にオランダが台湾南部の台南地域を占拠した一六二四年のことである。

それ以前にまだ台湾という名もない孤島に住んでいたのは、いわゆる原住民族で、彼らは恐らく五千年くらい前から台湾の各地に住みついたようである。その頃中国大陸の南部沿岸地域から命をかけて危険な台湾海峡を渡ってくる漢族の移民もいたが、その数はごく限られていた。

原住民たちは「オーストロネシア語族」と言ってフィリピン、インドネシアや太平洋諸島から、はるか昔に次々と台湾に渡ってきた人々である。彼らは長い時間をかけてバラバラに各地から台湾に渡ってきたが、彼らが一つの集団にまとまることはなく、それぞれ台湾の各地に自分たちの集落を作って独自の生活を始めたのである。

日本の戦国時代に天下統一を果たした豊臣秀吉が朝鮮出兵を強行した一五九二年の翌年、原田孫七郎という、海外事情に明るい長崎商人を台湾に派遣し、朝貢を促そうと試みたが、失敗に終わっている。当時台湾には交渉相手となる統治者がいないのだから当然である。同様の試みは、徳川家康が開いた江戸幕府によっても行われているが、原住民の抵抗や暴風雨などでやはり失敗に終わっている。

原住民たちは元々台南はじめ沿岸平野部に住んでいたが、オランダ統治時代から清朝時代にかけて多くの漢民族が福建省はじめ南部沿岸地域から台湾海峡を渡って流入してきたために、原住民との間で居住地や開墾地をめぐって激しい争いが生じた。その結果、原住民は鉄砲を持った漢人の勢力によって排除され、結果として台湾の中央部を縦断する山岳地帯や東海岸などに追いやられることになった。

現在台湾政府が認定している原住民は十六部族あるが、彼らの居住範囲がそういった僻地に偏在しているのは、このような時代背景による（本書94ページ「台湾原住民族分布図」参照）。

原住民は清朝時代には蕃《ばん》人とか蕃族と呼ばれていたが、日本統治時代にこの呼称は差別的であるとして「高砂族《たかさご》」及び「平埔《へいほ》族」に変更した。

このうち高砂族は戦後「高山族」、さらに「山地三胞」と改称された。彼らは文字通り台湾中央部の山岳地帯あるいは東部沿岸地域に居住する民族である。その代表的な民族としてアミ族（約二十万人）、パイワン族（約十万人）、タイヤル族（約九万人）などがある。ツォウ族はここ阿里山の特富野《トフヤ》村と達邦《タッパン》村で六千五百人ほどが暮らしている。

一方、平埔族は主に西海岸の平野部に居住し、中国大陸から渡ってきた漢人との長期間にわたる交流により漢人社会に溶け込んだ人々であり、漢人とは見分けがつかない存在になっている。平埔族では台南周辺に住むシラヤ族が有名である。ちなみに彼らはよそ者のことを「タイアン（Taian）」、あるいは「ターヤン（Tayan）」と呼んでおり、これを聞いた明国人は台南を「大員」

と称し、またオランダ人は「タイオワン」と呼んだ。この呼称が台湾の島全体を意味するようになり、やがて「台湾」という名称に変化したと言われている。

今日の台湾社会において私たちの周りにいる友人などの中に、平埔族であれ高山族であれ、原住民の血を引いている場合も少なくない。最近のDNA鑑定など科学的な調査結果によれば、台湾の人口の八十八パーセントが原住民の祖先を持つというデータもある。

近年、原住民あるいは原住民の祖先を持つとされる人々の社会進出も著しく、台湾の各界で活躍する著名人は数多い。最も有名な人は第七代中華民国総統として台湾を率いた蔡英文である。彼女の祖母が屏東県獅子郷出身のパイワン族で、蔡英文のパイワン名は「チュク（Tjuku）」という。

また原住民の特徴として、一般的に体格が大柄、頑健で、顔立ちがはっきりしており、男女ともに美形が多い。彼らは総じて歌が上手で、運動神経も良いことから、歌手、俳優やスポーツ選手として活躍する有名人が多い。

芸能界では、歌手、女優として日本でも有名なビビアン・スーは母親がタイヤル族である。一般的に原住民といえば褐色の肌のイメージが強いが、彼女を見ても分かるようにタイヤル族には色白の美人が多い。ちなみに彼女は台中の出身だが、台北から近く観光地として有名な烏来《ウーライ》はタイヤル族が住む色白美人の里である。

その他の有名な芸能人として、アミ族では天性の歌姫といわれる黄麗玲（A・L・i・n）、原住民の映画「海角七号」で主演を務めた俳優、歌手、作曲家の范逸臣（ファン・イーチェン）。父が日本人で母がアミ族の坂本宗華は人気グループ大嘴巴（Da Mouth）のDJとして活躍中である。台湾を代表する美人歌手として人気が高い蔡依林（ジョリン・ツァイ）はバブラ族のクオーター。実力派の人気歌手・張恵妹（アーメイ）はプユマ族の出身である。

芸能界に劣らずスポーツ界でも原住民の活躍は華々しい。二〇二一年夏に開催された東京オリンピックでは台湾選手六十八名のうち二十パーセントにあたる十三名が原住民の出身だった。台湾の全人口二千三百三十万人に対する原住民の人口五十六万人、つまり二・四パーセントの人口比を考えれば、原住民選手がいかに活躍したかが分かる。しかも東京大会で台湾の金、銀メダル数六個（金二、銀四）のうち、アミ族出身の女子選手が重量挙げで金、パイワン族出身の男子選手が柔道で銀、つまり台湾のメダル数の三分の一を獲得したことになる。

またプロ野球選手ではかつて中日ドラゴンズの投手・郭源治、日本ハムと巨人で活躍した外野手・陽岱鋼はともにアミ族出身である。

台湾の野球と言えば、二〇一四年二月台湾で、翌年日本で公開され、評判となった台湾映画『KANO　1931海の向こうの甲子園』がある。この映画は、戦前松山商業の野球部監督だった近藤兵太郎が当時日本の統治下にあった台湾に渡った後、台湾の野球大会で一勝もできなかった弱小チームの嘉義農林学校野球部を猛特訓で鍛え上げ、一九三一年（昭和六年）についに夏の甲子園大会に出場を果たし、快進撃する物語である。野球部は、日本人三人、台湾人二人、原住民四人の混成チームだが、近藤は彼らを分け隔てなく厳しく鍛え、そして等しく愛情を注いだ。そして、準々決勝で奇しくも近藤の母校である松山商業と対戦し、延長戦に入る激闘の末に四対五で惜敗するという、実話に基づく話である。この大会で松山商業は全国優勝を果たしている。

この時、近藤は胸を張って言った。

「日本人は守備が上手、台湾人は打撃が強い、そして原住民は走ることに長けている。これこそ台湾ならではの理想的なチームである」

不思議な古老の誘い

直樹たちが郷土史家から原住民の講話を聴いていた時である。

一人の村人らしい古老から時折熱い視線を向けられていることに、直樹は気づいた。

講話が終わり、多くの聴衆が席を立ってその場から立ち去ろうとしていた時である。その古老が直樹のところに近づいてきて、日本語で話しかけた。

「あなたはマーヤだろう？」

「マーヤ？」

「間違いない。服は我々が着ているのと違うが、あなたの姿かたちはマーヤだ」

「いいえ、私は日本人ですが……」

「そうだ、その通りだ。あなたはマーヤだ！」

古老の日本語はスムーズではなかったが、日本語の意味は理解できた。しかし、この古老が何を言おうとしているのか、何を言いたいのか、さっぱり要領を得ず、直樹は戸惑った。

「私はこの山のふもとにあるタッパン村の頭目である。私は今日あなたを村に招待したい。どうかな？　いや、ぜひ来てほしい」

直樹は慌てた。この古老が急に自分を村に招待したいとは一体どういうことなのか？

この不思議なやり取りをしばらく横で聞いていたリサが、古老に中国語で話しかけて制止し、直樹に状況を簡単に説明した。そして古老に事情を説明し、直樹をタッパン村に招待したいという申し出を丁重に断った。しかし、納得いかない古老はなおも熱心に誘った。

「今回は駄目なようだが、日を改めてワシの村に来てほしい。そうすれば、村あげて大いに歓迎するよ」

古老からここまで熱心に誘われると、簡単には断れない雰囲気になった。結局、二人は後日訪問する機会を考えてみるという曖昧な返事で、古老に納得してもらうより他なかった。古老は不承不承ながら直樹の言葉に同意して去っていった。

　リサは、古老が立ち去るのを見届けた後、直樹のほうに顔を向け、いたずらっぽく笑って話し始めた。

「直樹さんは顔立ちがはっきりしていて、体格も立派だから、あのおじいさんは直樹さんをすっかりマーヤだと思い込んだみたい……」

　リサからからかいとも賞賛ともつかない言葉を投げかけられ、直樹は軽く咳払いした後、少し戸惑いながら話した。

「何だかよく分からないけど、そのマーヤっていうのは一体何？　少しくわしく説明してくれませんか？」

「実はツォウ族にはマーヤ伝説っていうのがあるのだけど、私の知っている範囲でお話ししますね。でも、マーヤ伝説っていろいろなストーリーがあるようだから、私が知っているマーヤ伝説が正しいかどうか分かりませんけど……間違っていたらごめんなさい」

　リサはそう断りつつ、マーヤ伝説について話し始めた……。

ツォウ族のマーヤ伝説

太古の昔、ツォウ族の最高神であるハモは天界より台湾のバトゥンクオヌ（現在の玉山）という山の頂に降り立ちました。その山頂でハモがカエデの木を揺すると、木の実が落ち、一つはツォウ族となり、一つはマーヤとなりました。そのためツォウ族の人々はマーヤを兄弟と認めました。

その地は人が増え密集してきたので、彼らは広大な土地を求めて山を下り、離散して、それぞれ集落を作って暮らしていました。ところが、ある時、彼らは大洪水に遭いました。そこで彼らは再びバトゥンクオヌの山頂に逃げました。台湾はその山以外は海になりました。人々は魚や獣を食べて暮らしました。やがて洪水が引いたので、ハモは山を歩いて下りました。その足跡は平野となったので、ツォウ族の人々は別々に村を作りました。それが現在のタッパン村とトフヤ村です。

一方、マーヤは村には留まらず、北のほうに行くと言いました。ツォウ族の人々とは嘉義地方の樹木が生い茂ったところで別れました。ツォウ族の人たちは、将来マーヤの人たちと再会した時にお互いに分かるように弓を半分に折って、下半分をマーヤに渡しました。

その後、ツォウ族の人たちはマーヤが戻ってくるのを待ちました。

かなり時間がたったある日、一人の男が村にやってきました。彼は日本人だと言いました。彼は半分の弓を所持していませんでした。また彼が着ている衣服もツォウ族のものとは異なっていました。しかし、彼の顔つきや体格はツォウ族そのものでしたから、彼らはその日本人をマーヤに違いないと思いました。

ツォウ族の人々は日本人のことを今も懐かしそうにマーヤと呼んでいます。

タッパン村の出来事

リサはツォウ族に古くから伝わるマーヤ伝説を直樹に説明した後、さらに話を続けた……。

「原住民の人たちが台湾に渡ってきた時期ははっきりしないけど、先ほど郷土史家の方が述べていたように今から五千年くらい前だとすると、日本ではちょうど縄文時代に当たりますよね。縄文時代には日本に北方だけでなく、南方からも多くの人々が渡ってきたはずですね。

これは私の個人的な意見だけど、南方から渡ってきた人々こそ台湾からの渡来人じゃないかしら。だって、台湾こそオーストロネシア人の起源、あるいは対外的に人々が拡散した起点だったとする研究もありますからね。これは決していい加減な話ではなく、台湾原住民族の言語の多様さに基づく研究成果なのです。このように考えると、縄文時代に南方から日本に渡った人々は、まさに台湾から北方に向かったマーヤだと思うのです。そう思いません？

それともう一つ、郷土史家の方が、台湾の人口約二千三百人の八十八パーセントが原住民の祖先を持つと語っていましたけど、その台湾の人口のうち五百万人、つまり二十二パーセントに日本人の血が入っているという興味深いデータもあるのです。普通に考えると、日本統治期以降の日本人との交流の結果と推測できるけど、逆に考えると、日本人の血が台湾人の中に入っている、ではなくて、遠い昔のマーヤの血、つまり台湾原住民の血が日本人の中に入っている、という発想もありかな、という気もするのですが、どうでしょうね？」

リサは熱心に自分の意見を述べ、直樹に同意を求めた。

「リサさんの話を聞いていると、僕も日本の縄文人はマーヤのような気がしてきたな……」

リサから意見を求められ、直樹は思わずリサの考えに同調した。いや、直樹も日本人こそマーヤ、つまり、ツォウ族とは兄弟なのだと思い始めていた。

「そうでしょう？　特に直樹さんの容姿は立派なマーヤのようだから、あのおじいさんが直樹さんをマーヤだと思い込むのも無理ないわね……」

リサはいたずらっぽくクスッと笑って直樹の顔を覗き込んだ。直樹はどう答えていいのかわからず、少し顔を赤らめた。これまで仕事一途で女性の心理があまり分からない直樹にとってリサが投げかける言葉は時に謎めいていた。リサが自分に熱心にアプローチしてくるのも日本人から日本語を学びたいという単純な動機ではないかとも疑った。よく分からない、しかし自分に対して少なくとも悪い印象は持っていないようだ……。動機はどうであれ直樹としてはこの不思議な魅力に満ち溢れた女性とお付き合いしたいと思い始めていた。

「ところで、あのおじいさん、直樹さんをタッパン村に来るようしきりに誘っていましたけど、どうしますか？」

実のところ直樹は、リサからマーヤ伝説を聞いておじいさんの勧誘に少し心を動かされていた。

「機会があれば一度タッパン村に行ってみたい気もするけど、高雄から日帰りは無理かな？」

「行けなくはないけど、タッパン村で少し時間を取りたいなら、やっぱり嘉義の町で一泊したほうがいいでしょうね。もちろん必要なら私が道案内してもいいですよ」

「えっ、本当ですか？　でも、お言葉に甘えてもいいのかな？」

二人がタッパン村を訪れたのはそれから一カ月半後、十二月に入ってすぐの土曜日のことである。十一月にはすでに高雄と台南でデートを楽しみ、今回がいわば三回目のデートである。この頃、二人の仲はぐっと近くなり、まるで長年の友達のように打ち解けていた。

リサとは短い交際の中で実にさまざまな話題について話し合った。お互いの生い立ち、家族のこと、故郷、日本と台湾のこと、趣味、友人、などなど……。特にリサが大学で専攻している日本の歴史のほか台湾、中国の歴史を語るときは雄弁で、その目はきらきらと輝いて見えた。直樹の歴史に対する知識は趣味のレベルを出なかったが、二人が歴史について語り始めると止めどがなかった。またリサは現代の日本の社会や風俗、若者たちの生活、風潮などに強い関心があり、あふれんばかりの彼女の質問に対して直樹は返答に窮することもしばしばだった。

それにしてもリサの日本語はアクセントに時々違和感があるものの直樹にはほぼ完璧に思えた。たまにリサが適当な日本語の単語を思いつかず急に台湾華語（中国語）で話し始めると、美しいリサの口から流れ出る中国語は直樹が感動するほど甘美で、魅惑的だった。台湾の人々が二言語を上手に操るのは、咄嗟に適当な単語が浮かばないという同じ理由で常日頃から中国語と台湾語を使い分けているからだ。また台湾語が幅を利かせている台湾南部の高雄で彼女が話す中国語は直樹にとって非常に貴重であり、それを知ると彼女は直樹のためにことさら意識して中国語を使うようになっていた。

二人は嘉義で昼食を済ませ、午後一番にタッパン村に入った。

先日のおじいさん、つまり同村の頭目は、「マーヤが来た」と大喜びだった。早速村の人々を集め、ツォウ族伝統の衣装を着て賑やかな歌と踊りを披露し歓迎してくれた。

村の頭目は二人を自分の大きな家に招き入れ、阿里山特産のお茶を飲みながら談笑した。頭目の夫人と二人の娘が紹介された。彼らはツォウ族特有の正装姿だった。上の娘は二十歳で、妹は十八歳だという。二人とも肌の色は艶のある茶褐色で、黒髪が似合う目鼻立ちの整った美人である。

頭目は、好青年の直樹と談笑しながら、ますます気に入った様子である。別れ際に、頭目はもぞもぞしながら直樹に小声で言った。

「もしあなたが気に入れば、うちの娘をお嫁にもらってくれないか？　上の娘をもらってくれるならありがたいが、あなたが気に入るならどちらでもよい。あなたに私の後を継いでもらいたい」

直樹は、まさかこのような展開になるとは予想だにしなかったので、この頭目の申し出に飛び上がらんばかりに驚いた。

直樹はリサの手助けを借りて頭目の熱心な要望を丁重に断り、ほうほうのていでタッパン村を後にしたのである。

第五章　台湾南部の都市巡り

台湾第二の都市・高雄

リサと初めて会ってから、直樹はその美しさと人柄にすっかり魅了されていた。リサのほうも直樹に親しみを抱いたようだった。

リサは、直樹との会話の中で、直樹がこれまでほとんど仕事ばかりに時間を費やし、地元高雄すらろくに観光していないことを知って、高雄の街を案内することに決めた。リサの提案に直樹は躊躇なく同意したが、お互いにいろいろと都合があって、最初のデートは結局十一月初めの土曜日になった。

その日の午前十一時。十月下旬まで太陽がギラギラと照りつける真夏のような暑さもようやく収まり、高雄にもさわやかな秋の空気が漂い始めた頃である。

直樹は待ち合わせ場所の高雄駅の二階改札口でそわそわしながら待っていた。すると、多くの乗降客に交じって純白のワンピース姿のリサが少し急ぎ足でやって来るのが見えた。彼女は、ライトブルーのポロシャツにジーパン姿の直樹を見つけると、ニコッと笑みを浮かべ足早に近づいてきた。その容姿は、雑踏の中を忙しそうに行き交う乗客すら振り返らせるほどに、すらっとした上背と美貌だった。

「ごめんなさい。待たせました?」

「いやいや、そんなことはありません。僕も先ほど着いたところですよ」

直樹は慌てて手を振った。

二人は高雄駅の正面玄関に列を作って並んでいるタクシーに乗り込み、運転手に行き先を告げた。運転手は古ぼけたポロシャツの服を着た、しわだらけの白髪老人で、その車も負けないくらい年代物である。その老人は無言のまま無愛想に車を走らせた。直樹がふと車のフロントガラスを見ると、運転手の乗務員証には彼の名前とともに三十代くらいの若々しい男性の、古ぼけた写真が貼りつけられていた。直樹は思わず写真と高齢の運転手を見比べてしまった。

二人を乗せたタクシーは、高雄駅を起点として高雄国際空港まで南北に走る広い目抜き通り・中山路を真っすぐに南下した。やがて広々とした中正路との交差点を左折して、しばらく走るとタクシーは停車した。二人は車から降りると、目の前にある二階建ての「フィネーレ」に入った。このお店は高雄でも有数のイタリア料理店で、若者から年配の人たちまで幅広い客層に人気がある。店内は広々として落ち着いた雰囲気であり、ゆったりと会話をするには最適な場所である。

高雄市街図

十全路
博愛路
九如路
高雄駅
建国路
八徳路
七賢路
民族二路
成功路
中華路
中山路
森林路
六合路
六合夜市
中正路
民生路
中正文化中心
中央公園
五福路
民権路
大立百貨
青年路
漢来大飯店
市政府
愛河
漢神百貨
四維路
SOGO百貨
三越百貨
三多路
二聖路
85階ビル
一心路
高雄港
高雄国際空港へ

二人は、リサが予約していた二階の、明るい窓際の席に座った。窓からは中正路を行き交う人々と多くの車が見える。

先日の阿里山の旅では二人だけの会話が時間的に限られていた上に、話題の中心は原住民の歴史だった。二人は、家族や故郷の話、自分の趣味、最近の関心事、将来の夢など様々な話題を話し合い、尽きることはなかった。

リサが美しい顔ににこやかな笑みを浮かべて語った話を総合すると、彼女の実家は台北の高級住宅街・天母《ティエンム》にある。父親は四十九歳で、台北市内で小さな会社を経営しているという。母親は四十二歳、専業主婦だが、結婚前は高校の国語教師だった。曽祖父の時代に蔣介石率いる国民党軍のメンバーとして台湾に入り、台北に定着した。リサは三人兄弟の長女で、下に妹、弟がいる。彼女は台南に所在する成功大学の三年生で、日本歴史を専攻している。卒業後も同大学か台湾大学の大学院で日本歴史の勉強を続けたいという夢を持っている。

成功大学は、日本人の母を持つ台湾の英雄・鄭成功にちなんで名づけられた国立大学で、台北の台湾大学に次ぐ名門校である。台湾鉄道（台鉄）の台南駅に隣接した、広大なキャンパスを持っている。彼女は美しいだけではなく、知性も兼ね備えた才媛なのである。

直樹も両親と五歳上の姉の話、故郷の思い出、などいろいろと自己紹介した。父が長崎出身だと紹介すると、リサが声にならないような低い声で、「えっ？」と叫んで少し表情を変えたような気がした。その時は二人とも溢れるような会話の中でそのまま話が流れてしまったが、それは直樹の心に引っかかるような記憶として残った。

二人は、長い食事と談笑を終えて外に出た。

タクシー運転手の林さんがニコニコ顔で二人を迎えてくれた。林さんは直樹や同僚たちが仕事で時々使う中年の運転手である。正直者で、いつも明るく、誠実に対応してくれるので直樹たちのお気に入りである。特に彼は日本語がペラペラだったので、直樹にはありがたかった。今日は特別に昼食後半日だけ一日千元（約三千八百円）で高雄の名所巡りに付き合ってもらうことにしていた。

台湾の首都・台北市が台湾最大の商業都市であるのに対し、高雄市はアジア有数の貿易港を持ち、その後背地には鉄鋼、造船、石油化学、電力など各分野の重工業の企業群から中小規模の町工場まで建ち並び、台湾最大の工業都市として発展している。

市街地は広々とした通りが碁盤の目のように走っている。各道路を横方向に見ると、南から北に向かって一心路から十全路まで数字順に名前がつけられているので覚えやすい。また、これに交差して、東から西に向かって縦方向に民族路、民権路、林森路、中山路、中華路、自強路、成功路となじみのある名前の通りが整然と並んでいる。

これら高雄の幹線道路のうち、中山路は孫文の号「中山」にちなんだ名前で、同じ名前の通りが台湾の津々浦々に氾濫している。一方、横方向に走る各通りのうちの中心となる中正路は、台湾の初代総統である蔣介石の名にちなんだ通りで、これも中山路と同様に台湾の町々のメイン通りとなっている。

市街地のやや北側に位置する高雄駅を起点として中山路が南に延び、それと中正路で交差する地点が高雄市の中心地である。そこからさらに中山路を南下して行くと、五福路との交差点に差しかかる。この一帯が高雄の一番の繁華街であり、この界隈には有名デパートや大型ショッピング施設、ブティック、レストランなどが建ち並ぶ。

また、この交差点に接した一角に中央公園がある。直樹のアパートから歩いて五分程度の距離なので、休日などにはたまに散歩に出かけることがある。広々として緑豊かな公園内には家族連れや恋人たちが散歩したり、ベンチに腰かけておしゃべりしたり、また大きな池で泳ぐコイの群れに餌やりをして楽しんでいる。ここで過ごしていると、中国とのきな臭い時局の話も非現実的なように感じられるほど実にのどかで、平和な雰囲気である。面白いことに、このエリアには原宿とか新堀江など日本の地名に由来する繁華街もある。

中山路をさらに南下して行くと、市街地から外れた場所に高雄の空の玄関である高雄国際空港が見えてくる。

二人を乗せた林さんのタクシーは中山路から五福路の交差点で右折し、ガジュマルの木など、南国の緑豊かな樹木の生い茂った中央公園を右手に眺めながらしばらく走ると、愛河に差しかかった。

この川は元々日本統治時代に開かれた運河である。一九〇〇年代後半、高度経済成長期に廃棄物が無秩序に捨てられ、周辺に悪臭を放つ評判の悪いドブ川と化していた。しかし、二〇〇〇年代に入り高雄市全体で厳しい環境規制と改善努力の結果、往年の美しい川を取り戻すに至った。現在では春節明けの元宵節《げんしょうせつ》のランタン祭り、旧暦五月五日端午節のドラゴン・ボートレース、などが開かれている。また夜のとばりが下りる頃、野外ライブが催され、また多くの夜店が開かれ、家族連れや恋人たち、それに観光客などで賑わうことになる。まさに愛河は市民の憩いの場として、また高雄市の観光スポットとして生まれ変わったのである。

直樹とリサが向かう先は、高雄市街地から外れた西側に広がる西子湾《シーツーワン》風景区。ここは中国大陸との間に横たわる台

愛河の風景

湾海峡に面した海岸で、防波堤が海岸に沿って長々と伸びている。高雄八景の一つに数えられるほど風光明媚なスポットで、夕暮れが迫る頃には多くの恋人たちが肩を寄せ合い、沈みゆく夕日を眺めながら愛を語り合っている。二人が西子湾を訪れた頃はまだ太陽がまぶしく輝き、そのようにロマンチックな雰囲気は感じられなかった。ただ眼前にまばゆく輝く真っ青な海が広がり、また西子湾の一角に広がる国立中山大学のキャンパスの緑豊かな樹木群が二人の心を和ませる。

二人はしばらく西子湾や中山大学のキャンパスの落ち着いた雰囲気を楽しんだ後、西子湾の少し後方にある小高い丘に登った。狭い急な階段が頂上まで続いており、日頃運動不足気味の直樹は少し息を切らせながらようやく頂上に辿り着いた。すると、赤レンガ造りの洋館風の建物が目に飛び込んできた。

ここは旧英国領事館である。この建物は正式には「打狗英国領事館文化園区」と称され、清朝時代の一八六五年、英国人によって建てられた、高雄市内で最古の重要建築物である。「打狗《ダーコウ》」というのは高雄の古称である。元々高雄県や屏東県に住んでいた原住民族（平埔族）「マカタオ族」の集落タアカウ社の名称に由来するそうである。日本統治期の一九二〇年（大正九年）九月、打狗の発音が京都の高雄によく似ていることから、より響きの良い「高雄」に改称された。その二カ月前に高雄はじめ台湾各地を訪れた文豪・佐藤春夫は帰国後に台湾シリーズの短編小説集を発表しているが、その作品の中では高雄を打狗と称している。

歴史的ないわれはともかく、この小高い丘の上から眺める景色は絶景である。直樹とリサは館内とその内部の展示物を見学した後、その館の裏手にある、美しい庭園に設けられた野外カフェのテーブル席に座り、ウェイターにコーヒーを注文した。

「わぁーきれい！　以前にも何度か来たことがあるけど、いつ来てもきれいね。今日は天気が良くて、特に気持ちがいいわ」

リサは眼下に広がる高雄港やその湾の奥にくっきりと見渡せる高雄市内の高層ビル群のパノラマ風景をうっとりとした目で眺めた。直樹は、リサの恍惚とした美しい横顔をチラッと盗み見て応じた。

「本当に美しい。まるでリサさんのようだ」

「あらっ、直樹さん、口がうまいのね」

リサは一瞬驚いた表情をしてから、クックッと含み笑いした。

「いやっ、本当だよ。リサさんは本当に美しい！」

「ありがとう。でも、そのリサさんと呼ぶのは

中山大学キャンパス

やめてほしいわ。他人行儀だから……直樹さんからは単にリサと呼んでほしいわ」

「分かった、リサ。これからそう呼ぶよ」

野外カフェはいつの間にか何組かの家族連れや恋人たちで満席になっていた。直樹とリサは、しばらくの間、まるで恋人のように親密な会話と、丘の上からの美しい眺望を楽しんだ後、待たせていた林運転手のタクシーに乗り、鼓山輪渡站《クーシャン・ルントゥチャン》に向かった。この船着き場からフェリーに乗って旗津半島に渡り、しばらく歩くと通りの両側に多くの海鮮レストランが建ち並んでいる。その店頭にはとれたての新鮮な魚介類が並べられ、多くの客が覗き込むようにして自分たちが店内で食べる品物を真剣に物色している。

海鮮レストランが尽きるところまでゆっくり歩いていくと、白い砂浜と、その先に広がる真っ青で広大な台湾海峡の大海原が二人の到着を待っていたかのように優しく歓迎した。二人はまるで子供のように叫びながら、その白浜を波打ち際まで駆け抜け、そしてしばらく海に向かって小石投げに興じた。遠く沖合には時折行き来する大型の貨物船や小型の釣り船が見えた。

二人はしばらく白い浜辺で時を過ごした後、再び海鮮レストラン街に戻った。少し早めの夕食を取ることにして、リサが気に入っているというレストランに入った。とりあえずテーブル席を確保した後、リサは店頭に並べられた新鮮な魚や空心菜、それに直樹の好物だという花枝丸（揚げたイカ団子）、焼飯、はまぐりスープなどをお店の小姐に注文し、テーブルについた。

二人は舌鼓を打ちながら会話を楽しんだ。少し軽くて、あっさりとした味の地元台湾ビールのせいで二人はさらに雄弁だった。リサは大学の専攻科目である日本の歴史だけでなく、台湾、中国の歴史にも詳しかった。そして、次回は自分が住む台南の街と歴史を紹介しようと提案し、直樹は躊躇なく同意した。

美しいリサとのデートは、異国からやってきた仕事一途の青年にとって胸が躍るひと時である。しかし、台南の街は、リサと知り合う以前から訪れたい、というよりも行かねばならないという思いが強かった。直樹は仕事の関係で台南に出張する機会はあったが、観光で訪れたことはなく、日本生まれの東アジアの英雄・鄭成功ゆかりの地を以前から巡りたいと思っていた。さらに言えば、台南の安平の街は、直樹の母親の故郷である和歌山県新宮市が生んだ文豪・佐藤春夫が愛憎の葛藤の末に傷心の旅をした地でもある。直樹はこういった自分の想いをリサに伝え、さらに話を続けた。

「佐藤春夫が二十六歳の時、当時日本を代表する文豪・谷崎潤一郎に見出されて文壇に華々しくデビューし、『田園の憂鬱』など次々と作品を発表して、芥川龍之介とともに文壇の寵児になるのです。ところが、一九二〇年（大正九年）、二十九歳の時、極度の神経衰弱に陥って全く書けなくなってしまいます。原因は、彼の妻と弟の密通が発覚したこと、一方で、谷崎から理不尽に冷たい仕打ちを受ける千代夫人への同情が、いつしか夫人への恋慕の情へと変わっていく……このような人間関係の葛藤が佐藤春夫を苦しめたわけです。彼は悩んだ末に、故郷・新宮に帰郷するのですが、その時、たまたま旧制新宮中学時代の旧友に出会います。この旧友は当時『打狗』と呼ばれていた高雄で歯科病院を開業したばかりで、たまたま新宮に帰っていました。その旧友は佐藤の悩みの深さを知って、台湾への旅を強く勧めたそうです。彼はその提案を大いに喜び、一週間後には旧友に同行して台湾に渡るという性急さでした。一九二〇年六月のことです。当初一カ月滞在の予定でしたが、結局帰国したのが同年一〇月で、三カ月余りの滞在でした」

リサは直樹の話にじっと耳を傾けていたかと思うと、急に口を挟んだ。

「興味深い話ね。でも少し不思議ね。ほら、阿里山旅行の時に母の故郷だと言って新宮の紹介をしてくれたわね。その時の私の印象では、新宮って、小さな田舎町でしょ？　そんな所から百年も前にどうして高雄まで行って病院を開業する気になったのでしょうね？」

「そうだね、僕もいきさつはよく分からないけど、前にも話したように新宮は林業で台湾と強い結びつきがあったからね。そのことと無関係ではないと思うよ」

リサは直樹の説明に納得してうなずきながら、百年も前に台湾と日本が各都市、地方町のレベルでさまざまな分野にわたって深い結びつきがあったことに驚きと感動を覚えた。

直樹はなおも話を続けた。

「のちに佐藤春夫は台湾シリーズの短編小説を次々に書き続けていくわけですが、それを一冊の小説集にまとめて発表しています。そのうち、『女誡扇綺譚《じょかいせんきたん》』という難しい名前の作品があって、台南の、禿頭港《クッタウカン》という奇妙な名前の、古びた地域に建つ一軒の、豪奢な廃墟を舞台にして繰り広げられる、ミステリーじみた小説なのですが、なかなか興味深い作品です。彼はその作品の中で台南の風景について紹介していて、現在の姿とは全く様変わりのように思うのだけど、リサはどう思うかな？」

佐藤春夫が小説の中で描く当時の台南の風景について直樹から簡単に説明を受けたリサは、軽くうなずいてから口を開いた。

「まったくその通りね。私にとって台南は地元だから百年前と現在の風景の違いはよく分かるわ。今度台南の町を案内した時に直樹さんにくわしく説明できると思うわ」

「それは楽しみだね」

台湾の古都・台南

台湾も十一月中旬になると急に涼しくなり、人々は秋の深まりを感じる。街ゆく人々は厚着をしているが、日本から来て一年も経たない直樹にはまだ晩夏という暖かさだった。晴れた日には半袖シャツでもよいと思ったくらいである。

十一月中旬の日曜日、直樹は高雄駅から自強號に乗って台南に向かった。

自強號というのは日本のJRに相当する台湾鉄道（通称「台鉄」）の中で最速の特急列車である。最高速度百五十キロメートル／時で、台湾高速鉄道（台湾の新幹線）が二〇〇七年一月に開業するまでは最速の列車だった。

直樹が午前十一時過ぎに古びた平屋建ての台南駅に降り立ち、改札口まで来ると、リサが美しい顔をほころばせ、大きく手を振って出迎えてくれた。

「待ちましたか？」

「いいえ、私も自強號の到着時間に合わせて来ましたから大丈夫。ところで、昼食は度小月の『擔仔麵《タンツーメン》』でいいかしら？　台南の名物だけど、知ってる？」

「よく知ってるよ。『擔仔麵』って、肉そぼろの入った、あっさりしたラーメンだよね？　台南の度小月はその元祖だから日本人も知ってる人が多いよ。以前からチャンスがあれば食べてみたいと思っていたから、ぜひ！」

駅からしばらく歩くと、度小月原始店という看板が見えた。こぢんまりした地元の料理店で、台湾のあちらこちらにある度小月の元祖店である。二人は名物の「擔仔麵」や蝦巻など台南小吃（軽食）を堪能してお店を出た。

リサはまず、延平郡王祠《エンペイグンオウシ》に直樹を案内した。

この廟は、鄭成功が台湾の開発に大きな功績をあげたことを讃え、清朝期の一八七四年に築かれたものである。この「延平郡王」というのは明朝から賜った号である。本来明朝とは政敵であった清朝がこのような廟を開くことを許すはずがない。しかし、鄭成功が、明朝を裏切って清朝に寝返った父・芝龍と違って、私利私欲を捨て明朝の忠臣として自分の信念を貫き通した気高い精神を崇め、また台湾の英雄を慕う地元民衆の熱意もあって、清朝は延平郡王という号のみならず、その開廟も許したのである。

この鄭成功廟を訪れて最初に目についたのは、廟の脇にある公園の中に建てられた大きな鄭成功の像である。大きな馬に乗った勇猛な台湾の英雄の姿だった。廟の正門をくぐり、真っすぐ正面にある朱色の建物が鄭成功を祀る正殿で、天井には二匹の緑色の龍がその正殿を守っていた。

直樹とリサは、その正殿の中に入り、中央に祀られた鄭成功像に向かって深々と頭を下げた。金色で縁取った黒色の冠を被り、胸に黄金に輝く龍をあしらった緑色の正装服を着た鄭成功は英雄にふさわしい、威厳に満ちた姿であり、殿内は二人を圧倒するような雰囲気に包まれている。

次に二人は正殿の裏に回った。そこには後殿があり、鄭成功の母・田川マツが祀られていた。その中央にはマツの神位が安置され、「翁太妃　本姓　田川氏之神位」と刻まれていた。二人はここでも深々と頭を下げ、そして手を合わせた。

直樹は、その脇にある同母像の写真三枚を見つけ、そのうちの一枚を食い入るように見つめた。一般的に目に触れる田川マツの像は、目をつり上げ、顔を真っ赤にして怒っている、人々を受けつけないような表情であり、直樹はどこか違和感を抱いていた。「決してこんな顔ではない」と常々感じていた。ところが、今直樹の前にある田川マツは、胸に扇子を抱き、日本の着物姿の、優しく、柔和な表情をした、色白の女性である。直樹はようやく本当の田川マツに会えた気がした。この時、リサは直樹の気持ちを察したのか、直樹の傍らでしばらく無言で佇んだ。

二人が次に訪れたのは赤嵌楼《ツーカンロウ》である。そこは一六二四年、オランダが当時未開地だった台湾を統治した時に築かれ、プロビンシア城と称された。二人が入城してすぐに目に入ったのが中華様式で赤レンガ造りの二階建て建造物である。こ

（右）厳しい表情の田川マツ
（左）和服姿の柔和な田川マツ

の城はオランダ統治以後、地震で倒壊したり、修復、改築を繰り返したりした結果、現在我々が目にする姿となっている。それにしてもオランダ統治時代とその後の鄭氏政権時代には城の近くまで迫っていたという海が、現在では全く視界から消えて、今では台南の市街地の中心部と化している。また、かつては広大な規模を誇った城郭も今ではこぢんまりとした館として観光化されている。

正門を入ると、右手に建っている鄭成功の像が目についた。当初はオランダ人が鄭成功の前で跪き降伏する像であったが、後年オランダ側より史実に反するとのクレームを受け、鄭成功とオランダ人がともに立って講和する像に変更され、名称も「鄭成功講和の図」に変更されたという。

二人は赤嵌楼を出ると、しきりに客引きしているタクシーの群れから人の好さそうな運転手のタクシーを選

赤嵌楼

び、安平古堡《アンピンクゥパオ》まで行くよう頼んだ。二人を乗せた車は民生路から安平路を通って目的地の安平古堡に向かった。そこは台南の西側の外れとはいえ、道路は立派に舗装され、ホテル、レストラン、マンションや民家などが建ち並ぶ地域である。

ここはまさに先日直樹が高雄・旗津の海鮮レストランで語った、佐藤春夫が通った道だろう。彼は、その台湾作品集の「とじめがきに代えて」として『かの一夏の記』の中で、「女誡扇綺譚の建物や安平の風景は実景のつもりである」と台南の当時の風景を紹介している。

『台南から四十分ほどの間を、土か石になったつもりでトロッコで運ばれなければならない。坦々たる殆んど一直線の道の両側は、安平魚の養魚場なのだが、見た目には、田圃ともつかず沼ともつかぬ。海であったものが埋まってしまった――というより埋まりつつあるのだが

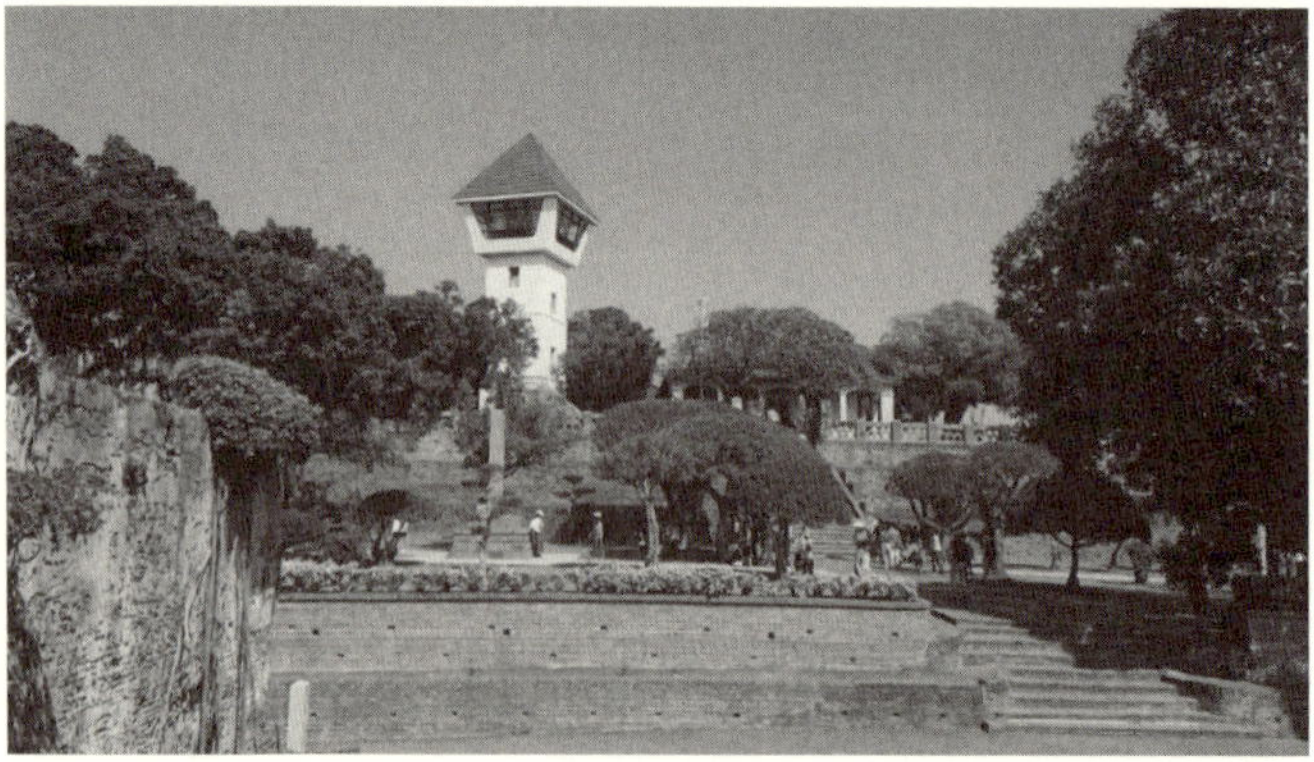

安平古堡

（以下略）』
『トロッコの着いたところから、むかし和蘭人が築いたという TE CASTLE ZEELANDIA 所謂《いわゆる》土人の赤嵌城を目あてに歩いて行く道では、目につく家という家は悉く荒れ果てたままの無住である。』
『私の目の前に展がったのは一面の泥の海であった。黄ばんだ褐色をして、それがしかもせせっこましい波の穂を無数にあとからあとからと飜して来る、十重二十重という言葉はあるが、あのように重ねがさねに打ち返す浪を描く言葉は我々の語彙にはないであろう。その浪は水平線までつづいて、それがみな一様に我々の立っている方向へ押寄せて来るのである。昔は赤嵌城の真下まで海であったというが、今はこの丘からまだ二三丁も海浜がある。その遠さの為めに浪の音も聞こえない程である。それほどに安平の外港も埋まってしまったけれども、しかしその無限に重なりつづく濁浪は生温い風と極度の遠浅の砂とに煽られて、今にも丘の脚下まで押寄せて来るように感ぜられる。』（以上　佐藤春夫台湾小説集『女誡扇綺譚』　中央公論新社より引用。「安平魚」「赤嵌城」のルビは削除しました）

佐藤春夫が紹介しているお城は赤嵌城（プロビンシア城）ではなく、安平城（Zeelandia ゼーランディア城）なのだが、彼の目に映った安平の風景は、「昔は赤嵌城の真下まで海であった」という和蘭人（オランダ人）統治時代の風景とは異なる一方、彼の描く風景はまた我々現代人が見る風景と全く別世界のものである。直樹がそのような感想を述べると、リサは軽くうなずきながら言った。

「まったくその通りね。佐藤春夫が目の当たりにした景色はまさに台南、というか台湾ののどかな原風景そのものだけど、現代社会の喧騒《けんそう》を見ると、少し羨ましい気もするわね」

安平城、現名称の安平古堡は台南市でも有数の観光名所であり、日曜日ともなると、その史跡一帯は揚げエビ巻きや豆花《トウファ》などの軽食や土産物を売る屋台や遊興店が建ち並び、国内外の観光客でごった返していた。

直樹とリサは、行き交う人の群れを避けながら安平古堡に入った。

安平古堡はオランダ東インド会社が一六二四年、台湾に上陸した直後に築いた城塞で、当時の名前をゼーランディア城という。その頃、この周辺は入り江になっており、海に突き出た砂州の上に同城が築かれていた。同城は、行政の中心となる正方形の「内城」と軍事要塞化した長方形の「外城」から成り、オランダ東インド会社による台湾統治の拠点となった。また内海（台江内海という）を挟んで内陸側にはプロビンシア城を築き、そこに台湾産品と海外の商品を交易する商館を建てたのである。

その後、鄭成功がプロビンシア城、次いでゼーランディア城を攻め滅ぼし、前者を赤嵌城、後者を彼の父・鄭芝龍の故郷にちなんで安平城と名づけた。

安平城は清朝時代には放置され、荒れ果てた状態になり、日本統治時代には税関の宿舎ともなったが、戦後、整備が進められた。その結果、現在のように壁や階段の赤レンガが美しい城跡に生まれ変わった。

二人はその城跡、さらに往時の品々や歴史史料などが展示された博物館を熱心に見て回った。それから同史跡の一角に建つ、高さ六メートルの展望台に入り、急な狭い階段を息を切らせながら最上階まで上った。そこからは台南市の全景がパノラマのようにくっきりと見渡せたが、往時オランダの人々や鄭成功、時代が下って佐藤春夫が眺めたであろう大海は、二人の視界から消えていた。

素性の告白

「ところで直樹さんにお尋ねしたいことがあるのだけど……」

「僕に？　何か？」

「直樹さんのお母さんが新宮市出身っていうのは先日お聞きしたけど、お父さんはお名前が田川姓で、元々長崎のご出身……ということは、ひょっとして田川マツさんのご子孫？」

「よく分かったね。父の話によれば、田川マツさんのお父さんが田川七左衛門という人だけど、私の父はその七左衛門から数えて十三代目らしいんですね……あっ、そうか……それで、ナゾが解けた」

「ナゾ？　なに、それ？」

「リサ、ほら、覚えてるだろ。阿里山の旅行で初めて会った時のこと。黄小姐が僕の名前を紹介したら、リサは、少し顔色を変えたよね。……そうそう、もうひとつ、僕たちが高雄のイタリア料理店で食事していた時、父が長崎出身だと紹介した時も少し表情を変えたよね？　あの後、少し引っかかっていたんだ」

「ああ……あの時ね。そりゃ、タガワ、と聞いて驚いたわ。でも、すぐに思い直したの。鈴木や田中ほどでなくても、田川姓の日本人は多いのかなって。それに、初めて会ったばかりだし……それっきりになっていたわね。そう言えば、田川マツさんには福松、つまり鄭成功とその弟の二人の子供がいて、弟のほうが確か田川家を継いだから、直樹さんはそのご子孫ね？」

「その通り。その弟が田川家を継いで、二代目の田川七左衛門を名乗ったようだね……それにしてもリサ、田川家と鄭成功のことを本当によく知ってるね」

「そりゃそうよ、鄭成功は私のずーっと遠い昔のおじいちゃんですもの」

　リサは、クスッと笑って、いたずらっぽく直樹を見た。

「えっ、本当？　それは驚いた。そう言えば、リサの本名は鄭美玲、つまり、鄭姓、だものね。でも鄭成功とは結びつかなかったなぁ」

「そうよ、私の父が鄭成功から数えて十四代目ではないかしら」

「そうか、それじゃあ、僕たち、遠い親類なんだね」

「フフッ、確かに親類と言えば親類ね、随分遠いけど」

二人は明るく笑った。お互いにますます二人の距離が近くなったような気がした……。

年末の風景

十二月中旬、直樹はリサと高雄の行きつけの喫茶店に入った。お店は繁華街の五福路に面しているが、店内は静かで、落ち着いた雰囲気である。

この頃になると、日本ではクリスマスや正月を迎える気分で、あちらこちらで忘年会が開かれ、街中は華やいで、賑やかな雰囲気に包まれるが、一月下旬から二月上旬に当たる旧暦の新年、つまり旧正月（春節）を最大行事とする台湾では、十二月の年の瀬を迎えても平穏である。年を越えて一月に入ると、ようやく「尾牙《ウェイヤー》」と呼ばれる忘年会シーズンが到来し、賑やかになる。会社などの尾牙では「紅包《フォンパオ》」と称するお年玉のかかったビンゴゲーム、またテレビではカプセルの中に入った千元の現金つかみ取りのゲームなどで大いに盛り上がる。台湾の人たちは何事もオープンで、飾り気がなく、特にお金に対しては周りの目を気にせず敏感に反応するのだ。

お金といえば、台湾の人たちは蓄財、投資に極めて熱心である。運転手の阿蘭おばさんも林おじさんもお客を待つ間にスマホで熱心に株式相場の情報を仕入れて株取引に励んでいたし、二十代半ばのスナック「祇園」の小姐は投資用に中古のアパート物件を二件も抱えて売買に余念がなかった。最近も一件売却したそうで、修理代に金がかかったが、十万元（約三十八万円）以上儲けたと自慢していた。また直樹がアパート探しをしている時、仲介業者の販売員が「もし田川さんさえよければ、私自身が持っているアパートをお貸ししましょうか？」との申し出を受けて面食らった。詳しい話を聞くと、販売員はアパート物件を三件抱えているという。その販売員は三十代前半で、童顔の愛らしい小姐だった。

年末、大晦日のことを台湾では「除夕《チューシー》」という。

日本のおせち料理と違って台湾では除夕の夜、家族が集まって「年菜」、つまり台湾式おせち料理を食べる。料理内容は長年菜、大根、魚、鳳梨（パイナップル）などである。長年菜は文字通り長寿祈願。大根は中国語で菜頭といい、幸先が良いという意味。魚は「年年有餘」の「餘」と発音が同じで、一年中食べ物もお金も余裕があるようにという願いが込められる。鳳梨は台湾語で「旺梨《オンライ》」と言い、中国語でお金や福を招く、あるいは繁栄、繁盛を意味する「旺来」に通じる。もっともこの繁盛は消防署、病院、警察署では歓迎されないので要注意である。それはともかく、やはり台湾人らしくお金にまつわる縁起物が多いのには感心する他なかった。

除夕も夜が更けて午前零時を過ぎると、町中至る所で魔除けに爆竹やら花火が鳴り響き、騒々しくなる。あちらこちらで一般の人々が好き勝手に夜通し鳴らすのだが、誰も文句をつける人はいない。田中が一度事務所で、「うるさくて寝られない」と小言をこぼすと、秘書の李小姐から、「あらっ、総経理、それは仕方ないですね」とたしなめられたそうである。

年が明けて旧暦の一月一日、春節を迎えると、人々は口々に「新年快楽《シンニエン・クワイラ》！」と挨拶して新しい年を祝う。ところが、この言葉、曲者である。「新年おめでとう」と理解している日本人が多いが、実は台湾の人たちは新暦の十二月中頃からこの挨拶を始める。この「新年快楽」は「良いお年を」という意味も含まれているのである。

年末には大阪に一週間ほど帰国する予定の直樹は、時間を惜しむようにリサとの会話を楽しんだ。

会話の途中で、リサは思い出したようにバッグから一冊のファイルを取り出して、テーブルの上に無造作に置いた。

「このファイル、何？」

直樹が不思議そうにその簡易なファイルを手に取ってめくってみると、きれいに両面印刷された書類の表紙に『日台明の英雄・鄭成功』というタイトルが付けられていた。

「この書類ね、実は二年ほど前に私たちのルーツである鄭成功について自分なりに詳しく調べていたことを一冊の記録として作成していたのよ。でも中国語の資料だから、直樹さんのためにここ一カ月ほど頑張って日本語のダイジェスト版に纏めてみたの。よければ、一度読んでみて」

「へー、すごいな。ありがとう。ぜひ読ませてもらうよ」

その日以来、直樹はその本を片時も離さず持ち歩き、空いた時間を見つけては熱心に読みふけった……。彼はリサの著作を読みながらその興味深い内容もさることながらリサの日本語のレベルの高さに舌を巻いた。と同時に、歴史研究に忙しい時間を割いて自分のために日本語版を書き上げてくれたリサの気持ちがうれしかった。

鄭成功像（平戸・鄭成功廟）

第六章　日台明の英雄「鄭成功」

運命の出会い

一六二二年五月末。

時は日本の元和八年。

関ケ原の戦い（一六〇〇年）、大坂の陣（冬の陣一六一四年、夏の陣一六一五年）を経て盤石な権力体制を築いた徳川家康は一六一六年、七十五歳でこの世を去り、その子・秀忠が徳川幕府の第二代将軍として君臨していた時代である。

一人の明国青年が肥前国平戸の川内浦港に降り立った。

彼の名前は鄭芝龍《ていしりゅう》。字《あざな》は「飛黄」、日本では一官とか老一官という通称で知られる。明国福建省泉州府南安縣石井の出身である。太い眉、切れ長の澄んだ目、強い意志を示す高い鼻梁、真一文字に結んだ口、そして日焼けして引き締まった長身の体格。見るからにほれぼれする十九歳の美青年である。芝龍は少年時代に両親が亡くなったために、母方の伯父で、澳門《マカオ》に居住する貿易商の伯父・黄程《コウテイ》に引き取られた。当時明国では「寸板も下海を許さず」（一寸の長さの板も海に出ることを許さない）という厳しい海禁政策が敷かれ、海外諸国との交易は禁じられていた。しかし、黄程は明国政府の統制が比較的ゆるい南部沿岸地方で盛んに密貿易を行い、漳州の顔思斎《ガンシセイ》や泉州の楊天生《ヨウテンセイ》といった、この地域の有力な海商に伍して活躍していた。芝龍はこの黄程の下で貿易業をしっかりと学び、そして伯父が仕立てたジャンク船に乗って長崎経由で単身平戸に来航したのである。

伯父の活動拠点に近いポルトガル領・澳門に伯父と一緒に住んでいる時、交易活動の必要からポルトガル語とオランダ語を学び、そしてついには同地で洗礼を受けニコラス・ガスパルドというクリスチャン・ネームを授かった。この芝龍という少年にとっては、貿易業務も語学の知識も習得するのにそれほどの時間も苦労も必要なかった。

芝龍は幼少の頃より大人が驚くほど聡明で才気煥発であり、しかも物事に動じない胆力があったので、村の人々は彼を神童と呼び、将来は国を背負って立つような大人物になると評判になっていた。両親も生前そんな彼の将来に大いに期待したのである。このような世評をよく表した有名なエピソードがある。

芝龍が十歳の頃、彼は村の餓鬼大将になって同じような年ごろの子供たちと遊んでいた時、茘枝（ライチ）がたわわに実った木を見つけた。楊貴妃が愛した、みずみずしくて甘い果物である。

そのライチの実を取ろうと小石を投げた。ところが運悪く、彼が投じた小石がたまたま通りかかった泉州府太守・蔡善継《サイゼンケイ》の冠に当たり、飛ばしてしまった。この高官は大いに怒り、お供の者に石を投じた子供を捕まえるよう命じた。子供たちは蜘蛛の子を散らすように慌てて逃げた。ところが、小石を投じた当の本人である芝龍は何事もなかったように涼しい顔をして、その場に立ち止まっていた。

「この餓鬼！　なぜご主人様に石をぶつけたのか？　当たり所が悪ければ大けがをしていたぞ！」

「私は何も悪いことをしていない。あなたのご主人が不注意だから石に当たっただけだ」

「何！　この餓鬼！　なんという言い草だ、けしからん！」

お供の者は少年の言葉に激高したが、その少年は傲然として少しも悪びれた様子がない。その様子を眺めていた高官は少年の堂々たる態度に感心し、無罪放免とした。その高官は、この少年が将来世に出て活躍すると直感したのである。

この少年が長じて十九歳となり来日した時には、彼は黄程が安心して任せられるほどに海外交易の実務に長け、また多くの部下を束ねる統率力も兼ね備えていた。もっとも海外交易といっても明国の厳しい海禁政策を破って不法行為をする海商であり、時には一般の交易船を襲ったり、また他の海賊と戦ったりすることもある荒くれの武装海賊集団「倭寇」の一つであった。「倭寇」というのは、「倭」つまり日本人に対する蔑称で、明の人々が当時海賊のことをそのように呼んでいたが、実際には海禁令の網の目をかいくぐって明の沿岸部や東アジア地域で荒らしまわる福建省、浙江省出身の明国人がほとんどであった。

その「倭寇」の象徴的な人物として王直という男がいた。彼は一五〇〇年代中葉に当時の平戸藩主・松浦隆信《まつらたかのぶ》（道可公）の庇護《ひご》を受け、平戸を本拠地として海外密貿易で活躍し、巨万の富を得た。一五五〇年にポルトガル船が初めて平戸に入港したのも王直の手引きによるもので、平戸、ひいては日本の西洋貿易時代の幕明けを作った。また、フランシスコ・ザビエルが平戸にやってきて、キリスト教の宣教活動をしたのもこの頃である。その意味では王直は中世日本の歴史に大きな足跡を残したと言っても過言ではない。しかし、のちに彼は明国から官位の授与を餌に騙され、しかも望郷の念から嬉々として帰国したところを捕らえられて処刑されてしまった。芝龍が平戸にやってきた時には、「倭寇」の首領は顔思斎に変わっていた。

これら明の海商たちは顔思斎はじめ多くの人々が平戸港の副港がある川内浦《かわちうら》に居住しており、芝龍も海商仲間たちと一緒にこの地区の宿舎で寝起きすることになった。

平戸に住む海商たちは、当時日本では珍しく大変貴重な生糸、絹織物、陶器、薬品などの明国品、また香木、砂糖、鹿皮などの台湾、その他南洋諸島の品々を平戸や長崎に持ち込んで売りさばく一方、当時世界の生産量の約三分の一から四分の一を占めていた日本の銀、その他、銅、磁器、日本刀などを買い付けて明国や南洋諸島で取引し、大きな利益を得ていたのである。そして、彼らが平戸、長崎、五島列島、薩摩など九州沿岸部で縦横無尽にこのような商行為を行えたのは、彼らのバックに九州地方の諸大名など有力者が存在し、お互いに海外交易から生ずる莫大な利益を享受していたからである。

その代表的な人物が、肥前国平戸藩の第三代藩主・松浦隆信である。彼とは同名の曽祖父・道可公隆信に対し、宗陽公隆信と称された。父・久信が三十二歳の若さで亡くなったため十二歳で家督を継いでいる。この宗陽公隆信はオランダ、イギリス、中国など諸外国と積極的に貿易を行い、国際都市として平戸史上最も輝いた時代を築いた。ちなみに、彼が亡くなって四年後の一六四一年にはオランダ商館が長崎に移転し、国際都市・平戸は急速にその繁栄、輝きを失うことになる。

隆信の母・松東院は、最初のキリシタン大名として有名な大村純忠の五女で、洗礼を受けて松東院メンシアと呼ばれた。政略結婚で松浦久信に嫁いだ後、江戸幕府の禁教令を恐れた松浦家が彼女に棄教を迫ったが、彼女はそれを拒み、信仰を続けるほど芯の強い敬虔なクリスチャンだった。

芝龍が川内浦の宿舎に住み始めてしばらく後、町の剣術道場の門を叩いた。彼は幼少期から腕力も胆力もあり、また海上交易を始めた今、海賊の襲撃から身を護るために武術を磨き、もっと強くなりたいと思っていた。そんな折、日本武士の勇ましく、華麗な武芸に憧れを抱いていた芝龍に耳寄りな話が入ってきた。この地方では名の通った剣豪の花房権右衛門という人が町道場を開いているというのである。彼はかつて平戸藩の剣術指南役を務め、今は隠居の身だった。その道場は、平戸藩第三代藩主・松浦隆信の祖父で、初代藩主の松浦鎮信が築いた日之嶽城（現在の平戸城）の山麓にあった。芝龍の住む川内浦から二里（約八キロ）あるが、忙しい仕事の合間を縫って熱心に通った。

世間の噂によれば、権右衛門の父が宮本武蔵から二刀流を直伝され、それを権右衛門が受け継ぎ免許皆伝を得たという。宮本武蔵は誰もが知る日本一の剣豪である。二刀流を操り生涯六十年余り真剣勝負で戦い無敗を誇った。佐々木小次郎との巌流島の決闘は日本人なら誰もが知る歴史上の名場面である。

権右衛門の指導は非常に厳しかったが、芝龍は音を上げずに厳しい鍛錬に堪えた。芝龍は元々武術の面では人並外れた能力、センスを持っていたので、たちまち腕を上げ、道場内で彼にかなう者はほとんどいなくなっていた。それと同時に、生来自惚れが強く自信過剰な彼は横柄になり、人を見下すような態度は目に余るものがあった。

ある日、師匠の権右衛門は芝龍を稽古相手に指名した。彼は隠居の身とはいえ時折実演してみせる免許皆伝の剣さばきは華麗にして鬼気迫るものがあった。

二人はそれぞれ大小の木刀を持ってにらみ合った。師匠の圧倒的な気迫が芝龍に伝わり、さすがの芝龍も緊張で震えた。弟子たちは固唾を飲んで試合を見守り、道場内は静まりかえった。

「え～い」

緊張を振り払うように最初に仕掛けたのは芝龍である。その太刀をはじき返し、激しい乱打ちの末、師匠が振り下ろした大太刀が見事に芝龍の二の腕に決まった。

「痛っ、参った！」

「一官！　そなたの最近の振る舞いは礼を失しておる。剣の道を一から学び直せ、よいな！」

明国の仲間から通訳されて師匠の言葉を理解した芝龍は青くなり、その場で額を床に押し付けてひれ伏し、非を詫びた。

彼の二の腕は赤く腫れあがり、痛さのあまり近くの医者に駆け込んだ。

「いたたっ！　痛っ！」

「これしきの傷くらい我慢しなさい」

芝龍のけがの治療を施した医者は田川七左衛門で、芝龍が住む川内浦の地区で漢方医を営んでいる。

ようやく七左衛門の治療が終わり、控室で助手の娘から包帯を巻いてもらった。その間、芝龍は痛みも忘れて娘に見惚れ、つぶやいた。

「多麼美麗的女人！　她像天使一様美麗……（なんと美しいおなごじゃ！　まるで天使のように美しい……）」

「今なにか仰いましたか？」

「いえいえ、なんでもございませぬ」

芝龍は慌てて手を振りながら、そう言った。彼は娘の名前を尋ねることも忘れなかった。彼女は田川マツと言った。


それ以来、芝龍の脳裏から娘の美しい姿が離れなくなった。自国にも美人はいるが、口角泡を飛ばして大声で荒くれの男どもとやりあう自国の女性に比べてなんと清楚で、奥ゆかしいおなごか……。芝龍は感動した。

同宿の海商仲間に尋ねると、彼女の美貌は巷では評判になっており、実際に若い仲間の何人かは彼女に求婚を試みたが、ことごとく失敗していたことが分かった。

田川マツ、十九歳。医者の田川七左衛門はマツの父親である。七左衛門は医術の腕が確かな上に、患者の声によく耳を傾け、患者の苦しみ、悩みに寄り添った診察、治療を施すので非常に人気があった。彼の医院では娘のマツと近所に住む中年のおきよが手伝っていたが、患者が引きも切らずにやってきたので非常に忙しかった。

七左衛門の妻おしのは武家の娘で、厳しく育てられたので凛として美しい佇《たたず》まいの女性であった。おしのは内助の功を発揮して忙しい主人七左衛門を支えていたが、一六〇一年（慶長六年）、田川家に不幸が襲った。

おしのはこの年の春、女児を出産するが、産後の肥立ちが悪く、一カ月も経たぬ間に亡くなってしまったのである。七左衛門は悲しみにくれるが、長く悲しみに沈むことは許されなかった。多忙な家業に加えて、生まれたばかりの乳飲み子を抱え、その子の世話を優先しなければならなかったからである。その女児は、七左衛門の通称である「松庵」から一字とって「マツ」と名づけられた。近所の懇意な主婦に授乳を助けてもらう以外には、おきよがマツの世話を焼いた。

マツには母親がいなかったが、七左衛門とおきよから深い愛情を受けてすくすくと育ち、十五歳になる頃には父の医院で患者の看護や院内の雑用を任され忙しい日々を送っていた。時は一六一六年（元和二年）、前年の「大坂夏の陣」で徳川方が勝利し徳川幕府が万全の体制を作り、第二代将軍・徳川秀忠の世となって、長い戦国の乱世から世の中が落ち着きを取り戻しつつあった時代である。

マツは美しい理知的な女性に成長し、その美貌は医院を訪れる患者や町の人々の間で評判になっていた。そんな彼女に縁談話がなかったわけではないが、苦痛を抱える患者の気持ちを少しでも和らげたいという使命感と充実感を今の仕事に抱いているのと同時に、もし自分がこの医院を手伝えなくなると父はどうなるのだろうという不安もあって、縁談話に前向きになれなかった。また七左衛門も現状の忙しさとともにしっかりした娘がそばにいてくれるという居心地の良さ、安心感に流されて娘の縁談話には積極的になれなかった。その結果、マツは当時としては婚期が遅れ十九歳になっていた。しかし、亡き母おしの似の、凛々しくて清楚な美貌は際立っており、町でも評判になっていた。

その後、芝龍は三日にあけず田川医院に通った。腕は相変わらず痛むが、それよりもマツに会いたい一心である。この治療中に芝龍は明国、台湾や南洋の国柄や人々の暮らしぶり、日本への航海などについて筆談と身振り手振りを交えながら一生懸命にマツに説明した。芝龍は来日して間もないが、持ち前の語学能力を生かして日本人とある程度意思の疎通ができるほどに日本語が上達していた。聡明で、知的興味が旺盛なマツにとって芝龍が語る異国の様子は驚くばかりで、マツは目を輝かせて聞き入った。マツは、芝龍が来院して異国の様子を聞かせてくれるのが楽しみになった。

「一官殿、治療はもうこれ以上施しようがないゆえ来なくともよろしい。しばらく様子を見なさい」

四回目の治療を終えた後、もう少し通いたいという芝龍に七左衛門はそう伝えた。

芝龍はいつものように包帯を巻いてもらった後、通訳から教えてもらった求婚の言葉を使ってマツに自分の率直な気持ちをせつせつと伝えた。

「おマツ殿、愛しています。私の妻になってください」

「……一官様、それは困ります、無理です」

生来自信家で自惚れが強く、自分の求婚を受け入れてくれると思っていたマツの返事は芝龍にとって意外なものだった。

「一官様、この話は私の一存では決められませぬ。父にお話しください」

芝龍の真剣な求婚に根負けし、思わずそう言ってしまった。しかし、芝龍が七左衛門にマツとの結婚を訴えた結果は火を見るより明らかだった。七左衛門は烈火の如く怒り、芝龍を医院から追い出してしまったのである。

困り果てた芝龍は同郷の先輩李隆に泣きつき、マツという日本娘に一目惚れして何も手につかない、彼女を自分の妻に迎えたい、と切々と訴えたのである。驚いた李隆は芝龍に言い聞かすように意見をした。

「そのマツとやらの評判は聞いたことがある。しかし、日本の娘程度なら、自分たちの国にもっと美しいおなごはいくらでもいるぞ。帰国した時に私が世話をするから、その日本娘のことは諦めなさい」

李隆は芝龍を説得しようと試みるが、芝龍は彼の話には耳を傾けず、日本娘のマツを自分の妻にしたいと言い張った。李隆は、芝龍の熱情に半ば呆れながら、しばらくして口を開いた。

「やはりあのお方に頼む以外に良い手立てはないだろう」

「ん？　あのお方？」

「うん、顔思斎様だ」

顔思斎は日本に居留する明国人の海商仲間を束ねる棟梁であり、また日本社会の中では商人のみならず、平戸藩藩主・松浦隆信やその重臣など武家社会とも強いつながりを持っていた。芝龍は、彼の顔の広さと親分肌の面倒見の良さからこの話は彼に頼る以外にはないと考えたのである。

芝龍は早速顔思斎に仲介を頼み込みに行った。顔思斎は芝龍の熱心な懇願に当初困惑したが、いろいろと思いを巡らせた。彼は、異国の男が日本の娘を娶《めと》るのは容易ではないことを十分承知していた。現にマツの父親が決して明国の海賊と結婚させることを許さなかったのである。そこで、彼は、松浦隆信のルートを通じてこの話を成就させる以外には手がないと思い立ち、実行に移したのである。この結婚話はまもなく藩より父親の七左衛門のところに伝わった。マツの結婚話の相手が先日医院から追い出した男だと悟った七左衛門は大いに驚き、困惑した。日本の若者ならいざ知らず、よりによって明国の海賊とは！　即座に断りたいのは山々だが、この話は平戸藩主じきじきの、いわば正式な結婚申し込みであるゆえにむげに断るわけにはいかない。

七左衛門は渋々この話をマツ本人に初めて伝えたところ、意外なことにマツは嫌な顔をするどころか、「まっ！」と言って顔を赤らめ、まんざらでもない表情を浮かべたのである。その若者は、きりっとした澄んだ目を持つ、彫りの深い顔立ちで、身の丈六尺あるかと思えるような長身で、精悍な姿である。先日彼の熱心な求婚を拒んだけれど、マツの心の中に好印象を与えるイメージが残っていた。

七左衛門はこの結婚話に満足したわけではないが、マツがこの話を嫌がっている様子がないのを見て、明国の青年との結婚話に渋々同意したのである。

南海の英雄、誕生

鄭芝龍と田川マツとの結婚話が正式にまとまったと知ると、藩主・松浦隆信は喜び、早速明国人の通訳を交え二人に直接謁見《えっけん》する場を設けた。

「おお、一官にマツ、よく参ったな。そちの働き、ならびに我が藩への忠義、しかと耳に届いておるぞ」

「ははー、恐れ多くもありがたきお言葉、かたじけなく存じます。上様にはご壮健にておわしますこと、何よりのことでございます」

隆信公との謁見の間、マツは恐れ多いとうつむきがちで言葉少なであったが、婿殿となる芝龍の堂々とした風情に隆信公は感心した様子だった。隆信公の言う忠義とは芝龍からの数々の高価な異国品の献上のことであり、そのお返しという意味も込めて二人の結婚の前祝いとして川内浦に敷地を下賜されるとの沙汰があった。その敷地は、素晴らしく眺めの良い高台に約三百坪もある広大なものだった。

また隆信公より、マツを召し出して自身の母堂である松東院のもとに預け、花嫁修業させるとのお達しがあった。その修業は行儀作法から料理、裁縫、茶道、華道、さらには薙刀や小太刀などの刀術に至るまで、日本の武家の娘として恥ずかしくない躾け全般を身につけさせたのである。その刀術には護身用として、また武家の女性として誇りを持って自害するための懐剣の扱いも含まれていたのは言うまでもない。

芝龍がまだかまだかと首を長くして待った田川マツとの結婚は、その話がまとまってから約一年後の一六二三年秋のことであった。この時、鄭芝龍二十歳、田川マツは一歳年上の二十一歳であった。芝龍は隆信公から下賜された広大な敷地に二階建ての中華様式の豪邸を建て、ここを喜相院と称してマツとの生活の場としたのである。この大きな屋敷には数人の下女もいて、二人の生活を支えていた。マツは、夫・芝龍の愛情と恵まれた生活環境に幸せを感じていた頃、しばらくして妊娠した。マツの妊娠に芝龍も父・七左衛門も大喜びであった。

芝龍は長らく平戸で暮らしていたが、この頃、彼は交易のために久し振りに明国へ帰国する準備に忙しい毎日を過ごしていた。

「マツ、でかしたぞ！　生まれてくる子供のためにもしっかり食べて体を大切にしてくれ」

芝龍はマツのお腹を撫でさすりながら、鄭家の後継ぎとなる男児の無事出産を願った。

マツは生まれてくる子がお腹の中で順調に育ち、大きく成長していくことに幸せを感じていた。

陽光がさんさんと降り注ぐ、そんな日のこと……。

一六二四年七月十四日、マツは気晴らしに若い下女を連れて外出し、近くの千里ヶ浜に出かけた。波打ち際に足を入れて貝殻拾いを始めると、下女の制止も聞かずにずんずんと進み、いつしか貝殻集めに夢中になっていた。

「うっうっうっ……」

マツが、ひざ下まで浸かったところで突然低いうめき声をあげてしゃがみ込んでしまった。下女は驚いて、マツが集めた貝殻の籠を放り出し、慌ててマツのそばに駆け寄った。マツの着物の裾は打ち寄せるさざ波でびしょ濡れになり、そして辺り一面が血に染まって広がった。

「まっ、大変！　どうしましょう！」

「私の肩を抱いて、あの浜辺の岩陰まで連れて行ってちょうだい。そして、村の産婆さんのところに急いで行って、連れてきてちょうだい……」

マツは声を振り絞りながら、狼狽してオロオロする下女に命じた。

「はっ、はい」

下女は命じられた通りマツを岩陰まで連れて行くと、マツの申しつけに意を決したように慌てて村の方向に駆けていった。

下女が視界から見えなくなり、浜辺の岩陰に一人残されたマツは、時折襲ってくる陣痛の苦しみに気が遠くなりながら、岩に必死にしがみついて耐えた。そして、薄れていく意識の中で、マツは、太陽がカッと照りつける大空に全身が真紅のウロコに覆われた赤龍が姿を現すのを見た。その赤龍は大きく開けた口から赤炎を吐き出しながら下って来た。そして、漢の英雄・劉邦が、眠っている母の体に赤龍が乗り移って誕生した如く、マツの身にも起こったと思う間もなく、

「あっあっあ〜〜」「おぎゃあ〜〜」

マツが甲高い悲鳴を上げ、激しい痛みから急に解放された途端、男の赤子が誕生した。丸々と大きな赤子で、その産声は千里ヶ浜に鳴り響くほど大きかったという。

ほとんど気を失っていたマツが周囲の騒々しさにふと目が覚めると、自分の周りを取り囲むようにマツの下女と高齢の産婆、そして幾人かの村人たちが心配そうに自分の顔を覗き込んでいる

のに気がついた。マツが目を覚ました途端、彼らは安心したように歓声を上げた。マツは、つい先ほど生まれたばかりの男児を両手でしっかりと抱いていた。

この男児こそ、後世日台、そして中国においても英雄として崇められた快男児・鄭成功である。そして、その岩場は現在も「鄭成功児《じ》誕石《たんせき》」として平戸の千里ヶ浜に残されている。

マツは村人たちによって戸板に乗せられ、自邸まで運び込まれた。父の七左衛門は、マツの姿を見るや、マツの不始末を叱責したが、その厳しい顔は安堵と喜びですぐにほころんだ。彼は、自分の号「松庵」と母「マツ」から「松」の一字を取り、幸せであれとの願いから、その男児を「福松」と名づけた。

「マツ、よくやった、でかしたぞ」

息を切らせながら遅れて帰宅した芝龍は、満面の笑みを浮かべながらマツに語りかけ、寝床に横たわったマツの額を優しく撫でて、ねぎらった。

奇しくも鄭成功が誕生した一六二四年、オランダ東インド会社が台南に上陸し台湾の統治を始めるが、そのオラ

鄭成功児誕石（鄭成功誕生の地・平戸市千里ヶ浜）

ンダ勢力を打ち破って台湾に鄭氏政権を樹立するのは、三十七年後の一六六二年のことである。

芝龍、海洋に飛躍

鄭芝龍は男児が誕生しても平戸の自邸にじっとしている暇がなく、ほとんど外泊する日が続いていた。明国はじめ南海諸国との交易のために渡航する準備に追われていたのである。その頃、長崎では明国海商に対する増税の話が持ち上がり、これに怒った海商たちは、頭領の顔思斎の指揮の下に武装蜂起し長崎を乗っ取ろうとする企てが進行していた。ところが、この計画は実行に移される前に発覚し、驚いた明国海商たちは一斉に国外脱出するという事件が起きた。義父の七左衛門とマツは、芝龍が最近多忙なのはこの事件に関わっていたためではないかとの不安が募った。しかし、この長崎騒動は、平戸在住の芝龍には関わりがなく、結局のところ芝龍本人にも縁者の田川家にもお咎めがなく、二人ともホッと胸をなでおろしたのである。

顔思斎たち明国海商の一行は、一六二四年七月中旬、長崎から逃れた後、台湾にやって来た。彼らは台南の赤嵌地区に商館を建て同地を拠点として交易と土地開拓を始めることになる。

しばらくして芝龍たち平戸の海商たちも顔思斎たちの後を追うように平戸港から出立し、顔思斎たちと合流した。彼らは赤嵌を拠点として明国で生糸、絹織物など、台湾で砂糖、硫黄、鹿皮、またバタヴィア（現在のインドネシア首都ジャカルタ）で香木など南国物産、そして日本で銀、銅、磁器などを調達し、それぞれの国で売りさばいて巨額の利益を得ていた。日本市場では台湾物産の硫黄は弾薬として、また鹿皮は武士が戦などで身に着ける甲冑の内張りに使用されるなど、貴重品として高値で売られたのである。

こうして彼らが台湾で経済的基盤を固め、数多くの船舶や武器などを手に入れ、いよいよ海洋大軍団として乗り出そうとしていた矢先の一六二五年九月、軍団の棟梁である顏思斎が突然病死した。後に残されたメンバーが彼の後継者として選んだのが、弱冠二十一歳の鄭芝龍である。芝龍は当初若さを理由に辞退したが、メンバー全員が、頭脳明晰で胆力のある知勇兼備の若者に自分たちの将来を託したのである。

台湾におけるオランダの覇権

台南には、台湾海峡に広がる大海と隔てるように台江という内海があった。一六二四年、顏思斎たちが拠点としたのは、この内海の奥にある赤嵌地区である。当時、この内海の白波は現在建っている赤嵌楼《ツーカンロウ》の間近まで押し寄せていた。

ちょうど時を同じくして、オランダの東インド会社がそれまで拠点としていた澎湖島を引き払って台湾の大員（現在の台南市安平区）に上陸してきた。ここは、顔思斎たちの拠点とは反対側、つまり湾口に突き出た岬部分である。彼らは同地にゼーランディア城を築いて勢力を拡大しようとしていた。

オランダ東インド会社は、本国よりインド以東のアジア地域で貿易の独占的権限のみならず植民地の経営権や交戦を含む軍事的権限まで与えられ、まるで一国家のような様相を呈していた。一六一九年にはバタヴィアを領有し、ここを活動拠点とした。さらに、一六二二年には明国の支配下にあった澎湖島を占拠した。この頃、明国は相次ぐ内乱に加え、北方から女真族（満州族）の圧迫もあって政情の混乱が続き、北京から遠く離れた辺境の地にまで手が回らなかったが、さすがに支配下の澎湖島がオランダに領有されたとあっては明国にとって国防上大きな脅威となる。そこで明国は、一六二四年オランダと八カ月にわたって戦火を交えるが、危機的な国内状況の中でこの戦いを長期化させる余裕はなく、結局双方は、オランダが澎湖島から撤退し台湾に移るという条件で和議が成立したのである。

このような経緯を経てオランダが台湾上陸を果たしたのは、先ほど述べた通りである。この地は、野蛮な未開地として明朝から見向きもされなかったが、オランダは同地に砂糖、鹿皮、鹿肉、米などの交易で大きな利益をもたらす可能性を見出した。問題は、農業や狩猟をする労働力をいかに確保するかということだった。ここに多く住む原住民たちは生活を維持するために必要な産物、物資を確保すれば、それ以上のものには関心を示さず、労働力として全く期待できなかった。そこでオランダは福建省と広東省の沿岸部から大量の漢人移民を労働力として雇い入れたのである。それまで台湾には漢人はほとんどいなかったが、それ以降、漢人の人口が急増し、やがて原住民たちと土地の所有をめぐって各地で衝突を起こすことになる。

オランダに続いて台湾に進出したのが、フィリピンのマニラに本拠を置くスペインである。同国も日本や明国との交易の中継地として台湾を狙っていた。一六二六年に台湾北部の鶏籠（チーロン、現在の基隆）を占拠してセント・サルバドール城を、さらに淡水にセント・ドミンゴ城を築き、台湾北部で活動を始めることになる。しかし、スペインの進出は、台湾南部で活動するオランダが日本に進出する際に大いに脅威となる。そこで勢力にまさるオランダが、一六四二年に大艦隊を鶏籠に派遣し、スペイン勢力を台湾から排除したのである。この結果、オランダは台湾全島を支配下に置くことになった。

芝龍艦隊は明国を目指す

ゼーランディア城を拠点にして勢力を拡大しようとするオランダ東インド会社の存在は、内海の対岸にある赤嵌を本拠とする芝龍たちにとっては大いなる脅威となった。内海を挟んでオランダ側とことを構えるのは得策ではない上、元々芝龍にとっては明国福建の沿岸部を活動拠点と考えていたので、オランダとの衝突を避けて台湾から離れることになった。芝龍たちが去ったのと入れ替わりに、オランダは赤嵌を接収し、ここにプロビンシア城を築くことになる。これによってオランダはゼーランディア城を軍事拠点とし、プロビンシア城を海外交易の拠点として台湾統治を確固たるものとしたのである。

芝龍率いる海商団は福建沿岸部の厦門《アモイ》島に拠点を移して本格的に交易活動に励む一方、李魁奇、劉香老など有力な海賊を蹴散らし、その勢力は、他の海商団、海賊のみならず明国政府やオランダ東インド会社などに広く知れ渡るところとなり、無視しがたい存在となった。

この当時倭人（日本人）の海賊集団と称する「倭寇」が明国沿岸部で略奪や暴力行為を繰り返し同地域の人々を脅かしていたが、その実態は大方が漢人の海商集団であった。しかし芝龍たちの海商団はこれらの海賊たちと一線を画しており、沿岸部の住民たちから好意的に受け入れられた。

明の国内に目を転じると、北方の異民族である女真族（満州族）が一大勢力となって南下し明王朝の存続を脅かしていた。彼らは清王朝と称して明王朝に取って代わろうとしていたのである。この対抗策として、明王朝は、当時沿岸地域で強大な海洋軍団に成長しつつあった鄭芝龍の海商グループを傘下に引き入れようと勧誘工作を始めた。その勧誘は紆余曲折の末に成功し、一六二八年、芝龍は明王朝の臣下として招き入れられることになる。

芝龍軍団は、明王朝の下で他の海商、海賊グループを掃討し敵対勢力を排除する一方、明国、台湾、日本や東南アジアの各地域で盛んに交易を進めた結果、軍事、経済の両面で圧倒的な勢力を築くに至った。

福松の渡明と成長

明国で華々しい活躍をしている間に、芝龍は平戸藩に使者を送って妻・田川マツ、嫡男・福松と次男・次郎左衛門、通称次郎の出国を願い出た。その結果、福松の出国のみ認められた。一六三〇年、福松七歳の時である。マツの出国が認められなかったのは父・七左衛門が難色を示したこと、また次郎左衛門は二歳の幼子であったためである。

福松が明国に向け旅立つ日が間近に迫った頃、マツと福松はこれまでお世話になった人たちへの挨拶回りや出立準備に忙しくなった。福松の剣術の師範であった花房権右衛門への挨拶も欠かさなかった。父・芝龍の後を継いで福松もこの花房道場で熱心に剣を学び、幼少ながらも師匠が舌を巻くほどの上達ぶりであった。

「おぅ、福松、いよいよ旅立つのじゃな。名残惜しいのう」

「はい、お師匠様。これまでご指導いただきましてありがとうございます。いろいろと学びましたことをしっかりと受け止めて、お国の役に立つような立派な大人になりたいと願っております」

まだ七歳の子供とは思えない、しっかりとした受け答えで師匠を感動させたのである。

挨拶回りの間にも母マツと片時も離れたくない思いで福松はいろいろな思い出話や将来のことなどを話した。その思いはマツにとっても同じで、他人が見れば福松がいくらしっかりして大人びた態度に見えても、母親にとってはまだ頑是《がんぜ》ない子供であった。

「母上、やっぱり私一人で遠い国に行かねばならぬのですか？　母上はなぜ福松と一緒に行けないのですか？　私は行きたくありません」

「バカなことを言ってはなりません。明の国には父上が福松を待っているのですよ。しっかりなさい。私もいつか必ず父上と福松のもとに行きますから、楽しみに待ってなさい」

「本当ですか？　母上はいつ来られるのですか？」

「いつか分かりませんが、必ず福松に会いに行きますよ」

マツはそう言いながら、半分泣きそうになっている福松を抱きしめて思わず涙を流した。

福松が明国に向け旅立つ前日、祖父・七左衛門と母・マツとともに自宅の喜相院の庭に記念樹を植えた。福松が明国で様々な困難に遭遇しても無事に切り抜けられるように逞しく、強運な男子であれとの祖父、母親の願いを込めてナギの木が植えられた。

福松手植えの、この記念樹は四百年もの間、風雨に堪えて今も枝葉が緑豊かに茂り、母マツと福松の母子像に見守られて真っすぐに大きく育っている。

一六三〇年九月末、父・芝龍が差し回した大型船はすでに平戸港に停泊して、福松の乗船を待っていた。母・マツ、祖父・七左衛門、助手おきよ、下男下女や近所の親しい人々に見送られ、福松を乗せた船は平戸港をゆっくり出航した。

「母上！　母上！　必ず、必ず、福松に会いに来てくださいね！……」

福松は小さな体を精いっぱい伸ばして、小さな両手を思い切り振りながら叫んだ。

「福松！　福松！　元気でね！　母は必ずお前に会いに行くから……」

マツはまだ幼いわが子を手放す悲しみで胸が張り裂けそうになり、溢れる涙を着物の袖で何度も拭い、絞り出すような声で別れを告げた。いつか必ず福松のもとに行くと約束したけれど、それはおぼつかない夢であった。夫の芝龍はマツの渡航も平戸藩に願い出ているが、すでに却下されているからだ。

平戸港を発った福松の、たった一人の船旅は恐ろしく長く、心もとないものだった。

船員たちは首領の芝龍からの依頼もあって、目に涙を溜めた幼子に時折声をかけて気を使ってくれるが、つい先ほど母と別れたばかりの福松にはそれほど慰めにはならなかった。福松を乗せた大きな帆船は東シナ海の大海原を悠然と進む。大船が作る波しぶき以外、海はあくまでも静かで、穏やかであり、どこまで行っても気が遠くなるほど青い海が無限に広がっていた。薩南諸島だろうか、琉球諸島だろうか、緑の島々が遠くに見える。しかし、この壮大で、美しい景色も、時折声をかけてくれる大人たちの親切も、福松にとって空虚でしかなかった。大空を舞う海鳥たちや遠くのほうで大海原を悠然と泳ぐ鯨の群れが、唯一福松の幼心を和ませた。

幾日かかったのだろうか、長い船旅を終えて福松はようやく明国の福建省安平鎮に到着した。ここに父・芝龍が活動の本拠とする安平城があった。厦門と泉州の中間にある国頭湾の最奥部に位置する、石造りの立派な堅城である。船は直接同城内に入って接岸できるようになっていた。

父は船着き場まで迎えに来ていた。

「あっ、父上！」

「お〜、福松、よく来たな！」

二人は駆け寄り、久し振りの再会を喜び合ったのである。芝龍は、明国に渡って以来、平戸に顔を見せることが少なくなり、久し振りに見る福松のたくましい成長を頼もしく思った。福松は七歳ながら父・芝龍に似て知力、胆力に優れた美少年で、しかも竹を割ったような真っすぐな性格だったので、父はもちろん周囲の者から大いに気に入られた。

また、福松が将来明国に渡ってきた時に困らないように中国語を学ばせておくようマツに頼んでいたが、福松の中国語は芝龍の予想以上に流暢だったので驚いた。明国漢人が多く住む平戸では中国語を勉強するには有利な土地柄であったのは確かだが、それにしても七歳の幼子の語学能力は、芝龍が日本語、ポルトガル語、オランダ語に通じるほどの能力に匹敵するものであり、頼もしい限りであった。

「福松よ、お前はこれから明国の男子として生きていかねばならぬ。それでお前が来るまでに色々と考えたのじゃが、森《しん》という名前に決めた。鄭森じゃ、どうだ、気に入ったか、うん？」

「森？……はっ、はい。良い名前です。ありがとうございます、父上」

七歳の福松は父にあくまで従順であり、素直に受け入れた。

芝龍は森を将来競争倍率三千倍ともいわれる難関の科挙試験に合格させ、政府官僚となって出世の道を歩ませたいと考えた。これは森本人だけでなく、鄭氏一族の栄誉、繁栄にもつながる。そのために、芝龍は金銭を惜しまず優秀な家庭教師をつけて徹底した英才教育を始めた。森は論語、詩経、書経といった古典から孫子、呉子などの兵法書に至るまで寸暇を惜しんで熱心に学び、父の期待に応えて才能を発揮した。また、平戸で始めた武術の鍛錬も怠ることはなかった。

こうした努力の結果、森が七歳で渡明してわずか八年後の十五歳時には南安縣の「生員」試験に合格し、科挙試験への道が開かれた。これはまさに奈良時代の遣唐使だった阿倍仲麻呂が十九歳で中国に渡り、八年後の二十七歳で日本人として唯一科挙試験に合格するという記録に匹敵する快挙といってもよい。

森が科挙合格を目指して日夜勉学に励んでいる時、森に思わぬ話が持ち上がった。父芝龍が森に結婚話を持ち込んできたのである。一六四二年、森十九歳の時で、結婚話の相手は明朝の高官・董颺先《トウヨウセン》の娘・董友《トウユウ》。彼女は森より一歳上だが、非常に聡明にして楚々とした美しい娘であったので、父のみならず森本人も一目惚れしてしまった。二人の仲は相睦まじく、彼女はその年の十月には男子を授かり、経《ケイ》と名づけられた。

しかし、森には家庭でうつつを抜かしている暇はなかった。彼は次の科挙試験に合格するためさらに勉学に励まなければならなかった。二年後には妻子を泉州に残して副都・南京に旅立った。彼はここで「国子監」に入学した。ここは「南京太学《タイシュエ》」とも呼ばれる国立大学である。森は、高名な朱子学者である銭謙益《センケンエキ》に師事し、勉学に没頭した。銭謙益は森の並外れた才能に感嘆し、将来必ず国を背負って立つ人物になると直感した。彼はそうした期待を込め、森の名に掛けて「大《ター》木《ムー》」という号を贈った。森、二十一歳の時である。

福松、国姓爺となる

この頃、明王朝は風前の灯火ともいうべき危機的な状況にあった。すなわち、四十八年に及ぶ万暦帝の在位中に国内で農民たちが重税、圧政に堪えかねて各地で反乱を起こし、治安が乱れ、国内は混乱状態にあった。一方、北方では清朝の始祖とされる女真族（満州族）のヌルハチ、二代目のホンタイジが万里の長城の要塞・山海関を破って明朝の領地に侵入しようと試みていた。

一六二七年、崇禎《スウテイ》帝が十七歳で第十七代皇帝に即位した時、明朝は、内に民衆の相次ぐ反乱、外に異民族の侵入という、まさに内憂外患の深刻な問題を抱えていた。さらに、国内では運悪く深刻な飢饉に見舞われ、明朝はまさに瀕死の状態に陥っていたのである。

こんな中で、一六四四年には李自成《リジセイ》による大規模な農民反乱となって北京を占領するに至った（李自成の乱）。崇禎帝は、紫禁城（現在の北京故宮）を抜け出して、その北側に隣接する景山で首をくくって自害した。ここに十七代二百七十六年に及ぶ明朝は滅亡した。李自成は一時政権を握るが、清朝によって滅ぼされたのである。こうして第三代・順治帝による清朝の中国支配が始まる。

この頃、鄭森は科挙に合格するため妻を安平鎮に残し、南京で勉学に励んでいたが、このような国内の争乱の中で清朝勢力の影響が南京にまで及び始めたために、やむなく科挙合格の夢を捨て、安平鎮に戻って父・芝龍が率いる軍団に身を投じるに至った。

明朝の滅亡後も都から逃れた旧明朝の皇族、遺臣たちが各地で亡命政権を打ち立て、「復明抗清」の活動を続けた。鄭芝龍率いる軍団は南京で弘光帝を擁して清朝に抵抗したが、この南京政権も清軍の激しい攻撃の前にあえなく陥落した。

その後、鄭父子は福建の都・福州まで下り、同地で唐王を迎え、一六四五年七月、唐王改め隆武帝の福建政権を樹立した。この時、鄭森は隆武帝に謁見するが、臆することなく堂々たる態度で、才気溢れる美青年の応対に深い感銘を受けた帝は言葉を発した。

「そなたは二十一歳と聞くが、たいしたものじゃ。ああ、朕《ちん》に娘がおればそなたを娘婿として迎えるものを……残念なことじゃ。じゃが、そなたには朕の姓を与えるので、せいぜい忠義を尽くしてほしい」

「もったいないお言葉……鄭森、命を賭して帝をお守りいたします」

森は帝の溢れんばかりの愛情に接し、感激のあまりそのように答えるのが精いっぱいであった。

この時、隆武帝から明王朝の姓（国姓）を表す「朱」を授かり、同時に、森の名も「成功」と改められた。ここに鄭森は「朱成功」と改名されることになるが、朱姓は恐れ多いとして通称「鄭成功」で通すことにした。それ以後、人々は彼のことを朱という「国姓」に、旦那あるいは若旦那という意味の親しみを込めた「爺」を付け加え、「国姓爺」と呼ぶようになった。

「国姓爺　鄭成功」の誕生である。

マツ、明国に渡る

清朝の圧迫を受けて困難な状況に直面しながらも、鄭芝龍、成功親子は隆武帝を擁して福建政権を支え得意絶頂期にある時、マツの渡明計画がついに実現した。芝龍は平戸に残してきた妻・マツと次男、つまり成功の弟・次郎左衛門のことが気がかりで、成功の渡明後も引き続き二人の渡明申請を平戸藩に出していたが、ついにマツのみ出国が認められたのである。成功の弟・次郎左衛門については当時成人と認められる十六歳となり、祖父の名である七左衛門を襲名して田川家の家督を継いでいたので、出国は認められなかった。この決定はマツにとって二人との永遠の別れになるかもしれないという一抹の不安があったが、将来的にわが子に老いた父の面倒を見てもらうという点でやむを得ない選択だった。

マツが長い航海を終えて、夫・芝龍とわが子・成功が待つ福建省の都・福州にやってきた時、芝龍と成功は、北方より進軍してくる清軍を迎え討つ準備に追われている最中だった。それでも二人はマツが福州に到着したとの知らせを受けると、満面の笑みを浮かべてマツのもとに急いだ。

二人は和服姿のマツの姿を見つけると駆け寄って抱き合った。特にわが子・成功、否、福松とは十五年振りの再会である。母との別れに涙をこらえる七歳の幼子・福松の不憫な姿がマツの脳裏に一瞬浮かんだが、今目の前にいる青年は実にたくましく、凛々しく成長していた。この時四十五歳のマツの黒髪には少し白髪が交じり、福松の目には少し痩せて小さくなったような気がした。

「福松、しばらく見ぬうちにこんなに立派になって……」

「母上もお元気そうでなによりです。長旅でお疲れではありませぬか？」

「いいえ、母は大丈夫。ここに来るまでに、いろいろと美しい、珍しい景色を堪能しましたので、あまり疲れは感じませんでしたよ。それに、昔父上と結婚する前に異国の様子を聞かせて頂いたことがあるけれども、そんな懐かしいことをあれこれ思い浮べていたら、いつしか着いてしまったわね」

芝龍は、とりとめのない母子の会話を傍らで笑顔を浮かべて聞いていた。

翌日マツは芝龍と福松に伴われて宮廷に上った。そこで隆武帝に謁見し、さらに帝から「母后」の称号を授かるという、思ってもみない栄誉に浴し、幸せの絶頂にいた。この幸せがやがて悲劇に変わることを、この時誰が予期しただろうか。

父母との別れ

芝龍と成功父子は、「復明抗清」の御旗を掲げ、目前に押し寄せてくる清軍に対峙《たいじ》する一方、日本の徳川幕府に高価な献上品を贈って、明朝・隆武帝のもとに援軍を送るよう願い出ていた（「日本乞師《きっし》」という）。それは一六四五年からその翌年にかけての時期だが、日本では関ケ原の戦い（一六〇〇年）と大坂の陣（一六一四年、一六一五年）の後、徳川方の東軍に敵対した諸藩の取り潰しによって全国で二十五万人もの牢人が町に溢れ、社会不安を引き起こしていた。明国への派兵はこの問題の解消策にもなるので、幕府の幕閣に慎重論がある中、時の将軍・徳川家光も御三家（水戸、尾張、紀州）もこの話に乗り気であった。二万人の兵士を明国に送り込む計画まで立てていた。

ところが、この計画は一六四六年十一月、突然中止となる。明国から入手した情報によれば、明朝の都・福州が清軍によって攻め落とされ、隆武帝は自害し、鄭芝龍は清軍に降伏したというのである。

その頃中国では、鄭芝龍、成功そしてマツたちは清軍の猛攻を受けて福州を去り、本拠地の安平城に戻ってきていた。

その夜、重々しい空気が漂う中で一家が夕食を済ませた後、芝龍は成功とマツに向かっておもむろに重い口を開いた。

「先日来いろいろと考えたのだが、残念ながら現状は我々が願っている方向とは逆になっている。明王朝が滅び、そして今我々は頼みとする隆武帝も失ってしまった……もう我々に残された道は一つしかない。それは清軍に与《くみ》することだ」

成功は思ってもみない父の発言に驚き、すぐさま反論した。

「父上、それは間違いです。父上は昔から、君に忠に、親に孝に、と説いておられたではないですか！　よもやお忘れではあるまい。この教えを今こそ実践すべき時です」

妻のマツも、武士道の精神を説き、夫に考え直すよう必死になって懇願した。

しかし、芝龍の考えは全く変わらなかった。それどころか、明朝復活の可能性が完全に途絶えてしまった今、明朝復活の夢を追い続けることは愚かなことであり、清朝の臣下となることが最善の策であるとして、成功とマツに考え直すよう強く求めたのである。

芝龍と成功、マツとの悲劇の決別の瞬間だった。

翌朝、芝龍は、成功のために主力部隊を残し、自分の限られた供回りの部隊を連れて安平城から去っていった。それが息子・鄭森に対して唯一与えられる父の愛情だった。なすすべもなく夫を見送り泣き崩れようとするマツ、そして、その老いて小さくなった母の肩をしっかり抱きしめ、唇をかみしめて見送る成功の姿があった。これが夫婦、親子の今生の別れとなった……。

芝龍が清軍に合流後、これが清軍の罠《わな》であることに気づくのに時間はかからなかった。芝龍は捕らえられ、捕虜として北京まで護送されることになる。芝龍は、かつて倭寇の首領だった王直のことを思い出した。彼の場合は相手が明王朝だったが、仕官という誘いに乗って帰国したところを捕らえられ、処刑されたのである。自分も同じ轍を踏んだと悔やんでも後の祭りだった。

一方、成功もここで重大なミスを犯してしまった。彼は清軍の攻撃に備え海上の軍隊を強化するために、主力部隊を引き連れて安平城を離れ海洋に出たのである。しかし、清軍は福州からさらに南下して安平城に猛烈な勢いで迫ってきていた。そこには母マツが残されていた。安平城は堅牢堅固な城塞であるとはいえ、残された兵力は手薄であった。

時に一六四六年十一月二十九日夕刻、清軍は圧倒的な兵力で安平城を包囲した。そして翌日の早朝、辺りが白々と明けはじめた頃、清軍の猛攻が始まった。味方の兵士は鉄砲や弓矢などで応戦し、奮戦するも及ばなかった。数に優る清軍は城の裏手に当たる、一番攻めやすい搦手門《からめてもん》を強引に打ち破って城内になだれ込んできた。成功の軍は必死になって応戦し、清軍を押し戻そうと試みるが、圧倒的な兵力を持つ清軍の前にバタバタと倒れていった。

その時、マツは城の奥にある煉瓦作りの館の扉を施錠して、奥まった寝室にいた。下女二人は隣室に控え、恐怖で震えていた。マツは夫・芝龍との悲しい離別、そして今愛しいわが子・福松と離れ離れとなり、このような境遇に陥ったわが身をはかなむしかなかった。しかし、マツは日本武士の娘として覚悟はできていた。また鄭芝龍との結婚に際し平戸藩主・松浦隆信公の母堂・松東院のもとで花嫁修業をしたが、その一環として自害の覚悟と所作を学んでいた。だが、それがこのような形で不幸にも現実になるとは思いもよらぬことだった。

「福松、次郎、お前たちは幸せな人生を送っておくれ。父上、先立つ不孝をお許しください。これから母上のもとに先に参ります……」

マツは白装束に身を包み、寝床で正座していた。その両手には懐刀がしっかりと握られていた。きらりと光る、その懐刀は、マツが平戸を発つ時に父・七左衛門が亡き妻おしのの形見として持たせてくれたものである。

ドン、ドン、ドン、ドン！

「この扉を開けろ！」

外は清軍の兵士たちの怒鳴り声と頑丈《がんじょう》な扉を打ち叩く音で騒々しかった。

マツは懐刀の先を胸に当てると一気に突き刺し、「ウッ、ウッ」と呻きながら前のめりに突っ伏した。胸から辺り一面が真っ赤な血で染まった。

しばらくして清軍の兵士たちがマツの部屋にドカドカとなだれ込んできた時には、マツはすでに息が絶えていた。

「倭人の女はなんとすごいんだ。これが噂に聞く倭人の勇ましさというものか」

　マツの壮絶な最期の姿を目の当たりにして、清軍の兵士たちはそう言って感嘆したという。

　下女二人は泣きながら、清軍の兵士に連れ出されていった。


　洋上にいた鄭成功のもとに、安平城が清軍の攻撃を受けているとの知らせが届いた。成功は驚き、すぐさま自軍を引き連れ安平城に到着した時には、城はすでに清軍の手に落ちていた。成功率いる軍の猛攻の結果、清軍の兵士はたまらずに安平城から退散していった。成功はすぐさま奥の館に急いで駆けつけると館の入り口扉が打ち破られ開いていた。成功は恐怖で一瞬背筋が凍りつき足がすくんでしまった。

「母上！　母上！」

　成功ははじかれたように館の奥の寝室に向かって駆け込むと、マツが白装束で寝床に横たわっていた。その白装束も寝床も真っ赤な血で染まっていた。

「母上！」

　成功は悲鳴のような声を上げ、母マツの胸に刺さった懐刀を急いで抜いて、今や冷たくなった母の体に取りすがり、自分が母を守れなかった非を詫びながら号泣した。一六四六年十一月三十日、マツ享年四十五。この時、鄭成功二十三歳だった。

鄭成功は安平城の近くの、見晴らしの良い丘に母の遺骸を埋葬した後、近郊の安南縣豊州にある孔子廟を訪れ、今後儒学の道を捨てることを詫び、武人として生きることに許しを乞うたのである。そして、これまで身に着けていた儒巾と儒服を脱いで焼き払い、軍服を身にまとい、改めて「抗清復明」を誓った。

「抗清復明」に向けて

鄭成功は、隆武帝の死後に広西に逃れていた桂王、のちの永暦《えいれき》帝を奉じ、清朝打倒を宣言した。

彼は厦門とは目と鼻の先にある鼓浪嶼《クーランユィ》を本拠地として近隣の清軍を攻め、一六四八年三月には福建省泉州に近い同安城を攻め落とした。しかし、八月には清朝の大軍が押し寄せ、成功軍が守る同安城はあっけなく陥落してしまった。この時、成功は金門島で叔父の鄭芝鳳《シホウ》と今後の計画を協議中だったが、清軍による同安城攻撃を知って、厦門に居留する従兄弟の鄭聯《レン》に直ちに救援要請を行った。この厦門には約四万の部隊が展開しているが、元々は成功のために父・芝龍が残していたのを鄭聯が勝手に占拠し、居座っていたのである。鄭聯は意見の合わない名士を理不尽にも惨殺するなど非道な行為が目立ち、評判が悪かった。また彼は日本人の血が混じる成功を見下し、敵対的な態度を取っていたが、今回の成功の救援要請に対しても案の定全く応じる気配はなかった。意を決した成功はある日、厦門軍の内部から内応者を得た上で、鄭聯に甘言を弄し厦門の料亭で宴会を持ちかけた。彼が地元ということもあり油断して酔ったところを見計らい、あっさりと暗殺したのである。

この結果、成功は厦門の領地と約四万の兵を確保し、さらに叔父の芝鳳から二万余の部隊を擁する金門島も譲り受けた。さらに、明の遺臣たちや父・芝龍時代の部下だった人々が鄭成功の名声を聞きつけて各地から彼のもとに続々と馳せ参じ、ついには十万にのぼる大軍団に膨れ上がった。こうして鄭軍団のトップの座についた鄭成功は、本拠地を鼓浪嶼から厦門に移した。

一方、鄭成功は、父・芝龍が以前日本に対して行っていた援軍要請（日本乞師）を引き続き熱心に行った。この日本乞師は幕府直轄の長崎奉行《ぶぎょう》を経由して徳川幕府に対し行われたが、この工作に熱心に動いたのが成功の実弟・第二代田川七左衛門である。この試みも江戸幕府の却下により実現しなかったが、実はこの時多くの牢人が長崎、平戸から成功のもとに渡明している。幕府はこの密航を黙認していたのである。その陰には成功から江戸幕府に数々の高価な献上品が流れていたこともあろうが、もう一点、見逃してはならない時代背景がある。当時、日本では徳川方と豊臣方の存亡をかけた大坂の陣（一六一四〜一六一五年）の後に敗者の豊臣方についた勢力がお家取り潰しなどの厳しい処分を受け、その結果各地で路頭に迷った多数の牢人たちの存在が社会問題になっていた。そうした牢人たちを海外に移すことは江戸幕府にとっても大きなメリットだったのである。

成功自身も、また彼の部下の中にもかつて平戸や長崎などで長く居留していた者が多くいたので、日本の武士の気質や考え方をよく心得ており、その分日本の牢人は思う存分にその実力を発揮することができた。彼らは鉄人部隊（甲冑で全身を覆った）とか倭銃隊（日本式火縄銃部隊）と称された日本人精鋭部隊で、その勇猛果敢な戦いぶりは鄭成功の反清活動に大きな力となった。

「一番槍をつける」、つまり戦場で真っ先に敵陣に突っ込むことは日本の武士たちにとって大いなる誉れであり、彼らは異国の地においてどの戦場でも先陣を切り、そして戦場を縦横無尽に駆け回った。それは江戸時代に入り、平和な天下泰平の世に飽き飽きしていた牢人にとっては最高に生きがいを感じる瞬間であったといえる。しかし、清軍の兵士たちにとって、この命知らずの倭人集団は恐怖そのものであった。

また、鄭成功は軍備増強に邁進する一方、彼本来の分野である海上交易にも力を注いだ。彼自身は、いくら軍事に強くても経済的な裏付けがなければ真の強国にはなり得ないと考えているからに他ならない。そこで彼が具体的に行ったことは、中国内で生糸、絹織物、陶磁器など、またオランダ東インド会社から香木、砂糖、鹿皮などの南洋、台湾物品を調達し、それを日本市場で売りさばき、また日本では銀、磁器、日本刀などを買い付けて中国、台湾、その他ルソン、ジャワなどの南洋諸国に売りさばき莫大な利益を手にしたのである。

鄭成功はこうして最強軍団を築き上げるのだが、一六五一年永暦帝から前年清軍に占領された広州を奪回せよとの命令を受けた。成功は従叔父の鄭芝莞《シカン》に本拠地・厦門の留守を任せ、広州に向け海上を南下したのである。ところが、この動きを察知した清軍は直ちに厦門に襲いかかった。驚いた鄭芝莞はまともに清軍と戦うこともせず、自軍の軍艦に財宝を積み込み、城内に残された兵士や婦女子などを見捨て、慌てて逃亡を図ったのである。指揮官を失った成功軍は大混乱に陥った。この時、城内に残されていた成功の妻・董夫人は九歳になる息子・経とわずかな供回りを連れて鄭芝莞の軍艦まで駆けつけた。鄭芝莞が船上から驚いて董夫人を見ると、亡き母・田川マツの位牌を胸にしっかりと抱えている以外は何も所持していなかった。この位牌は、夫の成功が仏壇に祀って毎日欠かさず礼拝し、何よりも大切にしているものである。鄭芝莞は最初夫人の乗船を拒もうとしたが、夫人の気迫に気おされて渋々乗船を認めたのである。こうして夫人と経は敵の追っ手から辛うじて逃れることができた。

成功はこの事件の顚末《てんまつ》を厦門に戻って初めて知ることになるが、亡き母の位牌だけ持って命からがら避難したという今回の夫人の行動は、彼をいたく感動させた。思い返せば、十九歳の時に一歳年上の董夫人と結婚したが、彼女との甘い新婚生活はわずかな期間であり、まもなく南京に留学し、そして「抗清復明」活動に身を投じたために夫人を顧みることはなかった。今こうした彼女の行動を知るに至り、自分の薄情さを恥じ入り、あらためて夫人に対する敬愛の念が強くなったのである。

廈門城は清軍によって一時的に占拠されたが、成功の部下・施琅《シロウ》と金門島から駆けつけた叔父・芝鳳の軍によって清軍を蹴散らし、廈門城を奪還した。この戦いの後、成功は従叔父の鄭芝莞を敵前逃亡した罪で処刑し、また関係者をむち打ちの刑や謹慎処分するなど厳罰に処したため、成功軍の将兵たちはあまりの厳しさに震え上がった。

この事件に続いて、廈門城の戦いで戦功のあった施琅が成功から離反し、清朝に寝返るという事件が起こった、

施琅は軍事の猛者で数々の武功をあげ、成功の覚えもめでたかったが、離反の原因は施琅にとっては不本意なことであった。彼が任されていた部隊で軍紀が乱れ、兵士の中に略奪を働く者まで現れたために成功から厳しく叱責されたこと、また成功と些細な戦略上の意見の対立があった。二人の決定的な亀裂は、施琅が部下の不始末から厳しい罪を着せられ逃亡した結果、父と弟が処刑されるという不幸が発生したことである。このため施琅は成功に対して深い怨みをもって

清朝に寝返ったのである。

清朝が台湾に拠る鄭一族を滅ぼした時の立て役者が施琅だが、それはまだ後のことである。

鄭成功は本来正義感が非常に強く、また善悪をはっきりさせなければ気が済まないという、異常なほどに潔癖な面があった。また情は厚いのだが、自身にも他人に対しても厳しさを求めるために往々にして誤解を招いた。特に彼が部下に対して求めたのは軍律、軍紀の厳格な遵守であり、これに触れる者は容赦しなかった。こういった点では確かに彼の体内に典型的な日本武士の気質があり、敵対者や、時には身内の間でも、「彼には倭人の血が流れている」と見下され、蔑まれることがあった。先の事件は、そのような彼の性格を示す典型的な例である。

さらに彼は普段他人の話、意見には素直に耳を傾けるが、自分自身でいったん決めてしまうと絶対に自分の意見を曲げないという剛直な面があった。この意思の強さは軍の上に立つ指揮官として重要な要素だが、時として命取りになりかねない事態を招くこともある。

南京の戦い

鄭成功が南京に向けて北伐の大号令をかけたのは、一六五八年五月。

鄭成功を大将軍とする兵力十万余り、大小の艦船約三百隻の北伐遠征軍で、甘輝《カンキ》提督の第一艦隊、馬信《バシン》提督の第二艦隊、萬礼《バンレイ》提督の第三艦隊、そして鄭成功の後尾艦隊で編成された大艦隊である。第一艦隊には鎧兜を身にまとい、長槍を持った約五千の日本武士団が編入されていた。

厦門港を出発するに当たって鄭成功は全軍の将官を集めて出発式を行い、士気を鼓舞するとともに、全軍にわたって厳格な軍律の遵守を求めた。すなわち、清軍とは無関係の一般民衆への暴行や略奪など乱暴狼藉、婦女子に対する性犯罪などを対象として、この規律に違反した者は斬首してさらし首、またその上官にも連座制が適用されるという厳しいものであった。

厦門港を出発した鄭成功の大艦隊は福建、浙江の沿岸に沿って東シナ海を北上した。

大艦隊はこの南京攻略に先立って、すでに福建沿岸部や広東の潮州などを次々と攻略し手中に収めていた。この前哨戦を制し、成功軍は満を持して北上しながら、浙江の平陽、瑞安《ズイアン》を攻略した。また成功軍の脅威に恐れをなして投降する清軍の将兵も相次いだ。幸先良い勝利を収めた成功軍は余勢を駆って温州に攻めかかるが、ここの城は堅牢な上に、折からの悪天候で退却を余儀なくされた。

温州攻めを諦めた艦隊は七月二日には寧波の対岸にある舟山《しゅうざん》群島に到着。同地で約一カ月滞在した後、八月九日羊山島《ようざん》に到着した。南京のある長江（揚子江）の河口は目前である。ところが、ここで暴風雨に遭遇し、停泊していた湾内は大荒れとなって艦船百隻沈没、数千人溺死という大惨事を蒙った。成功はやむなく全部隊に対し舟山まで退却を命じ、ここで船の修理や建造を行う一方、台州や温州などを攻めて敵軍の将兵や艦船を傘下に納め、艦隊の立て直しを図ったのである。

翌一六五九年四月、大艦隊は再び南京を目指して東シナ海を北上した。

鄭成功率いる十万余の軍が大船団を組んで厦門港を出発し北に向かっているとの報を得た清軍は、驚き慌てた。彼らは南京城の守りをしっかりと固める一方、捕虜にしている成功の父・芝龍を使って清軍の陣営に加わるよう呼びかけた。このような試みはこれまでにも行われたが、成功は一切応じなかった。

成功の大船団は舟山諸島を過ぎ、次いで羊山島にさしかかった。昨年八月暴風雨で大惨事が発生した地点である。成功以下緊張したが、今回は天候に恵まれ波静かな中、大船団は順調に通り過ぎた。長江（揚子江）河口にある崇明島を通り、南京の防衛ラインである瓜州、そして対岸の鎮江《チンコウ》の各城をあっけなく陥落させた。

一六五九年七月十二日、成功軍は南京城を総攻撃する準備を完了させた。成功軍は南京城に対峙して野営陣地を張り、同城の各門には兵士を配置した。あとは総司令官・鄭成功の攻撃開始の合図を待つのみである。

南京攻めの緒戦に楽勝したことで成功軍の士気は大いに上がった。が、この時成功はじめ全軍にわたって驕り、気の緩みが出始めたことに、成功自身もまだ気がついていなかった。さらに、そのような気分を助長させるような出来事が起きた。清朝軍の一提督である馬進宝《バシンポウ》の成功軍への寝返りである。このようなことがあって、成功自身も勝利を確信する気持ちに傾いていた。

まさにこのようなタイミングで、南京城の総督・郎廷佐《ロウテイサ》より開城を条件として三十日間の停戦申し入れを受けた。使者の説明によれば、清国の先例では三十日間敵方の攻撃に耐えれば、その後陥落しても罪が家族に及ぶことはない、ということである。この点について馬進宝からも確証を得た。

鄭成功はこの申し入れを受けることを決めた。彼自身、若い頃に勉学のため南京で住んだ経験があり、南京城がいかに難攻不落であるか十分認識していたので、この城を力攻めすれば味方に大勢の犠牲が出るだろうと危惧していた。清軍からの開城を前提とした停戦申し入れは、成功にとって願ってもないことだった。甘輝提督など数人の主だった部下から、この停戦申し入れは清軍の策略であり、この申し入れに乗るべきではないと強い反対意見が出されたが、生来一度決めたことは変えない頑固な一面を持つ成功は、自分の考えを変えることはなかった。

七月二十二日の夕刻、成功軍の陣中には気の緩みが広がり、兵士の中には酒盛りや博打《ばくち》を始める者まで現れる始末だった。

ちょうどその時、成功軍が全く気づかなかった、カモフラージュされた抜け穴が突然開き、そこから清朝軍の兵士たちが雪崩《なだれ》を打ったようにドッと飛び出してきて成功軍の陣を襲った。不意を食らった成功軍はたちまち混乱に陥り、浮き足立った。味方の兵士たちはなすすべなくめった斬りにされ、バタバタと倒れていく。勢いに乗った清朝軍は南京城の各門を開き、さらに成功軍に襲いかかる。そんな大混乱の中、成功は撤退命令を大声で発するが、戦闘の怒号、悲鳴でかき消される。成功は残った兵士たちを率いて近くの観音山の山頂まで避難するのが精いっぱいだった。しかし、勢いに乗った清朝軍はさらに山頂に向かって執拗に追跡し、攻撃の手を緩めない。壊滅状態となり意気消沈した成功軍は、長江の河岸に停泊させていた軍艦に辿り着くのがやっとの状態だった。そして、清朝軍の執拗なまでの追撃から辛うじて逃れ、長江を通って大海に出て、厦門港に戻ったのは一六五九年九月七日のことだった。

まさに惨敗である。この敗戦の中で甘輝、萬礼両総督他、多数の将兵の犠牲を出してしまった。

古今東西、戦においては敵方の兵力規模や動きをしっかりと把握する情報戦を制すること、その情報戦の中で敵方と通じる、いわゆる内応、そして、これらを踏まえて計略をめぐらすこと、こういった戦略が達成されて勝利に導くことができる。ところが逆に、鄭成功軍は、味方から寝返りが出て自軍の状況が清軍に筒抜けになっていることに気づかず、また敵将の郎廷佐や馬進宝の計略に引っかかった上に、成功自身や自軍全体に驕り、気の緩みが広がるという状況を生み出してしまったわけだから、最悪の事態に陥ったのも当然の帰結といえた。

成功は、桂林まで逃亡中の永暦帝に使者を送り、この敗戦の責任をとって延平郡王と潮王の爵位を返上した。こうして、鄭成功の南京攻略の夢はついえたのである。

鄭成功、台湾へ

南京の合戦で壊滅的な敗北を喫した鄭成功に対し、清朝は追い打ちをかけるように奇策を弄《ろう》した。

一六六一年に発せられた「遷界令《せんかいれい》」である。これは山東、江蘇、浙江、福建、広東の五省の住民を沿岸から約十七キロメートル内地に後退させ、無人地帯とする政策である。これによって鄭成功は中国沿海地域の人々との接触、交易が断たれてしまった。鄭成功にとっては手も足も出ない、絶望的な事態である。

まさにこの時期に鄭成功の前に現れたのが、オランダ東インド会社の漢人通訳・何斌（ハービン）である。彼は成功の父・芝龍のもと部下で、芝龍が清朝に投降した時に台湾に渡っていた。彼が厦門にいる成功のもとに初めてやってきたのは一六五七年、つまり南京攻略戦の前年のことである。コイエット台湾長官の指令により、オランダとの交易について話をつけるのが何斌に課せられた任務である。この時、彼は成功と初めて会見し、竹を割ったように真っすぐで清々しい性格に魅了されたのである。何斌は成功が信頼できる人物と確信し、オランダ人による住民への圧政の実情を詳しく説明した上で、成功がオランダ人を追放し、台湾を統治してほしいと切々と訴えた。

しかし、この頃成功は南京攻略に向けて忙殺されており、台湾にまで目を向ける余裕は全くなかった。

そして、今回は何斌との二回目の会見。状況は全く変わっていた。南京の戦いで手痛い惨敗、それに続く清朝の「遷界令」。成功は打ちひしがれて鬱々とした日々を過ごしていた。こうした状況で何斌が成功の前に再び姿を現し、「台湾は沃野《よくや》千里、覇王の地」と説き、オランダに代わってこの地を支配するよう熱心に働きかけたのである。窮地に陥っていた成功は台湾に活路を見出すことも考えていたので、何斌の申し出はまさに渡りに船であった。

一六六一年四月一日、二万五千の兵、約三百隻の大水軍を編成した鄭成功艦隊は、何斌を水先案内人として厦門を出発し、台南に向かった。目前にはオランダ軍が誇る鉄壁の軍事要塞・ゼーランディア城が外海に面し、鄭成功艦隊の行く手を阻んでいる。鄭成功たちは同城からの砲撃を避け、浅瀬が多く航行困難な鹿耳門《ロクジモン》ルートから無事内海の台江に侵入することができた。これまでオランダ東インド会社の圧政に苦しめられていた住民たちは、漢人移住民も原住民も鄭成功艦隊の壮観な雄姿に涙して歓迎した。

鄭成功の大軍団はまず台江の奥にあるオランダのプロビンシア城を包囲し、城の明け渡しを要求した。オランダ側は緒戦で抵抗を試みるも多勢に無勢、長引く籠城に音を上げたオランダは鄭成功の城明け渡し要求に応じた。一六六一年五月四日のことである。

同城跡は赤嵌楼として現存し、今は台南市の観光名所になっているが、その庭園の一角にはオランダ側が鄭成功に投降する、当時の様子を表した銅像が建てられている。

プロビンシア城が陥落すると、鄭成功の次なる照準はオランダの本丸・ゼーランディア城である。同城はオランダが軍事要塞として築いたもので、バタヴィアから運んできた大量の赤レンガを使用した堅固な要塞である。またオランダ東インド会社の台湾長官フレデリック・コイエットを頂点として優秀な城兵で守られていた。五月二十六日、成功軍はゼーランディア城に向かって砲撃を浴びせたが、オランダ側から激しい反撃にあい、死傷者が続出した。

鄭成功はゼーランディア城を力攻めで落とすことは自軍の犠牲が大きすぎると判断し、同城の周囲を柵で封じ込める作戦に出た。その一方で成功はオランダ側に城の明け渡しを要求したのである。しかし、コイエット長官は明け渡し要求に応じようとしなかった。オランダ側は成功軍の砲撃に堪え、自軍からも反撃を加えながら、バタヴィアにあるオランダ東インド会社本部からの軍事支援を待っていたのである。しかし三カ月も待って本部から派遣されてきたのは軍艦十一隻のみで、しかも派遣された軍は司令官カーウはじめ戦には不慣れな兵士ばかりだった。ゼーランディア城の籠城が長期化し、城内では武器も食糧も乏しくなり、病人が増え死者まで出はじめた。それにつれ、同城から脱走する兵士が続出するようになる。成功はこれら脱走兵から城内の様子を仔細に聞き出し、城内は絶望的な状況にあることを把握していた。

まもなく鄭成功の軍がゼーランディア城に総攻撃をかけるとオランダ側はひとたまりもなく、ついに投降した。一六六二年二月二十一日、オランダによる三十八年間の台湾統治に幕を閉じた瞬間である。

鄭成功の台湾統治

実は鄭成功は台湾上陸の前から台湾統治の構想を練っていた。そこでオランダ人を台湾から追放すると、早速その構想を実行に移したのである。

まず台湾を東都と呼び、東アジアの都とする。そしてオランダの主城であったゼーランディア城を安平鎮と改称し、プロビンシア城を台湾統治の中心地として承天府と改名した。さらにその北部に天興県、南部に万年県を置き、一府二県の行政機構を作った。

次に、台湾統治を進めていく上で喫緊の課題は、約三万にのぼる鄭軍団の将兵に対する食糧の確保だった。鄭成功が台湾統治を始めた頃、食糧不足に悩まされた兵士たちが先住漢民や原住民から収穫した農作物を強奪したり、彼らの農地を奪い取ったりするといったトラブルが相次ぎ、成功は頭を悩まされていた。そこで彼は兵士たちにこのような強奪行為を厳しく禁じるとともに、兵士たちが先住民たちと同一地区に居住することを禁止する措置を講じたのである。

成功は、主だった将校に向かって力説した。

「諸君もご存じの通り、台湾の土地は肥沃にして水量も豊富である。田畑を耕すには理想的な条件がそろっている。ところが、現実には未開の荒れ地が多すぎる。これらを開拓すれば、この国は間違いなく富める国になるだろう。そうなれば、もちろん現在発生しているような、土地、農作物をめぐる先住民との摩擦、いさかいもなくなって、治安が良くなることは言うまでもない」

成功のこの考えに異論を唱える者があろうはずがなかった。そこで成功が農地開発を進めていく上で示した具体策が、屯田《とんでん》制度である。つまり、鄭成功軍が自ら新しい農地を開拓し、食料の自給を図ることであった。もちろん農業だけではなく、漁業や商業などの活動も促進し、台湾の産業振興に力を入れたのである。今日夜店などで名物となっている牡蠣オムレツ（台湾語で蚵仔煎、オアチェンという）は、この時兵士たちの空腹対策の一環として作り出されたという。

鄭成功の台湾開拓に忘れてならない人物がいる。成功の名参謀・陳永華《チンエイカ》である。彼は福建省同安県の出身で、成功が明国で活躍している頃から彼の名声を聞きつけて参陣し、成功の下で台湾に渡ってきた。彼は理知的で、積極果敢、しかも忠誠心が人一倍強かったので、成功が最も信頼を寄せる部下の一人だった。彼は屯田制度を提唱し殖産に励んだのをはじめ、成功の子・鄭経の時代には製糖や製塩事業を手がけるなど、鄭氏親子とともに台湾の国土開発、産業振興に大きな功績を残した。

台湾開発の傍ら、鄭成功は得意分野である南洋諸国との交易にも力を注ぐようになり、また一時期途絶えていた日本との交易も再開した。また、中国本土との交易は清朝の「遷界令」によって困難な状況に陥ったが、その後成功の子・経の支配下に置かれた厦門と金門島を経由して本土との交易も復活したのである。

果たせぬ夢

こうして再び富が集まり、台湾統治に自信を深めた鄭成功は、父・芝龍以来の夢である南海王国の樹立を実現させるため、その足がかりとして呂宋《ルソン》（フィリピン）の征服に乗り出した。

一六六二年五月、呂宋征伐の大艦隊を編成し、いざ出航という矢先に、成功は発熱し倒れた。その後、彼は病床に伏し、病状は一進一退であったが、長年の過労がたたってこじらせ、肺炎を併発した。そして一六六二年六月二十三日、この壮大な夢を果たせぬまま帰らぬ人となった。享年三十九。

父の死後、厦門と金門島に駐在していた息子・経が母・董夫人とともに台湾に渡り、父の台湾統治を継承し、名将・陳永華を参謀として内治に優れた実績を残すことになる。

鄭成功は後世台湾で国土開発の神様「開土王父」として台南市の廷平郡王祠に母・田川マツとともに祀られ、また中国でも偉大なる民族英雄として福建省厦門市の鼓浪嶼《クーランユー》に真っ白い、巨大な鄭成功の像が建てられ、両国で崇められている。このように台湾、中国双方から尊敬されている人物は鄭成功と孫文の他にはいない。この二人は、時代、状況が全く異なるとはいえ、いずれも清朝打倒のために活躍し、また田川福松という名を持つ鄭成功と中山樵《きこり》という名を持つ孫文、ともに日本で一時期を過ごし、なじみが深い点でも共通点があり、興味深い。鄭成功については日明のハーフとして、南海の快男児として、近松門左衛門の人形浄瑠璃『国性爺合戦』の他、数々の著作が出版され、人気を博している。

また鄭成功を偲んで、台湾では毎年四月二十九日に「復台記念式典」が台南市の廷平郡王祠で、また日本では毎年七月十四日に「鄭成功まつり」が平戸市川内町の鄭成功廟で、それぞれ日台双方から多くの関係者を集めて催行されている。

第七章　鄭成功以後の台湾

鄭成功の母・田川マツ

直樹とリサの交際は、あの阿里山の旅での出会いから半年が経っていた。日台明の稀代の英雄・鄭成功と母・田川マツという歴史上の人物が二人にとって共通の祖先という偶然も手伝って、二人の関係は、デートを重ねる中でぐっと親密さを増していた。

四月上旬の土曜日の昼下がり、高雄はもう初夏のような陽気に包まれ、家族連れも恋人たちもそんな陽気に誘われてピクニックやデートに出かけていた。

二人は、西子湾の一端をなし、緑の樹木に覆われた台湾の名門国立大学・中山大学のキャンパスにいた。リサが作ったサンドイッチの昼食を取った後、木陰の下の、芝生上に置かれたベンチに並んで座った。二人の視線の先には台湾海峡のブルーの海が果てしなく広がり、陽光を浴びてキラキラと輝いている。二人はしばらくこの光景をうっとりとして眺めていた……。

直樹はリサの横顔をチラッと盗み見た。その顔はまるで白磁彫刻のように整い、光り輝いていた。直樹は何か後ろめたいことをしたかのように少しドギマギした後、気を取り直すように咳払いしてから言った。

「リサ、この間いただいた鄭成功の本を読ませてもらったよ。長いものだったけど、実に面白くて一気に読んでしまったよ」

「あら、本当？　直樹さんからお褒めの言葉をいただいて、うれしいわ」

「いや、本当に面白かったよ。でも、あそこまでよく調べたね。感心したよ」

リサはクスッと笑って言った。

「そりゃそうよ、私のご先祖様ですもの。でも、本当は中国語版のほうはもっと詳しいのよ。やっぱりそれを短期間で日本語に翻訳するのは大変だから、あのダイジェスト版が精いっぱいね」

「あれでダイジェスト？　驚いた。いや、ダイジェスト版か知らないけど、あれだけで鄭成功のことが十分に理解できたよ。それにしても、鄭成功が三十九歳の若さで亡くなったなんて、残念だな。もう少し長生きしていれば、台湾でもっと素晴らしい功績を残せたはずなのに……」

「そうね、本当に惜しいわね……」

「ところで、リサ、一つ大きな疑問があるのだけど……」

「なに？」

「リサは、僕たちの大ばあちゃん、田川マツは医者の娘と書いていたけど、父親の七左衛門は松浦藩の武士だったという話もあるようだね。さらに言えば、明国出身の翁氏と日本人女性との間の実子あるいは養女だったという話も聞いたことがあって、何が真実なのかよく分からないなぁ。実際のところどうなのかな？」

「そうね、松浦藩士の娘という話も有名だけど、地元の平戸では他藩からやって来た漢方医という説が有力だと聞いているわ。それと、中国では、父親は明国福建省泉州からやって来た翁翌皇で、母親は田川姓の日本人だという説まであるわね。同様に、台湾でも翁氏の娘という説があったけど、私はこの翁説は誤りだと思うわ。平戸では村の有力な古老のことを『翁ツァン』と呼んで尊敬されていたそうよ。恐らく芝龍は自分の義父である田川七左衛門に敬意を表して『翁ツァン』と呼んでいたので、それがマツの父親は翁だと誤って広まったのだと思うわ。今では台湾では田川七左衛門の娘という見方が一般的ね。ちなみに、台南にある延平郡王祠の後殿に祀られた田川マツの位牌には〝翁太妃　本姓　田川氏之神位〟と刻印されているわね。やはりマツさんは田川氏の娘というのが正解ではないかしら」

「僕も同感だね。それとね、リサ、もう一つ尋ねたいのだけど……鄭芝龍と結婚したのは田川マツではなくて、〝伊東氏の娘〟あるいは〝伊東あさ〟だという説もあるけど、リサはどう思う？」

「本当に困ったことね。〝伊東〟説というのは、一八三一年に平戸藩士の守山正彝《まさのり》という人が藩の命によってまとめた『平藩語録・鄭氏兵話』という書物の中に表れる〝伊東氏女《むすめ》〟という記述が根拠になっていると思うわ。でも、どういう経緯か分からないけど、その二十五年後の一八五六年頃に、平戸藩第三十五代藩主・松浦熙《ひろむ》の命によって朝川善庵、次いで葉山高行（鎧軒）が地元の識者から聞き取り調査などを行い、藩として新しい見解をまとめたようなのね。その結果が『鄭成功碑銘』という三冊の書物にまとめられ、その一部が千里ヶ浜に鄭成功の功績を讃える石碑に刻まれているそうよ。内容が漢文で書かれていて、しかも古すぎて判読しづらいようだけど、一度訪れてみたいわ。

一八三一年の資料が二十五年後に改ざんされたということは、当時の人々が古い資料に誤りがあることを認識していた、というふうに取れるわね。そのミスの一つが〝伊東氏女〟で、これは〝田川氏女《むすめ》〟に書き改められた。それ以外にも福松、つまり、鄭成功が平戸から中国に渡った年齢が古い資料では数え十四歳としていたのを七歳に改めるなど、幾点か〝訂正〟されているようね」

「やっぱり、そうか。僕の父が言うには、伊東氏というのは田川家と縁続きで、かつて同じ川内浦に住んでいたようだね。恐らくその伊東家にマツと同じ年ごろの、〝あさ〟という名の娘がいて、これが誤って伝わったのではないかな」

「へ～、それは初耳だわ。良いことを教えてもらったわ……でも、伊東ではなく田川姓が正しいとしても〝田川氏女〟と記述しているだけで、〝田川マツ〟とは書いていないそうよ。私もいろいろと調べてみたけど、マツという名がどこから出てきたのか全く分からないのよ。一つだけ推測できるのは、父親・田川七左衛門の通称・松庵、とわが子の日本名・福松に共通して使用されている〝松〟から類推すると、やはり〝松《マツ》〟ではないかな、という気がするの。心もとない推測だけど……」

「ふ〜ん、やっぱりそうか……僕も学生の頃に一度父に尋ねたことがあるけど、リサと同じようなことを言ってたな。僕は不勉強だから、それっきりになってしまったけど……リサはすごいね！　よくそこまで調べたものだな。感心するよ」

「当たり前でしょ、私、歴史の勉強してるのだから。専攻は日本の近世史だけど、台湾、中国の歴史は私にとって当然歴史の基礎ですものね。ましてや、鄭成功、田川マツといったら私の祖先だから、調べるのにも力が入るわね。

でも鄭成功やその父・芝龍の関係資料はたくさんあるけど、田川マツに関する資料はほとんどなくて謎だらけなのよ。考えると、江戸時代以前って、女性は名前すら分からないっていうのが常識なのね。だいたい当時の家系図を見ても、女性は省かれているか、書かれていても〝だれそれの女《むすめ》〟程度の記載しかないものね……ほら、日本人なら誰でも知っている鎌倉時代の北条政子。この名前は、北条政子が晩年に時の天皇と対面して、位をもらう時に、政子と命名されたそうじゃない。だから、この名前は夫の源頼朝すら知らなかった、ということね。政子の家族でこの名前を知っていたとすれば、政子の次男・源実朝だけじゃないかしら。逆に言えば、源頼朝や実朝など政子の家族が知っている本当の名前を、私たち現代人は誰も知らないのよ。他にも、例えば、紫式部や清少納言といった歴史上の女性の本当の名前を私たちは誰も知らないわね。

これって、現代風に言えば、個人情報みたいなもので、女性にとって本当の名前が世間に知れ渡るというのは自分の裸が衆目に晒されるのと同じくらい恥ずかしいことだった、というじゃないですか？　男性なら冠や烏帽子を取られるのが恥だったと聞いたわ。本当かな？　って疑ったけど、実際に、男性が博打をしている中世日本の絵画を見たことがあって、そこには男性が賭けに負けてお金も着物も身ぐるみ剥がれて全裸にされてしまったけど、冠だけはしっかりと頭に被っている、という場面が描かれていたわ。その時は思わず笑ってしまったわね。昔の人の感覚と現代人の感覚は随分と違うものね……。

あらっ、話が脱線してしまって、ごめんなさい。結局のところ田川マツさんについてはいろいろと調べてみたけど、残念ながらよく分からない、というのが現状ね。でも私は、やっぱり、この人は田川七左衛門という漢方医の娘で、名前がマツ、だと信じているわ」

「僕も田川マツに違いないと思っているよ。それと、マツさんについて印象に残っているのは、彼女が鄭芝龍に嫁ぐにあたって平戸の殿様・松浦隆信公が自分の母堂である松東院のもとで花嫁修業させたことだね。普通お殿様がこんなことをするなんてあり得ないことだと思うよ。よほど芝龍を可愛がっていたのだろうね。もちろん殿様への多額の献金もあったのだと思うけど、芝龍の個人的魅力もあったのだろうね。それと、マツさんを大層気に入ったのではないかな。とにかく自分の母親のもとに預けるくらいだからね。

彼女が最後にああいう形で自害に追い込まれたのは残念だし、本当に悲しいことだけど、恐らく松東院のもとで花嫁修業をするうちに日本の女性として自害する覚悟と所作を学んだのだと思うね」

「そうね。まったく同感だわ」

「ところで、鄭成功は三十九歳の若さで亡くなった後、息子の鄭経が台湾統治を引き継いだって言ってたけど、その後どうなったのかな？　鄭氏一族による台湾統治の後、清朝が日清戦争で日本に敗れて割譲するまで長く統治していた、ということぐらいしか知らないけど……」

「そうね、それじゃあ、鄭成功以後の台湾について少しお話しするわね。でも、私の話は清朝時代までよ。その後の日本統治時代は私もあまり詳しいわけじゃないから、直樹さん、自分で調べてちょうだい。日本にはこの時代の書物がたくさん出版されているようだし、台湾でもこの時代の講演会が多く開かれるようだから……」

「分かった。やはり日本時代も興味があるから、自分なりに調べてみるよ。この辺りはうちの会社の田中総経理が詳しくて、飲みに行った時なんか時々話に出るからな」

「あ、そう。それはいいわね。面白い話があれば、私にも聞かせてちょうだい」
とリサは言って、鄭成功以後の台湾について直樹に語った。その内容は、次のようであった。

鄭成功以後の鄭氏政権

鄭成功が亡くなった時、息子の鄭経は母・董夫人とともに厦門にいた。一六六四年一月に台湾に移ると、鄭経は清朝に対し「東寧を建国する」と宣言し、台湾を独立国家として清朝に対抗する姿勢を示したのである。

彼は台湾の統治を強固にするのは経済力であると考え、父・鄭成功以来の名将・陳永華とともにその強化に乗り出した。その第一は、鄭成功の時代から進めてきた屯田制度による継続的な農地開発である。開墾の持続的な努力により台南の承天府（赤嵌地区）と安平鎮の周辺に限られていた開拓地が南北に大きく広がっていった。これらの開拓の名残として台南では林鳳営、新営、高雄では左営、前鎮などの地区がある。

台湾の経済力向上のために農地開拓とともに両輪の一つとなるのが鄭芝龍、鄭成功と受け継がれてきた対外貿易である。鄭経は台湾への移動によって厦門の拠点を失ったが、大陸の南部沿岸地方の将兵などを買収して密貿易の形で大陸各地との取引を続けた。同時に、日本や呂宋《ルソン》（フィリピン）などとの交易も積極的に行った。

一六七三年、呉三桂などもと明朝の武将たちが清朝に対して起こした反乱（三藩の乱）に乗じて、鄭経は大陸に侵攻した。しかし、清朝との戦いに敗れ、台湾に戻るが、一六八一年に亡くなった。その前年に、鄭経を支えてきた名参謀・陳永華が内部対抗勢力の謀略によって失脚の末、死去。後継者問題で内紛が続き、その心労から病死したのである。奇しくも父・鄭成功と同じ三十九歳の若さだった。

一六八三年、鄭成功のもと盟友で成功との確執から清朝に寝返った施琅《シロウ》率いる清軍が、鄭氏政権内の内紛に乗じて鄭氏一族を攻めた。勝ち目はないと悟った鄭氏一族は清朝に降伏し、ここに二十三年に及ぶ鄭氏の台湾統治が幕を閉じた。

鄭氏一族を打ち破り、台南に上陸した施琅は、かつての盟友・鄭成功の廟を訪れ、跪いて号泣したという。些細なことから不本意にも袂を分かつことになったとはいえ、三歳近く年下の、この不世出の英傑に敬慕の念すら抱いていたのである。

鄭氏一族は降伏後、北京に送られたが、処刑された曽祖父の鄭芝龍と異なり、清朝から丁重な処遇を受けたという。清朝の中には鄭氏一族を残らず殺害すべきとの強硬論もあったが、施琅がこれに強く反対し、最後は康煕《こうき》帝が助命の断を下したのである。

清朝による台湾統治

一六八三年に清朝は鄭氏政権を打ち破って台湾を統治し、以後日清戦争で敗れて日本に割譲するまで二百十二年にわたり台湾を支配した。しかし、台湾に対する清朝の姿勢は一貫して冷淡だった。明時代と同様に、清朝にとっても、台湾は海賊、盗賊、また首狩り族などが跋扈《ばっこ》する恐怖の巣窟であり、またマラリアや赤痢など風土病が蔓延する、不毛の地であった。従って、台湾を抱え込むことは無益どころか、有害ですらあるとする見方が一般的だった。

このような事情から清朝が台湾に対してとった基本政策は、同地の開発を進めるというような前向きな姿勢よりも、自分たちに歯向かう敵対勢力や治安を乱すような勢力が台湾に巣くうのを防ぐということであった。そのため清朝は十万人以上移住していた漢人を大陸に強制移住させるとともに、台湾への渡航を厳しく制限した。特に広東省を海賊の巣窟と見なした清朝は同省出身の客家《はっか》に対しては台湾への渡航を禁止するという厳しい処置を取った。今日、台湾において広東省出身者が福建省出身者よりも少数であり、また居住地域も桃園、新竹、苗栗や美濃（高雄市郊外）など限定的なのは、こういった歴史的背景による。

しかし、国の政策とは裏腹に、飢餓に苦しむ福建省や広東省の流民たちは、台湾海峡の荒波を乗り越え、沃野千里の、夢と希望に満ちた離島・台湾に次々と命懸けで渡って来た。台湾の農地開拓と農業振興は彼らの極限の努力で長期間にわたって徐々に進み、その開拓は北部に向かって広がっていった。

こうした漢人たちの開発は、清朝政府の政策とは関係なく、いわば個人ベースでゆっくりと進められたが、清朝が国家的な規模で台湾の国土開発に本気になって取り組んだ時期が一度だけある。時は清朝末期、台湾は、その領有をめぐる欧米列強の動き、そして明治維新以後に遅れて世界の舞台に姿を現した日本の脅威に晒されていた。

欧米列強の仲間入りを目指す日本は台湾への領土的野心を露わにし、一八七四年、台湾出兵を行った。この事態に危機感を抱いた清朝はようやく台湾の防衛力強化に乗り出し、さらにこれまで台湾の事業に消極的だった姿勢を一変し、積極的な台湾経営に方向転換を図った。

清朝が国家的事業として取り組んだのは長い清朝の歴史の中で初めてのことである。しかし、その国家的取り組みは遅きに失し、最初にして最後となった。

直樹からお返しの本

この頃、直樹の台湾生活は非常に充実したものだった。仕事は昨年五月に台湾製鉄から受注した熱延用加熱炉のほか、さまざまな営業活動で相変わらず多忙だったが、週末になるとリサとデートを重ねていた。彼らの話題は歴史であったり、今日の社会現象や暮らし、食べ物、今話題の本、さらに若者らしく日台両国のポップス、ファッション、アニメ、などさまざまなジャンルに及んだ。二人は時がたつのも忘れるほど会話に夢中になった。彼女から発せられる言葉ひとつひとつが刺激的であり、触発されるものだったが、そんなリサに対し愛しいという気持ちがなお一層深まった。それはリサにとっても同じ思いだった。

ある日二人は高雄の行きつけのカフェにいた。

「ねぇ、リサ、以前鄭成功の書物をまとめて僕に贈ってくれただろう。これはそのお返しだよ。もちろん内容は日本統治以後の歴史だけど。僕は歴史の中でも特に傑出した人物を中心に描いてみたんだ。残念ながら僕はリサと違って中国語はまだまだ不十分だから日本語で書いたけどね」

直樹はそう言いながら『近現代の台湾と日台の巨星たち』というタイトルのファイルをリサに渡した。

リサはそのファイルを受け取りながら目を輝かせた。

「わっ、うれしい。直樹さん、私のために書いてくれたのね。本当にありがとう。日本語の勉強にもなるし、頑張って読むわね」

日本の統治

一八九四年八月、朝鮮半島の権益をめぐって日清戦争が勃発。日本軍の勝利を受けて、翌年四月に結ばれた日清講和条約（下関条約）で、台湾と澎湖諸島が日本に割譲されることになった。

この下関条約の交渉時の様子について、司馬遼太郎は『街道をゆく』40「台湾紀行」で興味深いエピソードを紹介している。

『乃木は、明治二七、八年戦役（一八九四～九五）とよばれる日清戦争に旅団長として従軍した。戦争は、ごく短期間でおわった。

清国代表の李鴻章が下関にきて講和の交渉をし、台湾の割譲をふくめた諸条件をきめた。

李鴻章が、台湾について〝化外の地〟といったのは、このときである。

〝難治の地〟ともいった。治めがたい地というもので、大小の反乱がたえずくりかえされていた。

李鴻章が伊藤博文にいった表現では、「三年小反、五年大反」（三年に一度は小反乱、五年に一度は大反乱）というものだった。俚諺《りげん》のようである』

日本は台湾総督府を設立し、初代・樺山資紀（当時海軍大将）、第二代・桂太郎（当時陸軍中将）、第三代・乃木希典（当時陸軍中将）と次々に日本帝国軍のエースを台湾総督として投入した。しかし、彼らは任期中に台湾住民の抵抗活動、ゲリラ活動の鎮圧に追われる毎日で、本来の台湾統治とはほど遠いものだった。樺山は約一年で辞表を提出した。桂はわずか四カ月で辞表提出した。桂が台湾に滞在したのはたったの十日間だった。

乃木の在任期間は一年四カ月だった。彼は現地での反乱や風土病を恐れて単身で赴任することを考えていた。それを聞いた母親・寿子は、「上に立つ者がそんな及び腰でどうするのですか。それでは部下に示しがつかないではないですか。私は息子の側で死ねるのなら本望です」と一喝した。彼は母親を伴って赴任し、当初は台湾の統治に強い意欲を持っていたが、ゲリラ対応に追われる毎日の上に、母親をマラリアで亡くし、やる気をなくしてしまった。最後には「体調が悪い」だの「記憶力が鈍った」だのと言い訳を並べて、辞表を提出した。

結局、三人とも嫌気がさした挙げ句の辞任だったようだ。このような状況に至り、国内ではフランスに一億円（時価約二兆円）で台湾を売却しようという議論まで出る始末となった。

こういった事態となり、陸軍中将の児玉源太郎は腹をくくった。児玉は当時、陸軍のエース的存在であり、台湾に赴任するような状況ではなかったが、自分が総督として台湾に赴く以外にないと判断したのである。その代わり、彼は、日清戦争後の防疫事務で非凡な才能を見出し、全幅の信頼を寄せる部下を抜擢した。後藤新平である。当時後藤は内務省衛生局長として本国では欠かせない存在であり、彼の起用については時の桂首相も渋ったが、児玉は一歩も譲らなかった。そして、一八九八年三月、第四代総督・児玉源太郎と台湾総督府民政局長（のちに民政長官）・後藤新平のコンビによる台湾統治が始まるが、児玉は総督として一九〇六年四月まで八年余り在任中、本国で陸軍大臣、内務大臣、そして日露戦争勃発時には満州軍総参謀長などを歴任したため、実質的な台湾の統治は後藤新平によって遂行された。

「台湾近代化の父」後藤新平

児玉源太郎に見込まれた後藤は四十一歳の時、児玉とともに台湾に渡り、その類いまれな才能を発揮することになる。

元々医者であった後藤の信念は、生物学的な視点に基づく政策立案と実行である。彼の有名な言葉に、「ヒラメの目をタイの目にすることはできない」というのがあるが、これは彼の信念を比喩的に表現したものである。後藤曰く、

「タイの目は頭の両方にそれぞれ一つちゃんとついている。ところが、ヒラメの目は頭の片方だけに二つついている。これがおかしいからといってタイの目のようにつけ替える、というわけに

いかない。ヒラメの目は生物学上その必要があって、そうなっているのだ。これと同様に、台湾の制度や習慣などもそれ相応の経緯、事情があって現在のような形になっている。これを無理に変えようとすると大きな反発、摩擦を生むことになる。自分はまず台湾の実情、習慣などをつぶさに調査し、その上でその調査結果に基づいた政治を進める所存である」

彼はこのように述べ、台湾の制度、風習などを無視していきなり本国の制度を押し付けようとする動きに対して真っ向から反対したのである。

彼は台湾総督府に着任すると、その信念通り、まず台湾の人口や習慣、制度などを徹底的に調査し、その実情に基づき台湾統治の基本構想を練り上げ、その上で施策を進めたのである。

医者出身の後藤は、当時流行っていたコレラなどの伝染病は、熱帯地域で住宅が密集し、不潔な環境に置かれているのが原因と判断した上で、広い道路を作って日当たり、風通しを良くすることで問題の解決を図った。また当時流行っていたマラリアは、道路のあちらこちらに溜まっていた雨水に蚊が卵を産みつけ大量発生するのが原因と判断し、排水溝や上下水道の整備を進めた。

彼の活動は、こういった伝染病対策の他、経済活動の基盤をなす道路、鉄道、港湾や電気、水道などのインフラ整備、水利灌漑事業、米作やさとうきびの農業振興、など多岐にわたった。彼は、本土から優秀な人材を各分野から集め、こういった広範な分野の事業開発を推進した。

そういった本土の人材の中には、「台湾製糖の父」と称された新渡戸稲造や「台湾水道の父」浜野弥四郎などがいる。

後藤が在任中に果たした功績は計り知れないが、その中でも特筆すべき功績は、財政上日本に依存する体質であった台湾財政を日本から独立させ、独り立ちさせたことであった。

台湾を領有した当初、日本政府にとって大きな問題となっていたのは、台湾への財政支援のために日本の国庫から毎年一千万円以上もの金が投じられていたことである。当時のお金を時価換算すると一円でだいたい二万円だから、一千万円だと二千億円もの巨費が毎年台湾に投じられていたことになる。当時の日本の国家予算は約一億円と言われているので、そのうち約十分の一を台湾に毎年持っていかれたことになる。日本が近代国家として発展するために経済力強化やインフラ整備を進めなければならない上、世界の列強国に追いつくために軍備増強の必要性に迫られている時、台湾への巨額の投資はいかにも負担が大きすぎる。

こうした台湾の状況について、時の総理大臣・大隈重信は、「外国で募っている約四億円余りの公債から生ずる利子約四千万円を始終支払わねばならぬ上、台湾の費用まで一体何でまかなうのか、日本に金山があるわけではないのに……」、と大いに嘆き、着任したばかりの児玉新総督と後藤民政局長（のちに民政長官）の手腕に期待している。

後藤が台湾に着任した時、喫緊の課題は風土病の撲滅、土匪（ゲリラ）や原住民らの抵抗活動とともに阿片《アヘン》常習問題だった。

この問題について日本政府内では厳禁とすべきか否か激しい議論が交わされたが、そんな中、後藤は「漸禁論」を唱えた。つまりアヘンを徐々に減らしていく策だが、その手法としてアヘンの専売制を導入したのである。これは使用許可の通帳を所持したアヘン中毒患者に限定して指定業者から購入できるようにする制度で、販売価格は旧来に比べて相当高く設定された。この専売制度は大きな効果を発揮し、終戦時には台湾からアヘンが根絶されたばかりか、台湾に大きな利益をもたらしたのである。

この専売制度の対象はやがて塩、樟脳、タバコ、酒、マッチ、石油と広がり、その莫大な利益は台湾の財政を大いに潤わせることになる。

台湾の財政改善に大きく寄与したという点ではなんと言っても砂糖であった。

台湾を領有した当初、日本では砂糖の国内消費量の九十八パーセントを輸入に頼り、その年間輸入額はおよそ一千万円に上っていたという。これは当時日本から台湾に財政支援していた金額に相当する。ところが、後に後藤が招聘《しょうへい》した新渡戸稲造の貢献により台湾の製糖業は大きく発展し、ついには日本の輸入先が台湾に置き換わるまでに成長したのである。そして、砂糖から得られる利益は当初台湾の収入になっていたが、やがて日本の財源に切り替えられたのである。結局、日本は砂糖輸入で一千万円あった赤字を帳消しにするどころか、その分大きな利潤に転じたことになる。

後藤は、名伯楽・児玉総督の下に台湾で様々な事業を成し遂げ、台湾から離任する前年の一九〇五年には日本から台湾の財政独立を果たしたのである。結局、当時日本の植民地で財政独立を果たしたのは台湾のみである。

後藤は、児玉総督が一九〇六年二月に台湾総督を辞任してまもなく台湾を去り、その後、満州、大連、奉天に赴き、次々に都市の近代化を成し遂げ、「都市計画の父」と評されるようになった。彼の名声が高まると国内に呼び戻され、逓信大臣、内務大臣、外務大臣を歴任。一九二〇年、六十三歳の時に東京市長に就任し、当時旧態依然の城下町然とした東京を帝都東京にふさわしい改造計画を立案するが、その膨大な予算が批判を浴び、激しい反対にあって失意のうちに辞任した。

ところが、後藤が辞任してわずか四カ月後の一九二三年九月一日、関東大震災が発生し、東京は壊滅状態となった。ここに至って頼りになるのは、やはり後藤新平である。彼は再び日本政府から呼び出しを受け、内務大臣兼帝都復興院総裁として東京の復興に命をけずって取り組み、限られた予算で東京を復活させたのである。後藤新平は、帝都東京の復興と引き換えに、一九二九年没した。享年七十一。

後藤が残した遺産である「東京」は日本の首都として今も輝き続けている。

台湾で輝く日本の巨星たち

一九二九年四月、後藤は遊説のために岡山に向かう途中、列車内で脳溢血で倒れ、帰らぬ人となった。彼が死の間際に残した言葉がある。

「銭を残して死ぬ奴は下、事業を残して死ぬ奴は中、人を残して死ぬ奴は上だ」

彼はその言葉通り多くの人材、事業を台湾に残した。

「台湾製糖の父」新渡戸稲造、「台湾鉄道の父」長谷川謹介、「台湾水道の父」浜野弥四郎など。

浜野が台南で水道事業に取り組んでいる時、彼の部下に八田與一がいた。彼は任地・台南で嘉《か》南大圳《なんたいしゅう》の難工事を完成させた。この工事は、貯水量一・五億立方メートルの烏山頭《うさんとう》ダムを中心に、嘉南大平野一帯に細かく張り巡らせた水路を含む大規模な農水施設である。この事業によって、不毛の地であった十五万ヘクタールの平野全体に水が行き渡り、緑豊かな農作地帯へと変貌したのである。

一九四二年、八田は乗船した大洋丸が米軍の潜水艦によって魚雷攻撃を受けて沈没し、命を落とした。夫人は夫の後を追うように烏山頭ダムの放水口に投身自殺を図った。台湾の人々は口々に言う。

「蔣介石は死ぬまで中国大陸に目を向けていたが、八田夫妻は台湾を想って亡くなった。彼らこそ真の台湾人である」

後藤新平が去った後も多くの有能な人材が台湾に集い、それぞれの分野で優れた功績を残した。

「台湾の電力事業の父」松本幹一郎、「台湾米の生みの親」末永仁と磯永吉、「台湾紅茶の父」新井耕吉郎……。

そして、「近代的基隆港建設の父」松本虎太。

松本虎太が一九〇六年四月に台湾に渡った同じ年の十一月に後藤新平は台湾を去っているので、直接的な接点はないが、直樹にとって少し個人的な思い入れがある……。直樹の知人に伊藤幸恵という女性がいた。彼女は大阪大学経済学部を卒業した才媛であり、また色白の美人という、まさに才色兼備の女性であった。彼女にとって松本虎太は遠い昔の人ながら自慢の曽祖父であり、彼女からいろいろと興味あるエピソードを聞くことができた。

日本が台湾統治を始めた当初、台湾の港はどこも小型の船舶や漁船が利用できる程度の規模しかなかった。それは当時台湾有数の港といわれた基隆港も例外ではなかった。初代台湾総督の樺山資紀もその後の総督も基隆港の築港、整備は台湾の近代化には不可欠と認識していた。

松本虎太は一九〇六年、京都帝大土木工学科を卒業すると台湾に渡り、この年に始まった基隆港第二期工事に川上浩二郎のもとで取り組むことになった。その後、川上の後を継いだ松本は基隆港築港の所長として一九二七年から第三期、第四期の難工事を指揮し、一九三五年、完成させたのである。その結果、最高一万トン級の大型船舶が二十一隻も停泊できる岸壁やクレーン設備、倉庫を備えた、スケールの大きい近代的な港湾設備へと変貌を遂げることになる。この基隆港の完成によって大量の物資や人の移動が可能となり、台湾の発展に大きく寄与したことは言うまでもない。

この第三期工事が始まろうとしていた一九二〇年、一人の青年作家が台湾にやってきた。先に述べた佐藤春夫である。彼の言によれば、高雄（当時打狗）で歯科医院を開業したばかりの友人にせかされて故郷・新宮を同年六月二十三日か二十四日に出発し、門司港で乗船し、同年七月六日、基隆港に到着した。彼は台湾で三カ月余り滞在し、帰国した後、『女誡扇綺譚《じょかいせんきたん》』という奇妙なタイトルの台湾旅行小説を発表した。この小説の中で、彼は台南の市街から四〇分ほどかけて安平区に向かう途中、土か石になったつもりでトロッコで運ばれながら、辺り一面、田んぼとも沼ともつかないほどドロに埋まりつつある風景を眺めていた。

大正期の若き流行作家が描き出した台南の風景は、三年後の一九二三年に台南にやってきた松本虎太の目にも全く変わらなかった。基隆港の第二期工事を終えて二年半ほど欧米に留学した後、台湾総督府に命じられ台南にやって来た。ヘドロの堆積がひどく使用不能になっていた安平港と台南市内を結ぶ台南運河を正常な状態に戻すことが松本に課せられた使命だった。彼は一九二六年に新しい運河を建設し、さらに一九三六年には安平港の整備をやり遂げた。

一九四五年、日本の敗戦に伴って翌年初めにはほとんどの日本人が台湾から引き揚げたが、松本の帰国は一年余り遅れて一九四七年五月となった。松本は中華民国（国民党）政府にとって有益な人物であると判断され、「留用日僑」として台湾に留められたのである。同年二月、国民党政権の横暴、弾圧に反発した台湾住民（本省人）の抗議デモから発生した二・二八事件で台湾全島が騒然とする雰囲気の中で、政府としても松本をこれ以上留めておくことができないと判断した。

一九三七年に基隆港を見下ろす丘の上に、市民の寄付を募って建てられた松本記念館には、今も松本の功績を偲んで台湾各地から訪れる人々や日本人の姿が絶えない。

日本の敗戦～中華民国、そして台湾の時代へ

日本が第二次世界大戦で米国との戦争に突入し、米国の原爆投下で一九四五年八月十五日、日本が無条件降伏した経緯は周知の通りである。

台湾は、この一連の動きの中で否応なく戦時体制の日本の中に組み込まれ、終戦を迎えた。ここに五〇年に及ぶ日本の台湾統治に終止符が打たれることになる。

日本の敗戦、そして日本人の帰国と入れ替わりに、蔣介石の国民党軍が中国本土から陸軍大将・陳儀を先頭にやってきた。その時、台湾の民衆は彼らを「祖国解放」、「われらの同胞」として希望と喜びで迎えた。しかし、それが失望と憎しみに変わるのに時間がかからなかった。台湾の人々は、目の前で行進する国民党の軍隊を見て愕然とした。悪臭を放つようなヨレヨレの身なり、古びてさびついた軍備品やナベ、カマなど日用品の数々……しかも、その行進する姿は日本軍や中国共産党軍と戦って勝利したとはとても想像できない士気の低さだった。

台湾は中国の一部として「台湾省」となった。その下で国民党は、日本が残していった総督府など公共施設、民営企業他、莫大な資産を接収したが、その過程で彼らの多くは横領、着服して私腹を肥やした。また「外省人」と呼ばれる彼ら、国民党の人々が議会や官庁、公営、私営企業の重要ポストを独占したことも、当初から台湾に住む人々、いわゆる「本省人」の怒りを買うことになる。本省人たちは、「犬（日本人）去りて豚（中国人）来る」と嘆いた。つまり、「日本人はうるさく吠えるが番犬として役に立つ。しかし、中国人は貪欲で、汚いだけ」と国民党の外省人を蔑んだのである。

台湾の人々、つまり本省人が不満を募らせている中で二・二八事件が発生した。

一九四七年二月二七日の夕刻、台北の台湾人商店街で闇タバコ売りをしていた中年の台湾人女性が国民党の闇タバコ取り締まり隊に捕まり、銃で頭部を殴られ、所持していたタバコと現金を取り上げられた。これに抗議した台湾人（本省人）の一人が同隊の発砲で殺された。翌二十八日、本省人のデモ隊が行政長官公署前の広場に集まり抗議デモを行っていたところ憲兵隊がいきなり機関銃で群衆に向かって発砲し、数十人の死傷者を出す惨事となった。この事件がきっかけとなり、国民党、外省人に対する抗議活動が台湾全土に広がったのである。この騒動に対し、国民党による本省人への弾圧、虐殺が始まり、約三万人にのぼる本省人が犠牲となったといわれる。特に日本統治時代に高等教育を受けた本省人のエリート層に対する殺戮は、筆舌に尽くしがたい残虐さであった。これを「白色テロ」と言うが、本省人と外省人の根深い対立はここから始まった。

一方、中国大陸で毛沢東率いる中国共産党軍との国共内戦で一九四八年末の頃には敗色が濃くなっていた蔣介石の国民党軍は台湾に逃げ込み、一九四九年五月には台湾全土に戒厳令を敷いて武力による統治を始めた。この戒厳令は、その後一九八七年七月十五日に解除されるまで、実に四十年近く続くことになる。

ソ連、中国、そして北朝鮮と拡大する共産主義国家に脅威を感じた米国は、東アジアの共産化を恐れて蔣介石・国民党の台湾に対し巨額の経済援助、軍事支援を行った。このような米国の援助の下で台湾は近代工業化と輸出の振興に力を尽くし、大きな発展を遂げることになる。

一九七一年十月、共産党政権の中国に国連代表権が与えられ、国連を脱退した台湾は国際的に孤立するが、経済的には目覚ましい発展を持続していった。

日本人が忘れるべきでない台湾の巨人

今日の日本人がとっくの昔に忘れてしまったように思える「日本精神」を、現代社会においてこの人ほど体現した人はいないだろう。台湾の第四代総統・李登輝《リトウキ》である。

昔風に表現すれば六尺豊かな身長（約一・八メートル）、ガッチリとした体格、下あごが張って目鼻の造作が大きな顔立ちは、見るからに日本の古武士である。彼自身、学生時代に剣道に励み、こよなく愛した。そして、クリスチャンである彼は溢れるような情愛と知性だけではなく、ドロドロとした政治の世界で壮絶な戦いを勝ち抜いてきたしたたかさ、芯の強さを持ち合わせていた。

李登輝は一九二三年（大正一二年）、日本統治下の台北県三芝郷に生まれた、「岩里政男」という名の日本人だった。旧制台北高等学校を経て、京都帝大農学部農業経済学科に入学。在学中に学徒出陣し、一九四五年三月十日の東京大空襲では高射砲兵として米軍機B29を迎え撃ち、空爆によって命を落としかねない危険な体験もくぐり抜けてきた。二歳年上の兄・李登欽をフィリピンの前線で失っている。

こういった経歴から、李登輝は折に触れて、「自分は二十二歳まで日本人だった」と述べている。彼は若い頃には、『古事記』や『源氏物語』、『枕草子』、『平家物語』など日本の古典から西田幾太郎、和辻哲郎、福沢諭吉、夏目漱石の著作など、多岐にわたる日本の書物を読破していた。

一九九三年一月、司馬遼太郎が李登輝と官邸で初めて面会した時、司馬は李登輝に向かってうっかりと福沢諭吉の著作などを挙げながら、「私」と「公」についてうんちく話を垂れてしまった。司馬に対する李登輝の返事は次のような内容だった。

「シバさん、私は二十二歳まで日本人だったのですよ。二十二歳まで受けた教育は、まだのどもとまで━と右手を上にあげて━詰まっているんです」

李登輝は言う。

「思えば、一九八八年に初めて総統というこの国の最高権力者の座に就いた時から、私は一度として自分の権力に執着したことはありませんでした。頭の中にあったのは、ただ〝国のため〟〝国民のため〟ということでした」

そう言えば、台湾出身で日本に帰化した評論家の金美齢氏は、李登輝について、「（李登輝である）私は〝私〟でない私」と評していた。李登輝は私心を捨て公人として国家、国民に尽くしたのである。

また司馬遼太郎は『台湾紀行』（朝日文庫）の中で次のようなことも述べている。

『一九九〇年、李登輝は第八代総統に選出され、二年後の一九九二年、年頭の祝辞で、最優先課題として憲政を改革したい、と演説した。法でおさめる、ということと同義語である。

台湾では、政府も議会も司法関係も、それに軍も、重職を占めている人はほとんど大陸からやってきた人達であった。かれらは、たがいに連繋し、結束していた。

李登輝さんは、かれらをどう説得したのだろう。このひとには駆け引き屋（ネゴシエーター）の要素はなさそうである。

あるのは、あふるるような情と知性だが、おそらく国家への愛と相手の立場への同情というものをもって、説きに説いたかとおもわれる』

司馬は同書の中で次のようなことも述べている。

『（一九九三年一月の訪問に続いて）四月の初めに台湾を再訪した。

なによりもおどろいたのは、台湾の政界の様相が一変していたことである。

最大の変化は、大陸系の政客である行政院長（首相）郝柏村《カクハンソン》氏が一月末に辞意を表明したことであった。二月に入って、本島人（ただし母親は大陸出身）の連戰氏（五十六歳）が、首相になった。大陸系の天下だった台湾の政界としては、驚天動地の変化である。……

どうも李登輝さんは、（先の訪問の）一月と二月はこのことで多忙だったのに相違ない。

それにしても前首相の郝柏村氏は大陸系の政界の重鎮である。写真で見る風貌はいかにも剛愎そうである。

そのような人物を、あの〝旧制高校生〟で〝牧師〟然とした李登輝さんが、どのようにして身を引かせるべく口説いたのか、想像しかねた。

あるいは、相手の愛国心に訴えたのかもしれない。

さらに想像すれば、……本島人の首相就任が、百万言を費やすよりも国民の心底にひびき、かつ国民的元気をふるいおこすもとにもなる、といったようなことを、剥きだしの誠実さで説いたのではないか。

もしそうなら、それを受け容れた郝柏村氏も、たいしたものである。公とは、そういうことでもある』

しかし、政界での李登輝の一連の動きをつぶさに見ると、司馬遼太郎が指摘したような愛とか同情とか誠実さといったような生易しいものではない世界が見えてくる。それは、あくなき権力欲、合従連衡、裏切り、陰謀、血の粛清、といったような、中華四千年の歴史の中で培われた、生き馬の目を抜くとまで言われる凄まじい権力闘争なのである。

李登輝は、一九四五年八月、日本の敗戦に伴って、否応なく日本人としての経歴を終えることになる。彼は翌年台湾に戻り、台湾大学やアメリカ留学で農業政策を学んだ後、一九七一年、蒋介石の長男で、時の総統・蒋経国《ショウケイコク》に台湾の農業問題について報告したことがきっかけで総統に見込まれ、国民党に入党した。翌年には行政院の政務委員（国務大臣）に抜擢され、本格的な政治の世界に足を踏み入れることになる。

その後、李登輝は、台北市長、副総統などを歴任した後、一九八八年一月、蒋経国の死去に伴って第四代中華民国総統、そして国民党主席の座に就いた。

しかし、国民党政権下において本省人（台湾人）である李登輝の権力基盤は弱かった。国家権力の要である政府（行政院）、党、軍の実権はそれぞれ兪国華《ユコクカ》、李煥《リカン》、郝柏村といった外省人の国民党重鎮が握っていたのである。彼らは李登輝を傀儡《かいらい》として国家権力を握り続けるつもりだったが、李登輝にそのつもりはなく、ここから激しい権力闘争が始まる。

李登輝が権力闘争で最も有効に用いた手法は、国民党内のライバル同士を勢力争いさせるように仕向けて一方を失脚させることだった。一九八九年、彼はまず政府の要である行政院長の兪国華と党の要である党秘書長の李煥を争わせて兪国華を失脚させ、行政院長の後任に李煥を当てた。次に、李煥と蒋介石の次男・蔣緯国に副総統の座を争わせた挙句、その席に任命したのは李登輝が信頼する総統府秘書長の李元簇だった。この人事に反発した李煥を行政院長から更迭したほか、党保守層の勢力をそぐことに心を砕いた。李登輝がこの権力闘争を通じて腐心したのは、政治改革に期待を寄せるマスコミ、世論を味方につけ、自らの立場を優位にすることだった。

これら一連の政争と並行して手を打ったのが軍参謀総長・郝柏村の追い落としである。李登輝は彼を国防部長（国防大臣）に任命することによって行政院の中に取り込み、軍の直接指揮から引き離した。そして、李煥の更迭後、行政院長の後任に郝柏村を指名し、一見反動的と思える人事に世間をあっと言わせた。李登輝の深謀遠慮の総仕上げとして、当時国民の人気をバックに勢力を増してきている民進党と手を結び、保守派の最後の砦となった郝柏村の失脚を図り、一九九三年、同氏の内閣を総辞職に追い込んだのである。後任の行政院長には腹心の連戦を起用した。

こうして、四年に及ぶ権力闘争の末に李登輝体制が確立することになる。

それにしても、学者で、敬虔なクリスチャンである李登輝がなぜそこまで壮絶な権力闘争に明け暮れ、国家権力の掌握に走ったのか？

かつて台湾で白色テロが吹き荒れ、国民党政権は、日本語を話す台湾人の知識層や学生に対し、「国家転覆を謀った」などと濡れ衣を着せて投獄、虐殺した。その犠牲者となった数は今もって不明ながら約三万人に及ぶといわれる。

そうした状況下で、戦前日本の影響を強く受けた李登輝も当然ながら秘密警察から狙われることになる。幸いにも彼は知人の米蔵に匿われ、無事に生き延びることができた。後年、彼はその時の世の中の様子について次のように述懐している。

「国家権力の魔手がいつ自分の身に及ぶかと恐れ、二十年もの間、夜もろくろく眠れなかった。

我々の子孫を二度とこんな目に遭わせたくない。この国を、安心して眠れる国にしたい」

この思いこそが国家権力の奪取へのあくなき執着の源となり、それによって平和で自由な民主的国家を実現しようとする強固な意志となって現れたのである。まさに「私」を捨てて公人に徹した李登輝の生き様であった。

李登輝は総統の任期中にさまざまな台湾民主化の改革に取り組んだ。

政治犯に対する特赦、戒厳体制の完全解除、憲法改正、終身制に近い「万年議員」の一掃、内乱罪の廃止と思想、言論の自由の保障。その結果、台湾から政治犯の存在がなくなり、「政治犯の存在は民主国家の恥」という李登輝の政治信念が実現した。さらに、立法委員（国会議員）百六十一議席の直接選挙で民進党は五十二議席を取る大躍進を果たした。

一九九六年、民主化の総仕上げとなる初の総統直接選挙が実施され、李登輝が過半数の得票数を得て当選した。この選挙は、中国からミサイル発射実験の脅しにさらされる中で行われたもので、かえって台湾国民の結束と李登輝への支持を強める結果となった。

李登輝が民主化の一環として力を入れたのは教育改革である。国民党一党独裁の当時、歴史、地理の教育は全て中国大陸を対象としたものであり、台湾の歴史、地理が顧みられることはなかった。また、日本統治時代を全て否定した反日教育が貫かれた。李登輝はこの教育を全面的に改め、歴史、地理は台湾を対象とした内容とし、また日本関係では戦前の教育制度やインフラ建設、産業の振興など日本の功績、遺産も取り入れた内容に変更した。こうした彼の努力が今日、台湾人が日本、日本人に対して好感を持つ一因となっている。この点は、徹底した反日教育を今日も続ける中国、北朝鮮、そして韓国とは一線を画すものである。

李登輝は政界を引退後、次のように述懐している。

「生涯をかけて台湾の民主化を大きく進展させることができたのは、私にとって最大の誇りだと思っている」

直樹が高雄に駐在したばかりの頃、高雄で李登輝の講演会に参加する貴重な機会に恵まれた。会場内の聴衆はほとんど日本人だった。九二歳という高齢の李登輝がスタッフに脇を抱きかかえられて登壇する姿は弱々しかったが、それでも彼の全盛期の威厳が感じられた。彼は、「日本人がかつて持っていた日本精神（台湾語でリップン・チェンシン）を今の日本人はどこに置き忘れてきたのか。日本人よ、しっかりせよ」と叱咤した。これは日本統治時代に台湾人が日本人から学んだ、勇気、誠実、勤勉、奉公、自己犠牲、責任感、清潔といった諸々の美点を指す言葉である。直樹が驚いたことに、弱々しい姿とは裏腹に彼から発せられる声はことのほか大きくて張りがあり、厳しかった。しかし日本人に向けられる彼の目は暖かくて、愛情に満ちている、と直樹は感じた。

自由・民主の西側諸国と世界の覇権を狙う中国とのはざまで

二〇〇〇年三月に実施された二回目の総統直接選挙は台湾民主化の進展を強く印象づけるものとなった。李登輝は当初よりこの選挙には出馬しないと表明していたので、国民党は副総統の連戦を総統候補に指名した。一方、多くの市民や学生に支持されて勢力を拡大していた民進党は前台北市長の陳水扁を擁立した。これに国民党の有力者だった宋楚瑜が同党を離党して出馬し、三者が争う形となったが、結局、民進党の陳水扁が勝利し、初の政権交代となった。国民党の敗因は、連戦と宋楚瑜が国民党の票を奪い合う形になったことが大きいが、より本質的な敗因は、民主化という時代の波に乗った民進党の勢いに抗えなかったことにある。李登輝はこの年、敗戦の責任をとり、国民党主席を辞任した。

急進的な台湾化を目指す民進党の陳水扁政権は、二〇〇四年の総統選挙では辛うじて国民党に勝利したものの、中国との関係悪化に加えて、身内のスキャンダルも発生して民衆の支持を失い、二〇〇八年三月の総統選挙で国民党の馬英九に敗れ、下野した。

政権の座に返り咲いた国民党の馬英九政権は徹底して中国寄りの姿勢をとった。まず中国側とＥＣＦＡ（両岸経済協力枠組協議）を結んで中台間のモノの交流を強化し、さらに「両岸サービス貿易協定」を結んで、ヒト、サービスの分野にまで踏み込んだ中台交流の実現を目指した。急速に中国に接近する馬英九政権に危機感を抱いた学生たちは「ひまわり学生運動」を始め、ついに二〇一四年三月、学生たちが突如立法院になだれ込み占拠する事態となった。

このような政治的混乱の中で、二〇一六年総統選挙が実施され、民進党の蔡英文が国民党に圧勝して政権の座に返り咲いたのである。

蔡英文政権は、馬英九政権の中国重視政策から転換し、米国、日本、そして東南アジアの国々との関係強化に舵を切ったのである。このような政策変更に反発した中国の習近平政権は経済、外交面であらゆる手段を使って国際的に台湾の孤立化、排除を画策し、また国際的な非難もかまわず台湾民衆を恐怖に陥れるような軍事威嚇を繰り返している。

忙中閑有り。日曜の昼下がり、直樹は中央公園にある池のほとりで一人ベンチに腰をかけ、家族連れや恋人たちの楽しそうな光景をぼんやりと眺めていた。ここで時を過ごしていると台湾海峡の緊張も世の中の喧騒も遠い別世界のことのようである。

直樹はふと手元の本を思い出し、ページを開いた。リサが書いた鄭成功の本を改めて読み始めた。リサとの交際をきっかけに台湾の歴史を詳しく調べ始め、その歴史を通して日本との結びつきを実感するほどに台湾という国に愛情を強く感じるようになった。とりわけ田川マツ、福松こと鄭成功、マーヤー遠き昔に自分と血を分けた人々。そして今、愛しい人—鄭美玲、リサ……。

第八章　愛の誓い

深まる愛情

台湾南部に位置する高雄は五月に入ると、真っ青な空に太陽がカッと照りつけて真夏のような暑さだった。直樹とリサは久しぶりに西子湾から中山大学のキャンパスを訪れた。この頃にはキャンパスは鮮やかな木々の緑に覆われ、眼前に広がる台湾海峡のコバルトブルーと溶け合い、一つの芸術作品のように見事な風景を描き出していた。

二人は暑さを避けてクーラーが効いている大学のカフェに入った。ここの大学生や留学生たちがコーヒーを飲みながら楽しそうに語り合っている。二人は窓際の席に座り、アイスコーヒーを注文した。

「先日直樹さんから頂いた台湾近現代の本、日本語なのでリサには少し難解だったけど、なんとか読み通したわ。なかなか面白かったわ。特に台湾の歴史上の人物には興味が惹かれたわね。ほとんどの人は知ってるけど、松本虎太という人は、『基隆港近代化の父』という程度の知識しかなかったから勉強になったわ」

「ありがとう。リサからそう言ってもらえるとうれしいよ。以前リサが僕のために鄭成功の本を日本語で書いてくれたお返しだよ。あの本はリサの愛情がいっぱい詰まっているようで、うれしかったよ」

「あらっ、私の愛情が直樹さんに伝わったかしら？」

リサは冗談っぽく笑いながら小さなテーブル越しに直樹の手にそっと手を重ねた。リサの瞳は優しい笑みを浮かべ、きらきらと輝いて見えた。

直樹は白くてほっそり伸びた手を握り返しながら自分の気持ちを率直に伝えた。

「リサにそう言ってもらうと努力して書いた甲斐があったね。何事も知れば知るほど好きになるものだね。リサのおかげで台湾のことを知るほどに台湾への愛情がなお一層深くなったよ」

「あらっ、愛情が深くなったのはリサではなくて、台湾？」

リサが冗談っぽく言うと直樹はあわてて手を振りながら自分の気持ちを率直に伝えた。

「もちろん台湾は大好きだけど、その台湾に住んでいるリサをもっと好きだよ」

「はっはっは、妙な表現ね」

二人は明るく笑った。直樹はリサを一段と愛おしく感じ、一刻でも長く彼女と一緒にいたいという思いが強くなった。

プロポーズ

六月末の夕暮れ時、直樹とリサは台南にある夕暮れ公園の浜辺で並んで佇んでいた。彼らの視線の先には、その公園の名前にふさわしく台湾海峡の大海に沈みゆく美しい夕日があった。二人はいつしか恋人のように手をしっかりと握り合っていた。

「美しい。リサのように神々しいまでの美しさだ」

「あらっ、直樹さん、お上手」

「いや、僕は真面目だ……」

「ありがとう。でも直樹さんも素敵よ」

「本当？　リサからそう言ってもらうと、うれしいね」

二人は浜辺に置かれたベンチに腰をかけた。

辺りは少し暗さを増し、その夕闇の静けさの中でさざ波の音だけが一定のリズムで聞こえてきた。遠くのほうで何軒かのお店の灯りがともり、ぼんやりと辺りを照らすのみである。

二人は先ほどまで他愛のない会話を続けていたが、急に押し黙ってしまった。リサが直樹の体に身を寄せて密着し、肩に寄りかかった。薄化粧したリサから清らかな女の香りとともに、ほっそりとした体の温かさが直樹に伝わってくる。直樹は一瞬ドキッとしてリサをチラッと見た。リサは何事もなかったようにぼんやりと遠くのほうを眺めている。直樹がふと辺りを見渡すと、所々で恋人たちが楽しそうに話し合ったり、抱き合ってキスに夢中になったりしているカップルもあった。

直樹の胸はドキドキと高鳴った。が、意を決したようにリサを強く抱きしめ、覆いかぶさるようにしてリサの唇を求めた。若い二人は抱き合って幾度となく激しいキスを重ねた。

「リサ、好きです。僕と結婚して」

「うれしい、直樹さん……」

二人が台南の小さな駅に戻ってきた時には、夜九時半を回っていた。直樹は、明朝本社の出張者三人を伴って客先との重要な会議が予定されており、どうしても今夜中に高雄に戻らねばならない。高雄行きの自強號を待つ間、直樹はリサと手を固く握り合って別れを惜しんだ。

二人の将来計画

台南の高級ホテルにある洒落た喫茶室。店内には静かなクラッシック音楽が流れ、落ち着いた雰囲気に包まれていた。土曜日の午後二時というのに店内には直樹とリサ以外には一組の客しかいない。

「私、あれからいろいろと考えたの。正直な気持ち、リサは直樹さんを本当に愛しているわ。これは本当よ。でも結婚するとなれば、いろいろと考えてしまうわね……実は……私、うっかり直樹さんのことを母に電話で話してしまったの。そしたら、母がびっくりしてそのまま父に報告してしまったようなのね。翌晩父から電話がかかってきて、いろいろと詰問されたわ。直樹さんの人となりに始まって、大学院の進学をどうするのだとか、具体的に将来どうしたいのだとか……」

「それはご両親が心配されるのも無理はないね。その点は申し訳なく思っている。それに、リサにも辛い思いをさせたね……」

「いいえ、私が悪いのよ。直樹さんが謝ることではないわ」

リサは慌てて手を振り、話を続けた。

「両親には直樹さんに対する率直な私の気持ちを伝えたわ。いろいろと悩んだけど、その純粋な気持ちを大切にして考えたら、私の迷いは吹っ切れたの。結婚は来年、つまり二〇一七年六月の大学卒業まで待ってもらって、その後は直樹さんの転勤時期次第ね。結婚後も二年間台湾駐在なら成功大学の大学院に進学するわ。仮に来年にも帰国するというのなら日本の大学院に入って研究を続けたいと思っているの。父にそんな話をしたら、いい加減な気持ちで結婚など考えるなとすごい剣幕で叱られたけど、でもこれが私の正直な気持ちよ」

「そこまで僕との将来を考えてくれてありがとう。リサの気持ちが身にしみるほどうれしいよ。僕の気持ちもリサと全く同じだね。実は僕もあれからいろいろと考えてみたんだ。もちろんリサのご両親に納得してもらうのが前提だけど、結婚の時期についてはリサが来年九月に大学院に進学した後、少し落ち着いたタイミングが良いのではないかな？」

直樹はコーヒーを一口飲んだ後、さらに話を続けた。

「実は僕の駐在期間についてははっきりしていなかったので、うちの田中総経理、そして大阪本社の人事部と話し合ったんだ。台湾側の繁忙状態を考えると来年僕が帰国するというような状況でないことは明らかだね。本社側でいろいろと配慮してもらった結果、帰国は三年後の二〇一九年六月末に決まったんだ。そこで、ここからは僕の考えだけど、リサはどう思うかな？」

直樹はそう言いながら二人の将来プランを描いたメモをリサに手渡した。

「リサとの将来計画」（二〇一六年七月時点）

二〇一七年六月　リサ、成功大学卒業

二〇一七年九月　成功大学の大学院に入学（二〇一九年六月まで二年間）

二〇一八年春　結婚

二〇一九年六月　直樹帰国、住居など新生活の準備

二〇一九年八月　リサ、大学院卒業後、日本へ

リサが目を輝かせてそのメモを見入っている間に直樹は話を続けた。

「それと、リサが来日後も日本史を勉強したいだろうと思って、先走りだけど、少し動いてみたんだ。ほらっ、以前リサに紹介したことがあるよね？　松本虎太の曽孫に当たる伊藤幸恵という人。彼女によれば、母校の大阪大学が台湾から多くの留学生を受け入れているので計画が具体化したらサポートしてあげても良いと言ってくれたんだ」

「直樹さん、私たちの将来のことをそこまで考えてくれていたのね。機会があれば伊藤さんにリサからのお礼の気持ちを伝えておいて欲しいわ。父はまだ私たちの結婚には賛成していないけど、将来計画をしっかり説明すればきっと理解してくれるはずよ」

「是非そう願いたいね。リサ、近いうちにご両親にお目にかかって結婚のお許しを得たいのだけど、日時を決めてくれるかな？」

「お仕事忙しいのに悪いわね。それでは早いうちにセットするわね」

「二人の将来の問題だから当然だよ。よろしく頼むよ」

台北～リサの実家を訪ねて

直樹は夏休みで大阪に一時帰国するに先立って、リサの実家を訪問するために久し振りに一泊二日の予定で台北を訪れることになった。今夜の宿泊は台北林森ホテルを予定している。このホテルは台北の中心地・中山区にあって交通の便も良い上、宿泊費もリーズナブルなので、台北出張時にはいつも利用している。また日本語が通じ、日本スタイルのサービスも心地よい。

台北には出張で幾度か訪れたが、この街はいつ来ても魅力を感じさせる。さすが一国の首都らしく堂々として威厳がある一方、なぜか人をワクワクさせるような楽しさをいっぱい詰め込んだような街である。

台北市内の主要道路はほとんど四車線以上で広々としており、道路の両側に植えられた緑豊かな街路樹は道行く人々の心を和ませてくれる。

中でも台北の中心地となる中山区は直樹のお気に入りである。台北を南北に走る中山北路と東西に走る南京東路が交差する辺りが台北の中心地で、この界隈には台北晶華酒店（リージェント台北）や大倉久和大飯店（オークラプレステージ台北）などの高級ホテル、三越デパート、レストラン、ブティックなど、いずれも一流名店が軒を連ねている。

直樹が定宿とする台北林森ホテルは中山北路と並行して南北に伸びる林森北路沿いにある。道路は中山北路と違って二車線しかなく、その道路沿いには小さなレストランや土産物店などが雑多に並び、下町らしい雰囲気の賑やかさである。ここは日本統治時代には大正町と呼ばれ、日本人が多く住む地域だった。そういえば日本風の瓦葺《ぶ》きの民家が今も点在し、その名残を感じさせる。林森北路と南京東路のコーナーにあって、広々とした林森公園は市民の憩いの場だが、この公園はかつて日本人墓地であり、マラリアで亡くなった乃木将軍の母堂・寿子もここに葬られた。

公園を左手に見ながら林森北路を下り、南京東路との交差点を渡ると、すぐ近くに台北一、と言うより台湾一の歓楽街に行き着く。この辺り一帯は細い路地が網の目のように広がり、その各路地には日本式のスナックやクラブなどがひしめき合っている。直樹も本社から出張者が来ると、必ず一晩は付き合わされた。ここでは日本語が完璧に通じるので、日本人の駐在員や旅行客にとってはまさに

中山北路の界隈

ひと時の癒やしの場といえる。

ウナギの名店「肥前屋」、また台湾料理の「梅子」や「青葉」もこの界隈にあり、直樹は台北出張時には宿泊ホテルから近いこともあり、たびたび利用している。

直樹は今朝九時三十五分、左営駅発の台湾高鉄（台湾新幹線）で台北に向かった。乗車時間は約二時間で、台北駅には十一時三十三分に到着する。左営駅は高雄市の郊外にあり、高雄市内とは地下鉄ＭＲＴで結ばれているので便利である。

台北駅の地下にある新幹線駅の改札口にはリサが迎えに来てくれていた。台北駅は、地下鉄はもとより新幹線も在来線も改札口、ホーム、電車などすべて地下にあるという珍しい駅舎である。リサは直樹を見つけると破顔一笑して大きく手を振り、改札口を出てきた直樹に抱きついた。

「お疲れ様。早速だけど、これから駅の二階にあるレストラン街で簡単に昼食をすませましょ。天母の実家は一時半に着けばよいから十分間に合うわ。母は直樹さんを迎えるのに応接室を掃除したり、整理したり、今朝からそわそわしてるし、父も少しむすっとした顔で落ち着かない様子だったわ」

「ご両親に気を使わせて申し訳ないね」

「ううん、そんなことないわよ。それより直樹さんこそ今朝早く高雄を発って疲れてるんじゃやないかしら？」

「僕は大丈夫だよ、ご心配なく」

二人は簡単に昼食をすませた後、珍しくリサが運転する車で彼女の実家に向かい、予定通りの時間に到着した。今日直樹はリサの両親に彼女との結婚をきっぱりと申し入れることにしているが、道中やはり緊張していた。

彼女の実家は台北の北部郊外の天母にあった。天母といえば台北でも屈指の高級住宅街で、台湾人の金持ちだけでなく、日本人はじめ外国人も多く住む地区である。彼女の実家は庭つきの瀟《しょう》洒《しゃ》な二階建ての洋館だった。

「いらっしゃいませ」

リサの母親が玄関先でにこやかに出迎えてくれた。見るから優しそうな小柄な女性である。リサと同じようにきれいな日本語を話した。広々とした応接室に案内されると、父親がソファから立ち上がって直樹を出迎えた。父親の表情は硬かったが、直樹と握手を交わした時には表情を少しほころばせた。長身で色白の整った父親の顔を見た瞬間、直樹はリサと瓜二つだと感じた。

直樹とリサの両親は型通り挨拶を交わした後、思い思いに会話を始めた。

彼らの関心事はやはり直樹の会社、仕事、高雄での生活ぶりや彼の家族のこと、そして鄭成功こと田川福松や母・マツなど田川家とのつながりなど、台湾人特有の遠慮のなさで根掘り葉掘り尋ねられた。直樹は、矢継ぎ早の質問にも率直に答えた

少し会話が途切れたところで、直樹は軽く咳払いをした後、背筋を真っ直ぐに伸ばし、両親に向かってきっぱりと言った。

「私はリサさんを深く愛しています。リサさんと結婚したいと思っています。お父さん、お母さん、是非お許しください」

直樹はそう言って深々と頭を下げた。

リサの父は、彼の傍らに座っている夫人から中国語に通訳されるのを目を閉じて聞き入った後、おもむろに話し始めた。

「田川さん、ご承知の通り、リサはまだ学生の身です。しかも、大学を卒業後も成功大学の大学院に入って日本史の勉強を続けるつもりでいることは貴方もご存じのはずです。今後貴方はリサとどうしたいと思っているのですか？」

リサの父親が発する言葉も視線も冷たく感じられたが、直樹は臆することなく彼を直視して先日リサに話した計画について誠実に説明した。

直樹の話をじっと聞いていた父親は急にリサの方に顔を向け、少し厳しい表情で問い直した。

「リサ、田川さんから二人の将来計画について話を伺ったが、それは単にスケジュールだけの話

だ。お前はまだ歴史研究を続ける身だ。私の理解では、日本の男性は家事も子育ても全て妻に押し付けて、料理も必ず妻が作るよう要求するそうじゃないか。お前は学問と家事を両立させる自信があるのか？」

「お父さん、それは違うわ。直樹さんはそんな人じゃない。家事はお互いに手分けしてやろうと言ってくれているわ」

「男性は結婚前にはいつもそんな甘い話をするんだよ。田川さんだって仕事が非常に忙しいというじゃないか。家事などできるわけがないだろ」

父娘の口論を傍らで聞いていた直樹はたまらずに割って入った。

「お父さん、最近は日本の男性もずいぶん変わってきています。私は、結婚すればお互いの人格を認め合い、いたわりあうことが大事だと思っています。家事についても男女等しく分担すべきです。また私は台湾の外食の習慣になじんでいます。なにも無理して料理をしなくても時間に余裕がないときには外食で十分です」

三人の熱い議論に黙って耳を傾けていたリサの母親は穏やかな口調で取りなした。

「まぁまぁ皆さん、大変熱くなってきたわね。この話はリサにとっても我が家にとっても大事な問題だから、もう少し時間をかけて考えてみることにしましょう」

父がなおも話を続けようとするのを毅然と制止した。やはりリサの母親も台湾の女性だと直樹は妙に感心した。

「うん、分かった。今日はここら辺で止めることにしよう。ただあと一点だけ田川さんにお尋ねしたい。田川さんのご両親はリサとの結婚についてどのように考えておられるのですか？」

「こちらにお邪魔する前に両親に国際電話しました。幸いなことに両親は基本的に子供の自主性に任せる方針ですから私が決めたことに反対はありませんでした。それどころか、リサさんが鄭成功の子孫だと知ると非常に驚き、なんと奇遇だ、お嬢さんと早くお目にかかりたいと喜び、またご家族とも親しく接したいと申しておりました。うちの両親はリサさんに会う前から歓迎ムードといった感じです」

「そうですか、それはありがたい話です。ご両親にお会いする機会があればいいですね」

直樹がリサの実家を辞した時には夕方になっていた。

台北地下鉄ＭＲＴの最寄り駅までリサに車で送ってもらったが、二人は押し黙り車内は重苦しい雰囲気だった。

「直樹さんを悪い気分にさせてごめんなさい」

駅の前でリサは涙声でそうつぶやいた。

「リサ、気にしなくてもいいよ。ご両親に必ず納得してもらうから……」

直樹はリサにそう言いながらそっとリサの髪を撫で軽くキスを交わした。

直樹はホテルに帰ってからも気分が重かった。リサの両親との会話の中で不信感を与えるようなことを言ってしまったのではないか？　悪い印象を与えるようなことをしてしまったのだろうか？……。

台北の街巡り

翌日の昼前、二人は直樹の宿泊ホテルのロビーで会った。

「どうしたんだ？　今朝はずいぶんと機嫌が良さそうじゃないか？」

驚いたことにリサの表情は昨日と打って変わって晴れやかだった。

「直樹さん、良いお知らせよ！　父も母も直樹さんとの結婚に賛成してくれたのよ！」

「えっ、本当？　昨日はお父さんから厳しいことを言われたからもうダメかな、と思っていたんだよ。ホテルに帰ってからも悪い想像ばかりして落ち込んでしまってね、昨夜はあまり眠れなかったよ。でも、ご両親はどうして僕たちの結婚を認めてくれたのかな？」

「ごめんなさいね、ご心配をかけてしまって……実は直樹さんを駅まで見送った後、両親と家族会議を開いたのよ。三人とも話に夢中になって、気が付いたら深夜一時を過ぎていたわ」

「へー、そんなに遅くまで？　それで、どういう話だったの？」

「実は父は二人の将来計画よりもむしろ直樹さんの人となり？　……人柄、を見たかったらしくて、時にはあえて詰問したり、厳しく言ったりして直樹さんを試したみたい。ごめんなさいね。父もその点直樹さんには失礼なことを言ったので謝っておいて欲しい、と伝言されたわ」

「いや、謝るなんて、とんでもない」

「父も母も直樹さんを非常に気に入ったみたいで、さすが田川マツ、鄭成功の血を引くお人だ、鄭成功の再来だ、といって喜んでいたわ。リサはいい人を見つけたって。母ったら、リサは将来『田川理沙』と改名して、マツさんの流れにも入るんだ、と言ってはしゃいでいたわ。母は、台湾と違って日本は夫婦別姓ではない、ってことを知ってるのよ」

「改名については申し訳ないけど、夫婦別姓の問題は僕にはどうにもならないからね……それにしても、ご両親からそこまでお褒めいただいてうれしいね、ご両親のご期待に添うよう今後ますます精進しなくちゃ……それで、僕たちの将来計画については何かお話されていなかった？」

「父は、お前たちはもう立派な大人なのだから将来のことはお前たちに任せる、と言ってくれたけど、直樹さんが今後三年間台湾に駐在すると聞いて少しほっとしていたわ。母の話では、父は娘を取られる寂しさ、というか、戸惑いもあるのじゃないか、って……あっ、そうそう、忘れかけていた。父は今日お客様と接待ゴルフがあるので都合つかないけど近いうちに直樹さんを昼食か夕食に招きたいと言っていたわ。都合つけていただける？」

「それはうれしいね。週末なら僕はいつでも都合つけるから、日時が決まれば僕に連絡してくれたらいいよ」

二人はホテルでしばらく話し合った後、台北１０１ビルの地下一階にある鼎泰豊に向かった。

台北１０１は言わずと知れた台北のランドマーク。高さ五百八メートル、地上百一階の、竹を模したデザインが珍しい超高層ビルである。この界隈は信義区と呼ばれ、近年台湾政府が積極的に都市開発を進めた結果、今や台北の顔とも言うべきセンターエリアに変貌している。この地区には世界貿易センターや国際会議センターなどの公共施設やグランドハイアット台北などの超高級ホテル、三越デパート系列の巨大な新光三越百貨、大型ショッピングモールや一流レストラン、ブティックが集まり一大観光名所ともなっている。

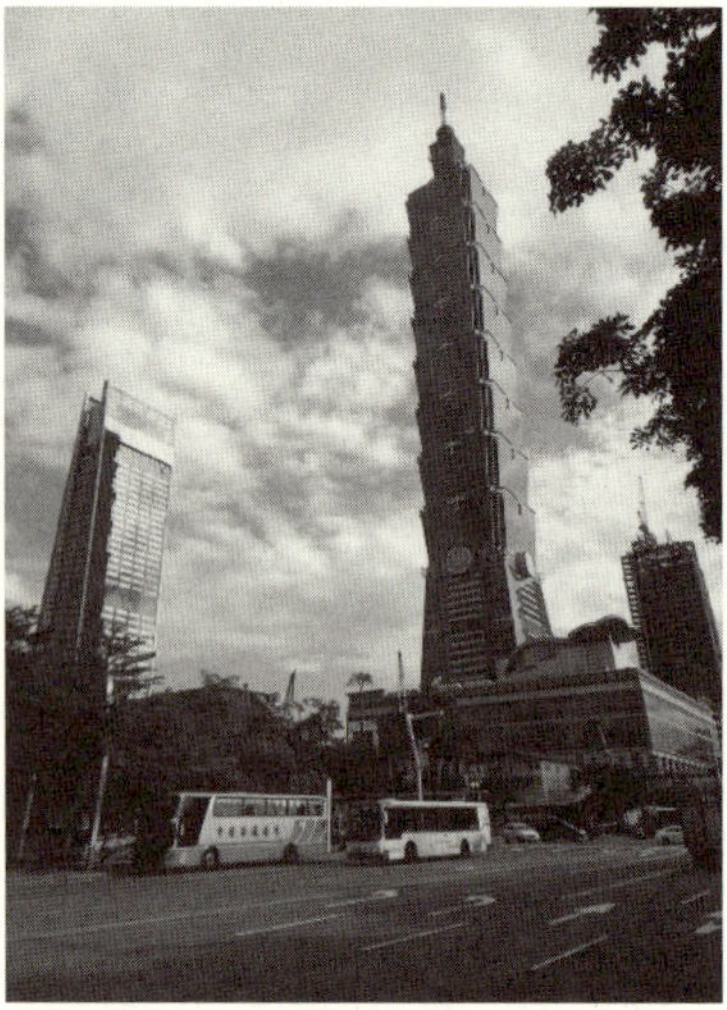
台北101ビル

鼎泰豊での昼食は直樹の希望だった。鼎泰豊は台北、高雄や台中など台湾の各主要都市の他、日本、米国他各国で展開する世界的な台湾のレストランである。特に日本人客に人気で、若い女性の台湾弾丸旅行になると、桃園国際空港に着いてすぐに故宮に直行して三大至宝と言われる肉形石、翠玉白菜、九層象牙球などを駆け足で見学し、鼎泰豊で名物の小籠包とチャーハンを食べて、その後はエステやマッサージをして、翌日には空港でパック入り台湾茶、パイナップルケーキ、ドライマンゴーといった定番の台湾お土産を買いこんで帰るという、なんとも忙しい一泊二日の旅もあるという。

直樹とリサは夕方の台湾高鉄（新幹線）でそれぞれ高雄と台南に戻るが、それまでに少し時間があるので総統府を見学することにした。直樹は故宮、中正紀念堂、国父紀念館、龍山寺、士林夜市など数多くある台北の名所の中でも、総統府とその周辺の官庁街をブラブラ散策するのが好きである。

日本統治時代の一九一九年に台湾総督府として建てられた、この建物は、現在は台湾総統府として使用され、蔣介石から蔡英文に至る歴代台湾総統が執務している。また諸外国の賓客を迎賓する、いわば台湾の応接室でもある。

高さ六十メートルのタワーを中央にして左右対称に伸びる、全長一二八メートル（非公表のため推定）の、五階建ての建築は圧倒的な威容を誇る。またその特徴である赤レンガと白色の花崗岩を組み合わせた外観は荘厳な芸術作品でもある。そして、この総統府の威厳を引き立たせているのが、この建物の真正面に向かって真っすぐに走る、驚くほどに広々とした大通り「凱達格蘭《ケタガラン》大道」である。ここは両側十車線もある圧巻の大通りであり、この道路に面した二二八和平公園辺りから眺める総統府の威風堂々とした姿は、まさにSNS映えするスポットである。

この凱達格蘭《ケタガラン》という一風変わった名前は、昔台北付近に住んでいた原住民「ケタガラン族」に由来している。この道路は、元々国民党が蔣介石の長寿を祈願して「介寿路」と称していたが、民進党の第五代総統・陳水扁が台北市長に在任中に凱達格蘭大道に改称したのである。

二二八和平公園は、一九四七年の二・二八事件発生時に民衆がラジオ放送で台湾全土に向けて抗議デモへの参加を呼びかけた地として知られる。

直樹がリサと一緒に台北駅から台湾高鉄（新幹

台湾総統府　全景

線）に乗車し、台南駅で先に下車するリサとひと時の別れを惜しみ、終着駅・高雄の左営駅に着いた時には、辺りはすっかり暗くなっていた。

結婚の了解

それから半月後、直樹はリサの両親と再び会い、リサとの結婚が正式に認められた。今度は台北市内の高級ホテルにある中華料理店で、両親が二人のために広い、落ち着いた雰囲気の個室を予約してくれていた。直樹には普段縁のない高級料理店である。リサの父も前回と打って変わって始終顔をほころばせて上機嫌であり、その場は和気あいあいとして和やかな雰囲気だった。

「初次見面《チュウーツーチエンミエン》（はじめまして）！」

「彼此彼此《ピーツーピーツー》（こちらこそ）！」

今回初めて同席した高三の妹と中二の弟は、姉の将来の婿殿となる日本人の直樹に興味津々だった。

直樹は八月中旬に夏休みを取って一時帰郷すること、その際に鄭成功の故郷である平戸に立ち寄るつもりであることをリサの両親に伝え、その際にリサを同伴し、大阪の両親に紹介したいと願い出た。リサの両親は大いに喜び、リサの同行を了承するとともに大阪のご両親によろしくお伝えくださいと直樹に頼んだ。

終章　平戸にて

遠き故郷への旅

「アテンション　プリーズ！　アテンション　プリーズ！　……」

ここ福岡国際空港は、行き交う旅行客と、時折流れる空港アナウンスで華やいだ旅のムードが漂っていた。

直樹は到着ロビーの一番前で先ほどからリサの到着を心待ちしていた。台北発の中華航空便の乗客が次々と出口ゲートから出てきた。最後尾近くにようやくリサが、鮮やかな朱色の大きなトランクを押しながら姿を現した。上下純白の、涼やかなリネンのワンピースを身にまとい、ライトブルーのリュックを背負い、白いキャンバスのスニーカー姿がいかにも軽やかである。リサは、大勢の出迎え客の最前列に立って笑顔で大きく手を振る直樹を見つけると、美しい顔に大きな笑みを浮かべて一瞬立ち止まり、大きく手を振り返した。そして、もどかしそうに急ぎ足で駆け寄ると直樹の胸に飛び込んだ。

「直樹さん、ありがとう、うれしい！」

「リサ、僕こそうれしいよ。疲れてない？」

直樹はリサからトランクを受け取りながら、優しくねぎらいの言葉をかけた。

「いいえ、大丈夫よ。それより、直樹さんと二人で遠いおじいちゃん（鄭成功）、おばあちゃん（田川マツ）のふるさとにお参りに行けると思うと、胸がワクワクするわ！」

リサは昨夜台北の実家に泊まり、翌朝早く桃園国際空港発の中華航空で来日したので、直樹は、そのまま平戸まで直行するのはリサにとって少し無理があると考え、博多で一泊することにした。

翌朝、二人は博多から伊万里まで高速バスで、伊万里からは松浦鉄道に乗り換えて終点まで行くと、そこは「たびら平戸口」の駅だった。ひなびた、小さな駅である。駅を出ると、その脇に「日本最西端の駅」と刻まれた石碑が目についた。そうなのだ、ここから先は平戸瀬戸の海で隔てられ、その西方に位置する平戸島には鉄道は通っていないのだ。平戸島に渡るには一九七七年に開通した、全長六六五メートルの平戸大橋を車で通らねばならない。

この小さな駅の前にはホテル西海の送迎車が先ほどから二人を待っていた。

「運転手さん、先ほど目についた石碑には昭和三十七年秋　田平《たびら》町って刻まれていたけど、ここは平戸市ではないのですか？」

「仰る通り、現在は平戸市の一部です。でも以前、田平は独立した一つの町でした。平戸も過疎化が進みましてね、田平町も平戸の一部に組み入れて、なんとか市として維持しているような状態なのですよ」

日焼けした、人の好さそうな中年の運転手が、クセのない標準語で平戸の事情を説明した。

「失礼ですけど、運転手さん、地元の言葉ではないですね？　こちらの方ですか？」

「えぇ、元々平戸の出身ですが、若い時に東京のほうに就職しましてね。数年前にこちらに戻ってきたのですよ。平戸の訛りは少し残っていると思うのですが……」

運転手は苦笑いしながら説明した。この地方にも少子高齢化の波が押し寄せている上に、数少ない若者たちは地元での就職口が少ないことと都会への憧れからこの町を離れていき、地方の過疎化に拍車をかけているようだ。都会に出て行った若者は自分のように地元に戻ってくる人は少ない、と言う。

「お二人はこちらに観光でこられたのですか？」

「えぇ、観光なんですが、この町の英雄・鄭成功ゆかりの地を巡りたいと思いまして……」

「へー、そうですか、それは珍しいですね。最近は地元の人でも若い人は鄭成功のことを知っている人は少ないですよ。こんな笑い話があるんです。若い人に鄭成功について知っているか尋ねると、皆首をひねるばかり、ところが、一人の若い女性が、私、知ってます、と元気よく答えたというのですね。その答えとはなんと、鄭成功《テイセイコウ》とは確か競馬の名馬ハイセイコーの子供だったと思います！　と。この話を聞いて、ずっこけましたね！」

直樹とリサは大笑いしたが、地元の若い人たちが自分たちの祖先と縁遠くなっているのかと思うと、少し残念な気もした。

「ところで、お客さん、ご存じかもしれませんが、うちのホテルの近くの浜辺に鄭成功児誕石といって、鄭成功の生誕の地がありますよ」

「ええ、知ってます。いったんホテルにチェックインした後、そこを訪れようと思っています」

「そうですか。それはいいですね。お客さん、平戸のことをいろいろと知りたいのなら、村の古老を紹介しますよ。私の叔父なんですが、平戸のことなら何でも知ってますよ」

運転手の提案に二人は心を動かされ、翌日午前にその古老との面談をお願いした。リサは直樹の手を握り、笑みを浮かべて運転手との会話を聞いていた。

運転手と話をしている間に、平戸島に渡る平戸大橋が見えてきた。橋の下は青々として、流れの速い平戸瀬戸の海が広がっていた。その大橋を渡ってまもなく平戸の中心街に入った。少し走った所にレンタカーの店があり、直樹とリサは運転手に丁寧にお礼を述べて車を降りた。

平戸の島内はバスがあまり走っておらず、各地を巡るには不便なので、レンタカーを借りて鄭成功ゆかりの地を巡る予定である。ホテルは二泊三日を予定しており、ゆっくりと気ままに過ごすつもりであった。

鄭成功誕生の地

直樹とリサが宿泊するホテル西海にチェックインした後、真っ先に訪れたのが、千里ヶ浜の一角にある「鄭成功児誕石」、つまり鄭成功、幼名・田川福松が誕生した地である。平戸の旅で二人には外せない場所だった。ホテルから徒歩でも行ける便利な場所にあったが、何よりも先に自分たちの遠い祖先の起源となる地にただ佇んで当時を偲んでみたかったのである。

母・田川マツが千里ヶ浜で貝拾いに夢中になっている最中に産気づき、浜の一角にあった岩陰に身をゆだねて鄭成功を出産したというエピソードだが、現在高さ一メートル強、幅二メートルくらいのその岩塊を守るように、多くの石が取り囲んで円形状に積み上げられていた。

二人は田川マツと福松誕生時の情景を思い浮かべながら、マツと福松を守ってくれた岩塊を愛おしむように撫でさすった。

古老の話

運転手の叔父さんという村の古老の家を二人が訪ねたのは、翌朝のことである。運転手と同じように人の好さそうな七十代後半の古老は、若い二人を応接室に招き入れ、お茶のサービスまでしてくれた。直樹が恐縮しながら古老に重ねてお礼を述べると、妻に先立たれ自分は独り身になって毎日退屈だから若い人と話をすると生き返ると言って、逆にお礼を返された。

「平戸は朝廷、皇室とも深かつながりのある、古か歴史のある島ばってん、ご存じやろか？」

「皇室と深いつながり？　いいえ、初めて聞きました」

「そぎゃんたいな。まず日本の歴史ば遠くさかのぼって、この『やまとの国』の誕生してほどなか日本創世期の頃、第十二代景光天皇のこの地ばご巡幸された話や、あの神功皇后の『三韓征伐』にまつわる話の『日本書紀』の中に登場するとたい。平戸はそぎゃん古か歴史ば持った所たい。

そいと、平戸といえば松浦《まつら》のお殿様。この松浦家の家系ば辿っていくと、その起源となる人は第五十二代嵯峨天皇に行き着くとたいな。この嵯峨天皇の皇子の臣籍降下、つまり皇籍を離脱して臣下に下るとばってん、その時に誕生したとが『嵯峨源氏』。その嵯峨源氏の流ればくむとが松浦家というわけたい。この源氏姓には嵯峨源氏以外にも多か系統の存在するとばってん、一番有名かとが清和源氏たいな。知っちょるやろうばってん、鎌倉幕府ば作った源頼朝、そいと真偽のほどはわからんばってん、徳川家康も清和源氏の新田流って称しとる」

そこで古老はいったん口をつぐんだ。だが、直樹とリサが興味深く聞いているのを知って、さらに続けた。

「話の少し脱線したばってん、平戸ん殿様・松浦氏は、先ん話したごと、平安時代ん朝廷につながきゃっとる由緒んある家柄たい。源平最後ん決戦の壇ノ浦ん戦いや蒙古襲来ん時にゃ参戦ばして活躍しとった記録の残っとるとたい。戦国時代ん入ゃってから勢力ば伸ばして戦国大名んなっとると。

江戸時代んな松浦家は平戸藩六万三千石ば拝領して、五代将軍家綱ん時分から幕府内でん重用しゃれて大きに栄えるっちゅうことになるとたい。

この平戸藩の第九代藩主が松浦静山っていうお殿様で、そのお殿様には第十一女で愛子様っちゅうお姫様のおらした。その愛子様の大納言・中山忠能《ただやす》っていうお公家さんに嫁いで、授かった御子が慶子《よしこ》様たい。その慶子様の孝明天皇に嫁いで、授かった御子が明治天皇っていうわけたい。説明の少しややこしゅうなったばってん、要するに、愛子様は明治天皇の祖母っちゅうことたいな」

「愛子様？　現在の天皇のご長女・愛子様と同じお名前ですね」

　直樹が言った。

「うん、そぎゃんたい。まぁ、そいはたまたま同じお名前っちゅうことじゃろばってん、平戸の人間にとっては親近感の湧くお名前たいな」

　古老は自慢げに、平戸と朝廷、皇室の関係について長々と話をした。古老はお茶を一服した後、若い二人に冊子を手渡した。

「この冊子は平戸市の編集したもんで、『史とロマンの島 平戸』っちゅう本たい。これから私の話しばすることは大方この冊子の中で紹介されとるけん、後で読んだらよかばい」

　古老はこのように断った上で、平戸について話を始めた……。


　平戸は長崎県の北西部に位置する緑豊かな島で、眼前に青々と広がる海に宝石のように散りばめられた緑の島々が一望できる。ここ平戸は五島列島や九十九島とともに西海国立公園の一部を成す風光明媚な島である。

　平戸は、地政学的に言って、日本と中国、朝鮮、台湾、南洋諸国との間を往来する人々にとって、いわば玄関口となり、古来非常に栄えた島である。

　平安時代のはじめ、遣唐使たちは平戸から中国・唐に向けて命懸けの船出をしていった。そのうちの一人が弘法大師空海で、船出の時、運悪く強風のため平戸北端の田ノ浦に滞在して風が止むのを待ったという。この田ノ浦は冷泉が湧き出る温泉地と知られているが、神がかりの五感を持つ博覧強記の空海がこの冷泉を見逃すはずがなく、この冷泉を楽しんだのではないかと古代ロマンの夢が広がる。

宗教といえば、鎌倉時代、日本で最初の禅宗となる臨済宗を開いた栄西も平戸の地を踏んでいる。一一九一年七月、宋で禅の修行を終えた栄西は平戸北部の古江湾に面する葦浦に上陸し、富春庵を結び、日本で最初に禅の教えを行ったという。この時、宋から持ち帰った茶の種を同庵の裏山にまき、日本で初めて茶畑を開いた。栄西は同地で製茶、喫茶の方法を広めたといわれる。

時代が下って戦国期、戦に明け暮れる世に南方から新しい風が吹いてきた。十五世紀末ポルトガル、スペインによる世界大航海時代の幕明けからほどなくして、ポルトガル人たちがインド、マラッカ、中国マカオを経て日本にやってきたのである。彼らはその途中で台湾を発見し、"Ilha Formosa"（麗しき島）と感嘆したという。このポルトガル人たちに船と船員を提供して平戸まで導き、平戸藩藩主の松浦隆信（道可公）に引き合わせたのが、明国人の海商・王直である。当時海禁政策を取っていた明国から一五四〇年、五島列島に本拠地を移して各国との交易で活躍していたところを、道可公隆信から声がかかり一五四二年平戸に本拠を移した。彼は道可公隆信から目をかけられて勝尾岳の東麓に広大な敷地を与えられ、そこに唐風の豪邸（印山寺屋敷）を築いた。彼は一五五七年明国の謀略によって帰国したところを捕らえられ、殺害されるまで十五年間この屋敷を根城にして倭寇の頭目となり、巨万の富を築いた。

平戸を本拠とした活躍、そして平戸に最初にポルトガル人を引き込んだ功績により、その後スペイン、オランダ、イギリスの平戸来航に道筋をつけたという点で、王直は平戸の繁栄のみならず日本の南蛮貿易、南蛮文化の導入の立て役者といっても過言ではない。

平戸では最終的にオランダが最大の勢力を誇り、平戸港沿いに壮大な商館、倉庫群を築いて繁栄を極めるが、江戸幕府による鎖国政策のもとで、一六四一年には平戸のオランダ商館は閉鎖されて長崎の出島に移転させられた。その結果、西の都とも称されるほど隆盛をきわめた平戸は急速に衰退していくことになる。

この平戸の町には、王直以降も、平戸出身で、日明混血の英雄・鄭成功、一五五〇年平戸でキリスト教の布教活動を行ったフランシスコ・ザビエル、徳川家康の外交顧問として活躍し、晩年平戸に移り住んだ三浦按針ことイギリス人ウイリアム・アダムス、一八五〇年平戸に遊学した吉田松陰などなど、歴史上に燦然と輝くヒーローたちが集まってきたのである。

鄭成功ゆかりの地巡り

二人が古老宅を辞した後、向かったのは鄭成功児誕石の場所から車で五分程度走ったところにある、川内《かわち》の村である。昔この村は、平戸の中心街にある平戸港の副港として賑わった。

平戸港は、平戸の殿様・松浦家の屋敷を中心に広がる城下町と一体化し、水上交通の要衝として栄えた貿易港であるが、他方、水深が浅く、平戸瀬戸の流れが速いという難点があった。そこで明国人たちは、大型船がそのまま着岸できる川内港に入り、そこで荷揚げをする一方、必要に応じ船の修理もここで行っていた。こうしたことから川内の村には多くの明国人が住みついた。この川内に「明の川内地区」という、人家のまばらな地域がある。ここの地名は「あけのかわち」と呼ばれているが、昔恐らく明国人たちが多く住んでいた地区で、鄭成功の父・鄭芝龍も独身時代にこの地区で暮らしていたのではないだろうか。田川マツは、地区は違うが同じ川内村に住んでいたので、二人が巡り合うチャンスは高かっただろう。

直樹とリサは、鄭芝龍が田川マツとの結婚を機に移り住んだ場所を訪れた。その屋敷は喜相院《きそういん》と呼ばれていた。鄭芝龍をひいきにして可愛がっていた平戸の殿様・松浦宗陽公隆信が彼らの結婚のお祝いとして広大な土地を下賜したものである。その土地に芝龍が築いた二階建ての豪奢な中華風館が喜相院である。田川福松こと鄭成功は七歳で明国に旅立つまで父・鄭芝龍、母・田川マツとここで過ごした。今はその喜相院の館はなく、また館の目先に広がっていたという海は埋められて遠のき、そこに国道三八三号線が走り、多くの人家が軒を連ねている。

田川マツ、福松の像の前に立つ福松手植えのナギの木（元喜相院にて）

この喜相院の一角に現在鄭成功記念館が建っている。奥まった庭園には福松と、彼の肩に優しくそっと手を置いた母・田川マツの母子像が立っていた。その傍らには天に向かって真っすぐに立った、緑豊かな一本のナギの木が目についた。福松が七歳で平戸を発つ前に、母・田川マツ、祖父・田川七左衛門と一緒に植えた記念樹である。福松の、その後の活躍を表すように立派に成長していた。直樹とリサは、その樹を愛おしむように撫でながら感慨にふけった。

しばらくして、直樹はおもむろに口を開いた。

「ねぇ、リサ、僕の直樹という名前の由来、わかるかな？」

「えっ？　どんな由来？」

「父が直樹と命名したのだけど、実はその由来はこの樹なんだ。父が、福松のように真っすぐに育って、将来社会で役に立つ立派な人になるようにという願いを込めて直樹と命名したそうなんだ」

「へー、そうなんだぁ……」

「残念ながら、父の期待に添うような立派な人ではないけどね……」

「そんなことないわよ、直樹さんは立派な人よ！」

「ありがとう、お世辞でも、リサからそう言ってもらえるとうれしいよ」

「お世辞なんかじゃないわよ、本当よ！」

リサはむきになって答えた。


次に彼らが向かった先は、鄭成功廟である。川内浦の北東部にある岬の小高い丘を登ったところに、樹木に覆われた小さな公園があり、廟はその一角にあった。この廟は、二人が二度目のデートで台南に行った時に訪れた「延平郡王祠」から一九六二年に鄭成功の分霊を受け、丸山と呼ばれる、この丘の上に祀られたという。鄭成功の像は鮮やかな朱色の鳥居をくぐって奥まった祠の中央部に威風堂々と鎮座していた。直樹とリサは、この威厳のある、遠い昔の祖先に深い畏敬の念を禁じ得ず、手を合わせ深々と頭を下げた。

この丸山と呼ばれる一帯は人家もまばらで寂しいところだが、平戸がかつて「西の都」と称されるほどに国際貿易都市として栄え華やかなりし頃、この一帯は遊郭が建ち並び、地元衆だけでなく明国やオランダなどからやって来た男たちで賑わっていたという。しかし、一六四一年平戸のオランダ商館が閉鎖されて長崎の出島に移転すると、繁栄を極めた平戸が急速に衰退し、その遊郭も閉鎖されて長崎に移ってしまった。平戸に由来する長崎の丸山は、日本でも有数の歓楽街として現在も賑わいを見せている。

直樹とリサは、川内峠の木陰に立っていた。

ここは標高約二七〇メートルのところに広がる草原である。西海国立公園の中でも屈指の景勝地として特別地区にも指定されている、その眺望は二人に深い感動を与えた。二人がここを訪れた日は運よく絶好の日和で、眼前に緑の生月島がくっきりと見え、そして青々とした玄界灘が広がっていた。また南東には九十九島、東には松浦半島から北九州の山々、そして北方には度島、的山大島、さらに遠く壱岐や対馬もぼんやりと見えた。

二人は、田川マツと福松こと鄭成功が眺めたに違いない、この素晴らしい景色に感動してしばらく立ちつくしていた。清々しい夏のそよ風が二人をそっと包む。リサの肩に優しく手を回していた直樹はやがて彼女を抱き寄せ、口づけを交わした。

「いつかこの地を訪れようと思っていたけど、その夢をこうして直樹さんと一緒に叶えることができるなんて、リサ、本当に幸せ……」
「同感だね。それにしても不思議だね。鄭芝龍、田川マツ、鄭成功から四百年の時を経て、今僕たち子孫がこの地に立っているのだからね……」

……鄭芝龍と田川マツの出会い、千里が浜で下り龍とともに福松の誕生、福松手植えのナギの木、七歳で明国への旅立ち、父母との悲劇の別れ、抗清復明の戦い、台湾統一……それから四百年、走馬灯の如く二人の脳裏を駆け巡った……。

二人は翌朝再びホテル近くの千里ヶ浜を訪れ、「鄭成功児誕石」にお参りした後、午後平戸を発って福岡で一泊し、翌日空路大阪に入って直樹の実家に行き、直樹の両親に結婚の意思を伝える予定である。

（完）

改めて長い台湾生活を振り返ってみると、台湾は全く自由で民主的な国家であり（現在は不当にも「地域」扱いされているが）、経済的には特別に豊かなわけではないが、人々は大らかで、屈託のない生活を享受しているように思う。隣にこの国をかすめ取ろうとする覇権主義的大国があり、その脅威に晒されているが、それでも台湾の人々は現実的で、したたかに自由な社会を守り、謳歌している。

思えば、台湾の人々は長い過酷な歴史を通じて数奇な運命に翻弄されてきたように思う。

この島に石器時代や金属器時代といった先史時代が存在したのは日本と同じだが、五千年くらい前から原住民族と称される人々がこの島に住みついた。彼らはフィリピンをはじめ南洋方面から地域も年代もバラバラに舟でこの島に辿り着き、それぞれ自分たちの集落を作って暮らし始めた。各集落の人々はお互いに交流することなく独自の生活をしたために、言葉はもちろん習慣も文化もそれぞれ異なるものとなった。彼らには国を一つにまとめようとする意志も意識もなく、そもそも「国家」とか「領土」といった概念は持ち合わせていなかった。その点は、早くも四世紀頃に大和国家を打ち立てた日本の歴史とは大いに異なる。

台湾では原住民族の各民族が、実に長期間にわたってそれぞれ台湾の各地で、いわばまどろむような平穏な暮らしをしてきたのである。原住民たちに台湾を一つの国家とする認識はなく、一方で日本も明国も自国の領土という認識はなかった。当時の明国の地図を見ると、日本の領土と見なされていたくらいである。要するに、台湾は「無主の地」だったのである。

この無主の地に「国家」という権力を最初に持ち込んだのはオランダなのだが、実はその三十一年前に豊臣秀吉が領土的野心をもって近づいてきた。一五九三年、秀吉は原田孫七郎という長崎商人を台湾に派遣し、原住民族に対して日本の属国となるよう交渉を試みたが、失敗に終わっている。当時台湾には統一した国家も君主もなかったために、交渉のしようがなかったのである。また当時日本は朝鮮出兵の最中であり、台湾にまで手をのばす余力はなかったのである。同様の試みは徳川家康によっても行われているが、原住民の抵抗や暴風雨などでやはり失敗に終わっている。

台湾を実際に領有したのはオランダである。しかし、一六二四年から三十八年間続いたオランダの支配は、一六六二年に鄭成功《ていせいこう》によって取って代わられることになる。鄭成功は日本人の母を持つ英雄であり、近松門左衛門の『国性爺合戦《こくせんやかっせん》』の主人公としてわが国でも有名な歴史上の人物である。二十三年に及ぶ鄭氏政権も清朝に政権の座を譲るが、時代が下って一八九四年、日清戦争の結果、日本が台湾を領有することになる。しかし、第二次世界大戦の敗戦で日本が台湾から引き揚げるのと入れ替わりに、毛沢東《もうたくとう》の中国共産党に敗れた蔣介石《しょうかいせき》の中国国民党が台湾に逃げ込み、空白となっていた政権の座に居座ったのである。

このように一貫して外部勢力による台湾支配の変遷を通して、古来この地に長く住みついていた原住民族も移住漢族（本省人）も被支配層となって、搾取や虐待など受難の道を歩んできた。一九四七年の二・二八事件をきっかけとした国民党（外省人）による本省人への数々の弾圧、虐殺事件（白色テロという）は、台湾歴史の中で血に染められた大きな汚点の一つである。

このような数々の苦難を乗り越えて、現代の台湾は平和、自由、民主主義の先進的な国家に生まれ変わった。現在のような次元に到達するまでには台湾の人々の、言葉では語り尽くせない数々の試練、犠牲があったに違いないが、その第一の功労者はやはり台湾の巨人・李登輝《りとうき》ではないだろうか。彼は情愛と知性溢れるクリスチャンでありながら、一方で凄まじい権力闘争の世界に身を投じた。それは若き日に白色テロの恐怖を、身を以て味わった自身の実体験をバネにして、平和で自由な民主国家を実現しようとする強固な意志の表れであった。

今世界は、国連が国際平和と安全の維持という本来の機能を低下させている中で、覇権主義と軍事拡大の脅威、ロシアに見る軍事侵略、民主主義の停滞、国家間の分断とエゴイズムの衝突といった深刻な局面に直面している。そうした中で民主主義国家の一員である台湾は今覇権主義の動きを強める中国の軍事的脅威にさらされている。この隣国・台湾が、その溢れるようなエネルギーとしたたかさで世界の民主主義国家とともに確固たる国際的地位を築き、明るい未来に向かってしっかりと歩んでいくことを心から願うばかりである。

なお本書の執筆にあたって兵庫教育大学名誉教授・松田吉郎先生、嘉南薬理大学助教授兼外語センター主任・イナ邱先生、台湾在住時代の部下だった陳昱臺さん、呉淑慧と謝美雀の両小姐、さらには平戸市鄭成功記念館運営委員会の岡一義会長など多方面の方々より情報提供や助言を数多く寄せていただいた。また出来上がったばかりの私の作品にしゃれた香りと彩りを添えていただいたのが文芸社編集部の高島三千子氏であり、その上梓に尽力していただいたのが同社出版企画部の青山泰之氏である。この場を借りて多くの方々の多大なるご協力に深く感謝申し上げたい。

最後に、私の前作『わくわく日本の中世』に続いて、今回も本書の編集、出版に至るまでに筆者を応援し、支えてくれた妻琴美と娘夫婦の鈴木岳彦、亜由美に敬愛の念をもって感謝したい。

二〇二五年一月元日

道須通央

主な参考資料

伊藤潔『台湾』中央公論新社２０００年
大東和重『台湾の歴史と文化』中央公論新社２０２０年
楊合義『台湾の変遷史』展転社２０１８年
杉江弘充『知っていそうで知らない台湾』平凡社２００１年
薛化元『台湾の歴史―台湾高校歴史教科書』雄山閣２０２０年
野嶋剛『台湾の本音』光文社２０２３年
林満紅、朱重聖監修『総督府から総統府へ』国史館２０１０年
林初梅編『日本語と華語の対訳で読む台湾原住民の神話と伝説』上巻　三元社２０１９年
諏訪春雄『親日台湾の根源を探る』勉誠出版　２０１９年
古川勝三『台湾の近代化に貢献した日本人』創風社出版　２０２３年
石原道博『国姓爺』吉川弘文館　１９５９年
河村哲夫『龍王の海　国姓爺鄭成功』海鳥社　２０１０年
森本繁『台湾の開祖　国姓爺鄭成功』国書刊行会　２０１４年
伴野朗『南海の風雲児　鄭成功』講談社　１９９１年

主な参考資料

陳舜臣『鄭成功 旋風に告げよ』上／下　中公文庫　１９９９年
司馬遼太郎『台湾紀行　街道をゆく40』朝日文庫　２００５年
佐藤春夫『女誡扇綺譚』中央公論新社　２０２０年
平戸市観光課『史とロマンの島　平戸』中川印刷　１９９２年

著者プロフィール

道須 通央（みちす みちお）

和歌山県新宮市出身。大阪外国語大学（現・大阪大学外国語学部）卒業。機械メーカーで長年海外事業に携わった後、15年間台湾（高雄市）の現地法人社長を務め、2018年春退職。吹田郷土史研究会、吹田日台友好協会所属。

著書：『歴史好きが日英語で書き下ろしたわくわく日本の中世』（株式会社パレード）

南海の夢伝説

2025年４月15日　初版第１刷発行

著　者　道須 通央
発行者　瓜谷 綱延
発行所　株式会社文芸社
〒160-0022　東京都新宿区新宿1－10－1
電話　03-5369-3060（代表）
03-5369-2299（販売）

印刷所　株式会社フクイン

ISBN978-4-286-26393-9